Patrick Hertweck

Maggie und die Stadt der Diebe

PATRICK
HERTWECK

MAGGIE
UND DIE STADT DER DIEBE

GULLIVER
von BELTZ & Gelberg

MIX
Papier aus verantwortungsvollen Quellen
FSC® C089473
FSC www.fsc.org

Dieses Buch ist erhältlich als:
ISBN 978-3-407-74908-6 Print

Dieses Werk wurde vermittelt durch die
Montasser Medienagentur, München
Illustration: Max Meinzold
Neue Rechtschreibung
Einbandgestaltung: Max Meinzold
Gesamtherstellung: Beltz Bad Langensalza GmbH, Bad Langensalza
Printed in Germany
1 2 3 4 5 21 20 19 18 17

Weitere Informationen zu unseren Autoren und Titeln
finden Sie unter: www.beltz.de

Inhaltsverzeichnis

Erster Teil: Paradise Square

Das Mädchen, das an diesem Frühlingsmorgen durch die Slums von Lower Manhattan irrte, war zierlich und klein für sein Alter. Es hatte rabenschwarzes Haar, eine Stupsnase, ein spitzes Kinn und mit Sommersprossen besprenkelte Wangen. Der Mund war für das Gesicht ein wenig zu groß und die Lippen etwas zu voll, was seiner Miene einen eigenwilligen Ausdruck verlieh. Der Name des Mädchens war Maggie – nur Maggie. Denn wie den meisten Waisenkindern war Maggie ihr eigener Nachname unbekannt.

Maggie war auf der Flucht und sie war fremd in der Stadt. Völlig unvorbereitet hatte es sie in eine Welt verschlagen, die für sie ganz und gar absonderlich war. Deshalb lief sie immer dicht an den Häusern entlang, huschte von Schatten zu Schatten und blickte alle paar Schritte über die Schulter zurück. An jeder Kreuzung blieb sie stehen und spähte atemlos umher, ehe sie sich für eine Richtung entschied und zur nächsten Straßenmündung sprang.

Während die Sonne hinter grauen Wolkenschleiern emporkroch und ihr mattes Licht in die Wege goss, verließen Maggie allmählich die Kräfte. Es war nun schon Stunden her, seit sie ihren Entführern entwischt war. Statt aus der Stadt herauszufinden, war sie zweimal auf ausgedehnte Hafenanlagen gestoßen, wo es kein Weiterkommen gab. Weil sie nicht umkehren konnte, ohne ihren Verfolgern in die Arme zu laufen, war sie immer tiefer in diesen Moloch geraten.

»Ich muss weiter«, trieb sich Maggie an, indem sie die Worte immer wieder vor sich hin murmelte.

Sie wusste, sie würde nicht lange unentdeckt bleiben – trotz der Menschenmenge, die sie umgab. Denn in ihrem geblümten Baumwollkleid war sie in diesem Armenhaus so auffällig wie ein bunt betupftes Kaninchen auf einer gesichelten Wiese.

Es dauerte nicht lange und sie schleppte sich nur noch wie manch einer der Betrunkenen und Fußlahmen in ihrer Nähe am Straßenrand entlang. Ihre Beine waren wie aus Butter. Ihr Magen ein rumorendes Loch. Der Schlafmangel und die vielen zurückgelegten Meilen forderten ihren Tribut. Außerdem hatte sie seit Ewigkeiten weder gegessen noch getrunken. Halb betäubt taumelte sie an ärmlichen Holzhütten, Backsteinbauten und Mietskasernen vorbei, deren Fenster blind waren oder zerbrochen und mit Lumpen und Latten geflickt. Fassungslos starrte sie in Höfe, in denen stinkende Abortschuppen standen und Fliegen über Berge von Müll surrten. Immer wieder musste sie auf den Fußwegen Bettlern ausweichen. Ihre Ohren waren schon ganz taub vom Krakeelen der Händler, Schuhputzer, Zeitungsjungen und Lumpensammler und dem Lärm der Straßen, auf denen

Klepper hoffnungslos überladene Fuhrwerke durch Schlick und Pferdekot zogen und Peitschen schwingende Fahrer Befehle brüllten wie Gladiatoren bei einem Streitwagenrennen.

Ohne dass es ihr bewusst war, blieb Maggie schließlich im Schatten eines Hauses stehen, eine Hand gegen die Fassade gestützt, die Stirn schweißbenetzt, die Augen zusammengekniffen. Ihre Knie wackelten. Sie fror. Ihr war speiübel. Sie musste sich setzen. Rechts von ihr war eine Sandsteinstufe. Dort ließ sie sich nieder und lehnte mit dem Rücken gegen eine verrottete Tür.

Was ist nur in all die Leute gefahren, ausgerechnet hierherzuziehen?, fragte sich Maggie, während eine Prozession aus Lumpen an ihr vorbeiwanderte. So weit das Auge reichte, wuselte es wie in einem Ameisenhaufen. Die Menschenmenge war einfach niederschmetternd und Maggie kam sich ganz klein und unbedeutend vor.

Resigniert blickte sie zur anderen Straßenseite. Dort kauerte eine runzlige Frau mit einer Schüssel auf dem Schoß. Die Alte sah zu ihr rüber. Vor einem gesplitterten Holztor knieten Jungs am Rinnstein und ließen Schiffchen aus Zeitungspapier schwimmen. Da wurde sie auch schon von einem der Knirpse bemerkt, der sogleich seinen Freunden etwas zurief und zu ihr deutete. Maggie wich seinem Blick aus und drehte den Kopf zur Seite. Auf einem Hydranten hockte ein Mann. Er hatte die Beine überkreuzt, zwirbelte mit Daumen und Zeigefinger an den Zotteln seines Kinnbarts herum und schaute sie unverwandt an. Auf seinem Kopf saß ein Dreispitz mit

Goldborte. Er trug eine rote Samtweste und blaue Hosen mit gelben Streifen an den Seiten. Seine Beine steckten in braunen Ledergamaschen, die bis über die Knie reichten. Er war hier so fehl am Platz wie ein Papagei unter Krähen.

So fehl am Platz wie ich, fiel Maggie ein und sie verfluchte zum wahrscheinlich hundertsten Mal Schwester Euthymia, wegen der sie nicht wie gewöhnlich in der grauen Waisenhauskleidung steckte, sondern in diesem mehr als ausgefallenen Fetzen.

Obwohl Maggie merkte, wie immer mehr Augenpaare zu ihr wanderten, unternahm sie keinen Versuch aufzustehen. Sie fühlte sich zu leer und erschöpft. In diesem Augenblick war ihr alles egal.

Womöglich hätte ihr Abenteuer einen gänzlich anderen Ausgang gefunden, hätte sie nicht in dem Getöse etwas Unerwartetes gehört. Maggie legte den Kopf schief und sperrte die Ohren auf. Von irgendwoher mischte sich ein heiterer Singsang unter das Schreien, Grölen, Rattern und Poltern. Eine simple Melodie, geträllert von hellen Kinderstimmen.

Maggie kämpfte sich auf die Beine und stolperte in die Richtung, aus der ihr die Liedfetzen zuflogen. Vor einer Einfahrt zwischen zwei rußigen Baracken blieb sie stehen. Im Hof dahinter spielten ein paar Mädchen *Hopscotch*. In ausgewaschenen Kleidern und mit fliegenden Haaren hüpften sie nacheinander über ein Himmel-und-Hölle-Feld, das sie mit einem Malstein auf das Pflaster gekritzelt hatten. Dabei sang jedes Mädchen eine Strophe eines Kinderreims.

Maggie lächelte, denn bisher hatte sie an diesem trostlosen Ort keine Spur von Fröhlichkeit entdecken können. All den fahlen und ausgezehrten Gesichtern in dem Menschenstrom schien eines gemein: Sie wirkten völlig leer. Ihre Besitzer nahmen voneinander keinerlei Notiz, blickten stumpf geradeaus und schienen in Gedanken vertieft.

Versonnen betrachtete sie die Kinder. Erst jetzt fiel ihr auf, dass die Mädchen keinen der üblichen Reime wie *Humpty Dumpty*, *Mary Had a Little Lamb* oder *Hey Diddle Diddle* für ihr Spiel verwendeten. Sie lauschte auf den Text und ihr Lächeln gefror.

»Schaut nur, mondlos ist die Nacht,
Kinder, er ist aufgewacht!
In finstren Gassen und den Schatten,
erwartet euch der Herr der Ratten.
Nadelspitz sind seine Zähne,
feuerrot ist seine Mähne.
Fängt er euch, ist's euer Verderben,
verlasst euch drauf, ihr müsst bald sterben.
Der Bowery Boy leidet niemals Not,
sein Geschäft, das ist der Tod.«

Maggie hatte im Waisenhaus oft genug Seilhüpfen und Hickelkasten gespielt und sie kannte unzählige Kinder- und Abzählreime. Doch diesen hatte sie noch nie gehört.

»Bowery Boy«, flüsterte sie und empfand dabei eine unerklärliche Vertrautheit mit diesem Namen. Noch merkwürdiger war, dass die Verse ein deutliches Bild in ihr aufsteigen ließen. Das Bild eines Furcht einflößenden Riesen mit einem roten Löwenschopf und einem ebenso roten zotteligen Rauschebart.

Wer ist dieser Bowery Boy?, rätselte sie, obwohl die Antwort auf der Hand lag. Es musste eine hiesige Schreckgestalt sein, mit der man die Kinder ängstigte.

Ich habe den Namen mit Sicherheit noch nie gehört! Wie denn auch?

Immerhin hatte sie die letzten zehn Jahre ihres Lebens in der Gemeinde Bath verbracht, im dortigen Waisenhaus, dem *Female Orphan Asylum*, vor dessen Stufen Unbekannte sie als Dreijährige abgesetzt hatten.

Plötzlich sehnte sich Maggie so sehr dorthin zurück, dass ihr Herz schwer wie ein Stein wurde. Sie schüttelte widerstrebend den Kopf, ballte die Hände zu Fäusten und spürte zügellosen Ärger in sich hochkochen. Sie verfluchte die Verbrecher, die sie aus dem Mädchenheim entführt hatten und schuld daran waren, dass sie orientierungslos in diesem Armenviertel umherirrte und sich so allein, verlassen und entkräftet fühlte wie nie zuvor in ihrem Leben.

Entschlossen wandte sie sich ab. Sie wollte jetzt nur fort! Weg von diesem abscheulichen Ort, an dem die Menschen wie die Ölsardinen hausten und verwahrloste Kinder Lieder sangen, die einem eine Gänsehaut bescherten. Sie musste schnellstmöglich einen Unterschlupf finden, wo sie sicher vor Entdeckung war und in Ruhe zu Kräften kommen konnte.

Und dann werde ich aus dieser Hölle fliehen.

Maggie stieß sich von der Hauswand ab und sah sich um. Plötzlich gefror ihr das Blut in den Adern. In der Menschenmenge hatte sie drei schnauzbärtige Männer erblickt, die auf sie zusteuerten. Alle drei hatten rote Tücher um den Hals gebunden.

Auf bebenden Beinen eilte sie in Richtung einer Gasse gleich neben dem Hof, in dem die Mädchen noch immer selbstvergessen spielten und die gruseligen Verse trällerten.

Die Gasse war beklemmend eng und finster. Widerwillig betrat Maggie den düsteren Tunnel. Bislang hatte sie die Schluchten zwischen den Häusern gemieden. Wer konnte ihr hier nicht alles auflauern: lichtscheue Kreaturen, Pestkranke, Halsabschneider und Hackebeilmörder …

Schon nach wenigen Metern waren das Rufen der Verkäufer, der Singsang der Händler und all die anderen Geräusche verblasst. Allein das Schmatzen und Saugen ihrer Stiefelsohlen auf dem klebrigen Boden war deutlich zu hören.

Ein süßlicher Schimmelgeruch waberte an ihr hoch und Maggie rümpfte die Nase. In dem Schlick unter ihr schwammen Kohlblätter, Knochen, Fischgräten und Austernschalen. Als sie ein angeknabbertes Schweineohr entdeckte, blickte sie wehmütig zurück zu dem Getöse, das ihr mit einem Mal gar nicht mehr so schlimm vorkam. In dem Moment blieben drei Körper vor der Gassenöffnung stehen. Maggie erschrak zu Tode. Es waren die Männer mit den roten Halsbinden und sie kamen im Laufschritt auf sie zu.

Maggie rannte los. Ihre Sohlen fanden jedoch keinen Halt und rutschten unter ihr weg. Anstatt Tempo aufzunehmen, geriet sie ins Schlingern. Angsterfüllt sah sie hinter sich. Der erste Mann kam immer näher. Rasch stützte sie sich mit einer Hand an der Wand ab und hob erst das eine und dann das andere Bein an, um die Seidenstiefeletten abzustreifen. Mit jeder Hand einen Stiefel fest umklammert, beugte sie sich wie ein kleiner Stier vor und spurtete los. Und nun flog sie förmlich über den breiigen Sumpf hinweg.

Dicht hinter sich hörte sie ein Fluchen. Sie hastete weiter und nahm die erstbeste Abzweigung. Ihre Füße wirbelten über den weichen Untergrund, dass der Matsch nur so an ihren Beinen hochspritzte. Sie flitzte an Außentreppen, Türen, Regenfässern, Küchenabfällen und Aschehügeln vorbei. Wieder und wieder änderte sie die Richtung und geriet immer tiefer in das menschenverlassene Gassenlabyrinth. Der Abstand zu den Männern wuchs, sie waren schon so gut wie abgeschüttelt, da gab es plötzlich kein Weiterkommen mehr: Eine Ziegelsteinmauer versperrte ihr den Weg.

Maggie musste abrupt abbremsen, glitt aus und landete mit dem Gesicht voran in dem Schlick. Hastig stand sie wieder auf und suchte an der Mauer nach einem möglichen

Einstieg oder einem anderen Ausweg. Es gab weder das eine noch das andere. Sie drehte sich zum Eingang der Sackgasse um, das Trommeln der Stiefel ihrer Verfolger schon in den Ohren. Ohnmächtig musste sie zusehen, wie die finsteren Gesellen ihre Schritte verlangsamten und mit ausgebreiteten Armen auf sie zuliefen.

»Unser Paradiesvogel sitzt in der Falle«, frohlockte einer der Männer.

»Täubchen, du kommst jetzt wieder in deinen Käfig«, amüsierte sich der Kerl in der Mitte.

»Aber vorher wirst du …«, hob der Mann an, der Maggie am nächsten war.

Weiter kam er nicht, denn der Absatz einer Stiefelette hatte ihn mitten ins Gesicht getroffen. Seine Begleiter zogen die Köpfe ein und rissen schützend die Arme hoch, als ihnen der zweite Schuh entgegenflog.

Mit einem Haken rechts war Maggie am ersten, mit einem Haken links am zweiten und mit einer Rolle durch dessen Beine auch am dritten Gangster vorbei. Sie stürzte davon und schaffte es noch in unverminderter Geschwindigkeit um zwei Ecken, als ihre Beine mit einem Mal den Dienst versagten. Ihre Kraftreserven waren endgültig aufgebraucht. Sie trudelte und kam neben einem Spalt in den Häusern zum Halten, der ihr im Vorbeirennen verborgen geblieben war. Sie zwängte sich seitlich hinein und schob sich vorwärts, weg von dem fuchtelnden Arm, der neben ihr aufgetaucht war. Der Durchlass war so eng, dass die rauen Mauersteine vorne und hinten an ihrem Kleid scheuerten. Ein paarmal befürchtete Maggie, sie würde stecken bleiben, dann war sie endlich draußen in einer weiteren Gasse.

Ihr blieb allerdings keine Zeit, sich über ihr Glück zu freuen, denn umgehend wurde sie von einer Faust gepackt und gegen das Mauerwerk gedrängt. Eine Hand wölbte sich über ihren Mund und Maggie starrte mit geweiteten Augen in ein Gesicht dicht vor ihr. Es kam ihr bekannt vor. Dann fiel es ihr wieder ein. Es gehörte dem Mann auf dem Hydranten.

»Hör zu!«, zischte er. »Ich werde dir helfen.«

Maggie starrte ihn an.

»Verstehst du mich?« Der Mann legte die Stirn in Falten. »An dtuigeann tú mé? – Me entiendes? – Tu me comprends?«, fragte er nacheinander. Als er keine Antwort bekam, schüttelte er den Kopf. »Herrgott, bist du etwa taub?«

Endlich erntete er ein Kopfschütteln.

»Du musst das Mädchen sein, nach dem die Whyos suchen. Es ist ein Wunder, dass du noch immer frei herumläufst. Dandy hat sämtliche Hebel in Bewegung gesetzt, dich wieder einzufangen. Ich könnte mir ein hübsches Sümmchen mit dem Finderlohn verdienen, den er auf dich ausgesetzt hat. Zu deinem Glück bin ich nicht käuflich. Schon gar nicht von dieser Mörderbande. Jeden Feind der Whyos betrachte ich als meinen Freund. Deshalb möchte ich dir helfen.«

Er lächelte gönnerhaft, nahm die Hand von Maggies Mund und streckte die angewinkelten Arme mit nach oben gedrehten Handflächen aus. Maggie starrte ihn unbeirrt an. Der

Schrecken in ihrem Blick war einem gefährlichen Funkeln gewichen.

»Wer oder was, bitte schön, sind diese Whyos?«, sagte sie mit vibrierender Stimme. »Und von welchem Dandy reden Sie? Ich bin in diesem Loch bislang nur einem begegnet, und der steht grad vor mir.«

Der Mann blickte dümmlich drein und brach dann in ein herzhaftes Lachen aus, das abrupt erstarb. Ehe Maggie es sich versah, umklammerten zwei Hände ihre Oberarme. So fest, dass es wehtat.

»Sperr mal schön deine Ohren auf. Du brauchst mir keinen Bären aufzubinden. Es liegt auf der Hand. Du bist aus seinem Hühnerstall ausgebüxt. Lass dir eins gesagt sein: Wer sich mit Dandy Dolan anlegt, der hat mächtigen Ärger am Hals. Wenn dir dein Leben lieb ist, entscheide dich jetzt, ob du mein Angebot annehmen oder weiter in deinem entzückenden Kleidchen den Lockvogel spielen willst. Uns bleibt nämlich nicht mehr viel Zeit.«

Maggie fixierte den Mann. Seine Miene war gerissen und verwegen. Aber seine grüngrauen Augen blickten offenherzig. Alles in allem wirkte er nicht verrückt. Und hatte sie denn eine Wahl? Sie musste ihm vertrauen, denn auf sich allein gestellt war ihre Lage aussichtslos.

»Ich höre«, sagte sie schließlich.

Der Mann nickte ernst. »Ich werde mich jetzt um die Whyos kümmern. Und du gehst derweil da lang.« Er deutete die Gasse hinunter. »Die nächste Möglichkeit biegst du links ab und dann läufst du einfach immer geradeaus. Der Weg führt dich direkt zum Paradise Square. Dort wendest du dich nach rechts. Da steht das Gates of Hell. Dort fragst du nach dem Fagin. Sag ihm, Sheppard hat dich geschickt und er soll dich verstecken. – Kapiert?«

Maggie verstand gar nichts und zuckte nur mit den Schultern.

Der Mann grinste. »Widerborstig wie ein Esel. Aber du hast Schneid. Goblin wird seine Freude an dir haben.« Er drehte sie an den Schultern um und gab ihr einen Schubs.

Maggie stolperte ein paar Schritte. Dann blickte sie noch mal zurück. Der Mann war bereits verschwunden.

Maggie starrte auf den Paradise Square. Es war der gammligste Flecken Erde, den sie je zu Gesicht bekommen hatte. Der Platz war gesäumt von wackeligen Bretterbuden. Nur links und rechts von ihr gab es zwei Steingebäude. Das linke war ein hässliches graues Mietshaus, an dessen Fassade eine morsche Treppe zu einem Flachdach emporführte. Das rechte war noch hässlicher und noch wuchtiger, ein gänzlich fensterloser Klotz, der mit Schindeln verkleidet war. An den Häusern entlang verlief eine unbefestigte Straße, die den Platz in der Mitte begrenzte. Der Platz war nicht mehr als eine aufgeweichte Jauchegrube, von der Dampfschwaden aufstiegen und in der sich von Mücken umschwärmte Schweine suhlten. Dazwischen sprangen halbnackte Kinder umher, die ein ängstlich quiekendes Borstenvieh durch die Gülle jagten.

Ansonsten waren wenige Menschen auf den Beinen. Nur an einer Ecke stand eine lange Reihe Frauen vor einer Pumpe an, um Blecheimer mit Wasser zu füllen. Maggie fluchte in sich hinein. Der Mann hatte sich offensichtlich einen Scherz erlaubt. Hier war mit Sicherheit keine Hilfe zu erwarten. Da sie aber nun einmal seinen Anweisungen gefolgt war, suchte sie rechter Hand nach dem Gates of Hell. Dort ragte der fensterlose Steinklotz auf. So seltsam der Name für diesen Platz war, so passend war die Bezeichnung für jenes Massenquartier. Auf den Stufen vor dem Gates of Hell hockte eine Handvoll Straßenkinder.

Maggie ging kurzerhand darauf zu.

Maggie blieb an der Steintreppe stehen und verschränkte die Arme vor der Brust. Die Straßenkinder glotzten sie mit offenen Mündern an, was Maggie dazu veranlasste, an sich hinunterzusehen. Sie konnte ihnen ihr Glotzen nicht verdenken. Ihr für diese Gegend völlig unpassendes Kleid, das mit Blumen bestickt und mit Rüschen gesäumt war, war in einem erbärmlichen Zustand. Der Stoff war an einigen Stellen so zerfetzt, als hätte sie eine Auseinandersetzung mit einer Raubkatze hinter sich. Hinzu kam, dass nicht nur das Kleidungsstück, sondern auch ihre Arme und Beine über und über mit Schlamm beschmiert waren. Und ihre Füße steckten seit dem Verlust ihrer Stiefel in Socken, die sich in krustige Klumpen verwandelt hatten.

Maggie strich sich ein paar verirrte Haarsträhnen aus dem Gesicht und nahm die Kinder genauer in Augenschein. Sie waren noch verwahrloster und schmutziger als die anderen Menschen an diesem Ort. Trotzdem fühlte sich Maggie nicht mehr ganz so verloren. Im Vergleich zu den Erwachsenen mit ihren apathischen Gesichtern wirkte dieser bunte Haufen lebendiger und weniger abweisend. Sie waren Teil einer Gemeinschaft. Das spürte sie auf der Stelle.

Maggie betrachtete die vier mit erwachtem Interesse. Direkt vor ihr hockte ein schlaksiger Jugendlicher mit karottenroten Haaren und stechend blauen Augen, die sie durchdringend ansahen. Hinter dem Rotschopf saß ein Mädchen von vielleicht zehn Jahren, das geistesabwesend den Bauch eines rauhaarigen Köters streichelte. Es sah fremdartig und – ungeachtet der schmutzigen Wangen und verfilzten Strähnen – einfach bezaubernd aus. Der Junge eine Stufe über ihr war vielleicht zwei Jahre älter als das Mädchen. Er war kräftig, sein Haar kurz geschoren, sein Gesicht rund, gutmütig und so schwarz wie die Nacht. Rechts am Treppenrand lümmelte ein flachsblonder Bursche herum. Er mochte in etwa so alt wie das Mädchen sein. Seine Miene wirkte durchtrieben. Passenderweise war er der Erste, der aufstand und die Stufen runterkam. Maggie nahm irritiert zur Kenntnis, dass er knielange Lederhosen trug. Am Fuß der Treppe stellte er sich breitbeinig hin und schob die Daumen unter die Hosenträger.

»Seht mal her!«, rief er seinen Kumpanen zu. »Wir ham Besuch von 'ner Vogelscheuche.« Er gackerte los wie eine verrückt gewordene Henne und schlug sich vergnügt auf die Schenkel.

Maggie bemerkte, dass die anderen nicht in sein Lachen einstimmten, und sie war heilfroh darüber. Sie wartete geduldig, bis der Junge sich wieder beruhigt und die Lachtränen aus den Augen gewischt hatte. Dann rückte sie ihm so dicht auf die Pelle, dass gerade mal ein Blatt Papier zwischen beide gepasst hätte. Sie konnte es auf den Tod nicht ausstehen, wenn man auf ihre Kosten Witze riss. Schon gar nicht, wenn ihr der Magen in den Kniekehlen hing.

Herablassend blickte sie auf den Bengel in der speckigen Hose runter, denn sie war ein Stück größer als er. »Noch ein Wort«, fauchte sie, »und du landest bei deinen Artgenossen in der Gülle.«

Der Junge wurde hochrot im Gesicht und neben den beiden hob ein Jauchzen und Händeklatschen an. Aus den Augenwinkeln sah Maggie, wie sich der schwarze Junge vor Lachen bog. Das Mädchen beobachtete das Geschehen weiterhin mit großen Augen. Der Rothaarige aber war aufgestanden und neben sie getreten. Er legte ihr eine Hand auf die Schulter und zeigte auf einen rußigen Kessel.

»Setz dich zu uns. Wir haben noch ein paar Kartoffeln übrig.«

Maggie fühlte unendliche Dankbarkeit in sich aufsteigen. Der Hunger, der wie eine blutrünstige Bestie an ihrem Magen zerrte, ließ sie ihre guten Manieren vergessen. Schon saß sie neben dem Kübel und schlang gierig eine Kartoffel runter. Dass die vier sie erneut anstarrten, störte sie kein bisschen. Nachdem sie drei riesige Knollen verdrückt und anschließend mit einer Schöpfkelle salziges Kochwasser hinterhergespült hatte, sank sie wie eine gestopfte Weihnachtsgans zurück. Um sie herum herrschte eine Weile anerkennendes Schweigen.

»Wie heißt du?«, fragte der rothaarige Jugendliche.

»Margaret«, antwortete Maggie zugeknöpft. Ihr wurde plötzlich bewusst, dass sie keine Geschichte parat hatte, die sie den Straßenkindern auftischen konnte. Sie wollte ihnen keinesfalls erzählen, wie sie hierhergeraten war.

»Wo kommst du her?«, fragte der schwarze Junge auch schon.

»Das ist eine lange Geschichte.« Maggie wich den fragenden Blicken aus.

Keiner sagte etwas. Die Straßenkinder warteten auf eine Erklärung.

»Und wer seid ihr?«, fragte Maggie, um von sich abzulenken.

Überraschenderweise kam ihr der blonde Junge zu Hilfe, der seit ihrem Schlagabtausch geschmollt und beleidigt auf seinen Daumennägeln herumgeknabbert hatte. Er sprang auf. »Mich nennt man in unsrer Truppe Bismarck. Ich komm ursprünglich aus Little Germany gleich um die Ecke«, sagte er in einem wichtigtuerischen Tonfall. Er schien jetzt ganz in seinem Element zu sein, denn sogleich deutete er auf den dunkelhäutigen Jungen. »Der Bimbo hört auf den Namen Coffee. Wieso, kannst du dir ja denken.«

»He, Brezelbieger, ich verpass dir gleich eine.« Der Schwarze reckte die Faust.

»Krieg dich wieder ein«, entgegnete Bismarck und warf Maggie ein schiefes Grinsen zu, das eine Reihe gelber und fauler Zähne offenbarte. »Das da is' Silence«, fuhr er fort. »Mehr kann ich dir über sie nich' verraten, denn sie is' so stumm wie 'n Fisch im Wasser.« Maggie schaute zu dem hübschen Mädchen, das mit großen Kulleraugen und unergründlicher Miene zurückschaute.

Ehe Bismarck dazu kam, ihn vorzustellen, hatte ihr der Rothaarige bereits die Hand hingestreckt. Sie betrachtete diese überrascht und ergriff sie dann zögernd. Die Handfläche des Jungen fühlte sich rau und kratzig wie Schleifpapier an.

»Ich heiße Tom Killeen.«

»Wir nennen ihn Kill'em«, mischte sich Bismarck wieder ein. »Er is' Ire und noch nich' lang in unsrer Bande. Kill'em is' zwar ein lausiger Dieb, aber das macht er mit seinen schnellen Beinen und Fäusten wett.«

Maggie spürte, wie die Hand um ihre Hand einmal fest zudrückte.

»Mir ist's lieber, man sagt zu mir Tom.«

»Ihr gehört also einer Bande an?«, wollte Maggie wissen.

Stolz verkündete Bismarck: »Allerdings! Wir sind die 40 Little Thieves.«

Maggie blickte von einem zum anderen. »Und wo sind die restlichen 36 abgeblieben?«

»Eins steht fest«, lachte Bismarck. »Du kommst nie und nimmer aus unsrer Gegend. Die 40 Thieves war'n die erste und berühmteste Gang in den Five Points. Wir ham uns nach denen benannt, weil wir ihr Gedenken hochhalten woll'n.«

»Aha«, tat Maggie interessiert. Verstohlen blickte sie sich um. Weder dieser Sheppard noch die drei Gauner oder sonst wer, der ihr verdächtig vorkam, war zu sehen. Auch von den Anwohnern schien noch niemand ihre Anwesenheit bemerkt zu haben. Trotzdem fand sie, es war langsam Zeit, sich nach diesem Fagin zu erkundigen.

»Früher gab's hier in fast jeder Straße 'ne Gang. Aber die Dead Rabbits, die True Blue Americans, die Shirt Tails und wie sie alle hießen, sind in den letzten Jahren verschwunden«, plapperte Bismarck unbeirrt weiter. »Heute gibt's nur noch wenige kleine Banden und in den Bezirken ham höchstens noch ein, zwei Gangs das Sagen. Vor allem seit diese vermaledeiten Whyos aufgetaucht sind.«

Maggie horchte auf. Die Whyos waren eine Verbrecherbande! Dieser Sheppard hatte demnach keinen Unsinn von sich gegeben. Langsam dämmerte ihr, welchem Verein die Männer mit den roten Halstüchern angehörten, die sich nach ihrer Flucht aus der Kutsche an ihre Fersen geheftet hatten.

Wenigstens, dachte Maggie, scheinen die Diebe diese Whyos nicht sonderlich zu mögen. Sie merkte, wie Tom sie argwöhnisch betrachtete, als ob er ihre Gedanken lesen könne.

»Nach wem suchst du?«, fragte er, ohne den stechenden Blick von ihr abzuwenden.

Maggie atmete einmal tief durch und sagte: »Nach einem Fagin.«

Die kleinen Diebe wechselten besorgte Blicke.

»Was für ’n Fagin?«, fragte Bismarck.

»Na, den Fagin«, erwiderte Maggie, obgleich sie keinen blassen Schimmer hatte, wer oder was damit gemeint war.

»Wie kommst du drauf, dass wir den kennen?« Bismarcks Tonfall war mit einem Mal misstrauisch und abweisend.

Maggie beschloss, alles auf eine Karte zu setzen. »Sheppard schickt mich.«

Zu ihrer Verwunderung drehten plötzlich alle die Köpfe zu dem Gebäude. Maggie tat es ihnen gleich und jetzt erst entdeckte sie den Straßenjungen, der reglos neben dem Eingang am Türpfosten lehnte. Eine seltsame karierte Mütze verdeckte sein Gesicht. Er schien zu dösen, doch nun erwachte er mit einem Ächzen zum Leben. Schwerfällig kämpfte er sich auf die Beine und blieb merkwürdig vornübergebeugt vor den Stufen stehen.

Maggie betrachtete ihn entgeistert. Der Junge musste noch wenigstens einen halben Kopf kleiner als Silence sein. Er trug altmodische Schnallenschuhe, ein fleckiges Hemd und eine Pluderhose mit einer als Gürtel dienenden Kordel, die um einen beachtlichen Wanst geschlungen war. Seine Schultern waren ungewöhnlich schmal, die Brust eingefallen und die Beine dünn und gebogen. Der Kopf dagegen war unverhältnismäßig groß.

Wie eine ungelenke Marionette stakste er nun die Stufen hinunter und Maggie lief ein Schauer über den Rücken. Erst recht, als sie endlich ein Gesicht zu sehen bekam, mit dem sie in keinster Weise gerechnet hatte. Es gehörte keinesfalls einem Jungen, denn es war verschrumpelt wie ein vertrockneter Apfel und unsagbar hässlich.

Schnaufend überwand die altersschwache Gestalt die Stufen und trat, die Arme hinter dem buckligen Rücken verschränkt, auf sie zu. Das Männlein blieb vor ihr stehen und schielte zu ihr hoch. Maggie stand stocksteif da. Bestürzt starrte sie auf die vorgewölbte Stirn, die purpurrote, blaugeäderte Knollennase und die Haut, die lose um den vorstehenden Unterkiefer hing. Dann begegnete sie seinen Augen. Sie waren blutunterlaufen, wässrig, schiefergrau und durchbohrten sie mit einer Eiseskälte, dass ihr das Blut in den Adern gefror.

Endlos lange, unerträgliche Sekunden schien die Zeit stillzustehen, bis etwas Merkwürdiges geschah. Der Zwerg zuckte plötzlich vor ihr zurück, als hätte er in eine Mausefalle gelangt. Sein Gesicht verzerrte sich zu einer verängstigten Fratze.

Während sie ihn verdutzt betrachtete, holte der kleine Mann ein silbernes Fläschchen aus seiner Hosentasche und hob es an den Mund. Als er es absetzte, zog ein schauderhaftes Grinsen sein Gesicht in die Breite.

»Bei allen guten Geistern!«, rief er aus und seine kratzige Stimme jagte Maggie eine Gänsehaut über den Rücken. »Da haben mir meine alten Augen doch einen bösen Streich gespielt und mir vorgegaukelt, eine Moorleiche aus dem Kalchhook habe sich in unser trautes Heim verirrt.«

Wie auf Kommando kicherten Bismarck und Coffee drauflos. Ein kurzer Seitenblick verriet Maggie, dass Silence entweder wenig davon mitbekam, was um sie herum geschah, oder sie konnte ihre Gedanken meisterhaft verbergen, denn ihr Gesichtsausdruck blieb unergründlich. Tom dagegen schaute noch ernster drein als zuvor.

Der Zwerg war indes auf Armeslänge an sie herangetreten. Er lüpfte seine Mütze, machte eine tiefe Verbeugung und vollführte dabei mit einem Bein einen schwungvollen Bogen. »Ich hoffe doch sehr, mein kleiner Scherz hat das Fräulein nicht verschnupft.«

»Ach wo«, sagte Maggie, darum bemüht, ihrem gequälten Lächeln etwas mehr Aufrichtigkeit zu verleihen.

»Sheppard schickt es also?«, fragte der Zwerg. Er sah dabei haarscharf an ihr vorbei, als habe sie den bösen Blick oder zwei Hörner auf der Stirn.

»Er meinte, Sie hätten eine Bleibe für mich. Ich muss eine Weile irgendwo unterkommen.«

Ihr Gegenüber stemmte die Fäuste in die Seiten und blinzelte sie mit unverhohlener Neugier an. »Gut«, sagte der Zwerg schließlich. »Wenn Jack das meint, dann betrachten wir das Fräulein als unseren Gast. Ich bin Goblin und nenne mich – frei nach Dickens – Fagin der 40 Little Thieves, welche unter meiner Obhut stehen und bei mir die beste Ausbildung genießen, will man in den Slums nicht vor die Hunde gehen. Die Bande arbeitet in meinem Auftrag. Im Gegenzug biete ich freie Kost und Logis und den einen oder anderen Penny, der bei unseren Unternehmungen abfällt. Und da vor Kurzem zwei langjährige Mitglieder unserer verschworenen Einheit – Devil Appo und Bloodsucker – abhandengekommen sind, werde ich das Fräulein zur Bewährung unter meine schützenden Fittiche nehmen.«

An dieser Stelle machte er eine Pause und beugte sich vor. Das Grinsen war mit einem Mal aus seinem Gesicht radiert. Seine Augen versprühten bedrohliche Blitze. »Aber zuvor muss es mir mit einem Handschlag versprechen, die heiligen Regeln unseres Bundes zu beherzigen und meinen Anweisungen Folge zu leisten.«

Mit Ekel und Entsetzen betrachtete Maggie die hingehaltene Zwergenhand. Sie spürte die Augen der Diebe auf sich und die Anspannung, die in der Luft lag. Zögernd schlug sie ein.

Doch war es Goblin, der sich nach einer kurzen Berührung losriss und seine Hand hinter dem Rücken versteckte, als sei sie nun mit einem Brandmal gezeichnet. »Tom, du bringst unseren Gast nach unten. Das Mädchen braucht Schlaf und was Neues zum Anziehen. Komm mal kurz her«, wandte er sich an den Rotschopf.

Während der Fagin Tom etwas ins Ohr zischelte, schaute Maggie mit schwirrendem Kopf zum Eingang vom Gates of Hell. Da wurde sie sanft in die Seite gestupst. Tom sah sie auffordernd an.

Sie waren schon die Stufen hinauf, als Bismarck ausrief: »Margaret braucht noch einen Bandennamen!«

Maggie drehte sich um. Coffee, Silence und Bismarck betrachteten sie nachdenklich.

»Wie wäre es mit Wildcat Mag?«, schlug Coffee vor.

»Passt wie die Faust aufs Auge«, jubelte Bismarck.

Silence ließ ein sachtes Nicken erkennen.

Maggie verkniff zuerst mürrisch die Lippen, aber dann schenkte sie ihren neuen Kameraden ein Lächeln. Diesmal war es ein ehrliches.

»Von mir aus«, sagte sie und sah, wie Tom die Eingangstür öffnete.

Unentschlossen starrte sie in das schwarze Loch, das ihr wie das Tor zur Hölle erschien. Sie nahm einen tiefen Atemzug, ballte die Hände zu entschlossenen Fäusten und ging langsam darauf zu. Gemeinsam mit Tom Killeen betrat Wildcat Mag das Gates of Hell.

Mit einem Krachen fiel die Tür hinter ihr ins Schloss. Maggie blickte in einen langen, düsteren Korridor. Die Luft war stickig und es roch nach Feuchtigkeit, Rauch und gekochtem Kohl.

Über abgewetzte Dielen lief sie hinter Tom her. Als der höhlenartige Gang an einer Holztreppe endete, blieb Tom stehen. Maggie sah hoch zum ersten Stock. Am Ende der Treppe konnte sie mehrere Türen erkennen. Dahinter war Dielenknarren, Gemurmel, Kinderschreien und bellendes Husten zu hören.

Sie gab sich einen Stoß und setzte einen Fuß auf die erste Stufe. Da wurde sie an der Schulter gefasst. Fragend runzelte sie die Stirn.

Tom deutete auf eine verschrammte Tür in seinem Rücken. »Da geht's lang.«

Er fischte einen großen Messingschlüssel aus seiner Jackentasche, schloss die Tür auf und bedeutete ihr, ihm zu folgen. Dann stieg er eine steile Treppe hinab und wurde von der Finsternis verschluckt.

Maggie starrte in das schwarze Loch, damit sich ihre Augen an die Dunkelheit gewöhnten. Jenseits der dritten feucht glänzenden Steinstufe jedoch blieb alles so düster, dass man hätte meinen können, jemand habe den Abstieg mit dickem Samt verhangen. Vorsichtig tastete sie sich vorwärts. Die

Treppe schien kein Ende zu nehmen. Dann hatte sie endlich wieder festen Boden unter den Füßen. Mit ausgestreckten Armen tastete sie umher, bis ihre Finger glitschiges Mauerwerk berührten, an dem sie sich entlanghangeln konnte.

»Hallo?«, fragte sie in die Dunkelheit und schrak zusammen, als ihre Worte vielfach zu ihr zurückhallten.

Es verstrich eine unerträglich gedehnte Sekunde, ehe sie Antwort erhielt.

»Einen Moment noch. Ich mach gleich Licht«, echote Toms Stimme aus unbestimmter Richtung zu ihr.

Irgendwo ertönte das Quietschen rostiger Scharniere und endlich erschien ein schwebender Lichtkegel in der Dunkelheit. Maggie eilte darauf zu.

Tom stand neben einer aufgestoßenen Eisentür, drückte ihr sogleich die Kerze in die Hand und verschwand in dem abzweigenden Raum. Während Tom mehrere Lampen anzündete, nahm Maggies künftiges Zuhause allmählich Gestalt an.

Sie sah in ein Kellergewölbe mit schwitzenden Wänden und einem klammen Lehmboden. Auf der rechten Seite gab es einen Kohleofen, daneben einen wurmstichigen Schrank und entlang der Kellerwand diverse Eimer, Bottiche, Kisten sowie eine Blechwanne. In der Raummitte befand sich eine durchgelegene Liege, die schon mal bessere Zeiten gesehen hatte. Angewidert betrachtete Maggie die Schimmelflecken und Brandlöcher in dem abgewetzten Samtstoff, die darübergeworfene Decke und die geleerten Flaschen, die unter den gebogenen Holzbeinen lagen.

»Das ist Goblins Bett«, bemerkte Tom und sah sie verlegen an.

»Hätte ich nie erraten«, erwiderte Maggie. »Und wo schlafen wir?«

Tom zeigte zur linken Kellerseite. Dort lagen sechs dünne Strohmatratzen unter fadenscheinigen Flickendecken. Der Anblick machte Maggie erstmals die beißende Kälte bewusst, die ihr in die Knochen kroch. Sie schlang die Arme um sich. Unglücklich blickte sie zu Tom.

Er hob entschuldigend die Schultern. »Es ist nicht gerade das *Astor*. Aber ob du's glaubst oder nicht, man gewöhnt sich dran. Warte ab, wenn erst die anderen hier sind, dann wird's richtig gemütlich.«

»Gemütlich wie in einem Massengrab«, stöhnte Maggie. »Welches Bett soll ich nehmen?«

»Dieses war Bloodsuckers und das gehörte Devil Appo.« Tom zeigte auf zwei Matratzen. »Kannst dir eines aussuchen.«

»Ich nehm Devils«, sagte Maggie, da sie liebend gerne darauf verzichtete, auf dem Strohsack eines Jungen zu nächtigen, dem man den Bandennamen »Blutsauger« verpasst hatte.

Sie ließ sich auf ihren künftigen Platz plumpsen. An der Wand neben ihr waren ausgediente Teekisten aufeinandergestapelt. Aus dem wackeligen Schrank zog Tom Kleidungsstücke hervor und reichte sie ihr.

»Das müsste passen. Falls du dich waschen willst: Neben

dem Ofen findest du alles, was du brauchst. Ich müsste langsam mal los. Hast du noch Fragen?«

Maggie knabberte gedankenvoll auf der Unterlippe herum. »Sagt dir der Name Dandy Dolan was?«, fragte sie.

Toms Gesichtszüge versteinerten. »Wieso fragst du nach dem?«

»Nur so«, sagte sie leichthin. »Was weißt du über ihn?«

»Zuerst sagst du mir, was du mit dem zu schaffen hast!«, befahl Tom so laut, dass das Gewölbe von seiner Stimme dröhnte.

Maggie war verwirrt von Toms Stimmungswandel. »Reg dich ab«, sagte sie beschwichtigend.

»Wie-so-fragst-du-nach-Do-lan?«, wiederholte Tom seine Frage. Diesmal betonte er jede Silbe, als hätte er eine Begriffsstutzige vor sich.

Maggie spürte Wut in sich aufsteigen. »Das-geht-dich-einen-feuch-ten-Dreck-an!«, äffte sie ihn nach.

»Und ob es mich was angeht!«

»So, meinst du?«, entgegnete Maggie.

»Ja, meine ich.«

»Und dürfte man auch erfahren, wieso?«

»Weil du dir ausgerechnet unser Heim als Unterschlupf ausgesucht hast. Deshalb!«

»Ich kann dich beruhigen«, sagte Maggie. »Ich habe gar nichts mit dem zu schaffen. Ich habe nur so gefragt.«

Tom schnaubte verächtlich. »Nur so gefragt?«

»Ja. Nur so.«

»Ich verrate dir mal was. Über bestimmte Leute stellt man in unserer Gegend besser keine Fragen. Schon gar nicht *nur so.*«

Maggie beugte sich vor. »Lass mich raten: Dolan ist einer davon?«

Tom verzichtete auf eine Antwort. Stattdessen machte er eine wegwerfende Armbewegung und wandte sich zum Ausgang.

»Warte!«, rief ihm Maggie schnell hinterher.

Tom wirbelte auf dem Absatz herum. Erwartungsvoll sah er sie an, offenbar im Glauben, sie wolle klein beigeben. Aber Maggie dachte gar nicht daran. Sie hatte es sich in den Kopf gesetzt, niemandem zu verraten, woher sie stammte und wie sie hierhergeraten war. Denn was niemand wusste, konnte auch keiner ausplaudern. Außerdem ging es ihr gegen den Strich, sich von einem dahergelaufenen Gossendieb anblaffen zu lassen. Sie hatte in den vergangenen Stunden genug durchgemacht.

Sie sah Tom herablassend an. »Mach dir bloß nicht ins Hemd! Ich frage einfach die anderen. Oder sind alle in eurer Bande solche Hosenscheißer wie du?«

Toms Reaktion ließ auf sich warten. Zunächst stopfte er die Hände in die Hosentaschen und starrte auf seine löchrigen Schuhe.

Als er sie endlich wieder ansah, glühte sein Gesicht wie ein Leuchtfeuer. »Mir reicht es langsam mit dir! Du solltest dich glücklich schätzen, bei uns untergekommen zu sein. Besseres hätte dir nicht passieren können. Noch ein falsches Wort und du sitzt schneller wieder auf der Straße, als du bis drei zählen kannst!«

Maggie starrte ihn mit offenem Mund an. »Also hör mal …«

»Nein. Du hörst jetzt *mir* zu!«, wurde sie barsch unterbrochen. »In unserer Bande gelten bestimmte Regeln und du tust besser daran, die einzuhalten. Kapiert?«

Maggie schwieg wütend.

»Regel Nummer eins lautet«, fuhr Tom unbeirrt fort, »respektiere deine Kameraden!«

Maggie hörte plötzlich ihr Blut in den Ohren rauschen. Sie kochte innerlich vor Wut. Seit jeher reagierte sie auf Tadel und Belehrungen äußerst empfindlich. Die barmherzigen Schwestern vom *Female Orphan Asylum* konnten wahrlich ein Lied davon singen. Niemand hielt ihr ungestraft Moralpredigten. Schon gar nicht ein ungebildeter Straßenjunge, der kaum älter war als sie selbst.

»Ich pfeife auf eure Regeln!«, fauchte sie wie eine Katze, der man auf die Pfoten getreten hatte. »Keine Sorge, Karottenkopf. Ich bleibe hier ohnehin nicht länger als unbedingt nötig. Ich habe nicht vor, mit einer Horde verlauster Gören und ihrem zu klein geratenen Anführer in diesem feuchten Rattenloch zu vermodern.«

Maggie erkannte auf der Stelle, sie hatte einen Volltreffer gelandet. Tom wandte sich abrupt von ihr ab. Er wirkte so gekränkt, dass Maggie das aufkeimende Triumphgefühl gar nicht genießen konnte.

»Ich hab genug Zeit mit dir verplempert«, hörte sie ihn im Weggehen murmeln und plötzlich ärgerte sie sich über ihre verletzenden Worte, die ohne Überlegung aus ihr herausgesprudelt waren. In Wahrheit war sie den Dieben unendlich dankbar, hier sein zu dürfen und nicht mehr auf der Straße umherirren zu müssen.

»Tom, warte!«, rief sie ihm hinterher, doch er lief einfach weiter, ohne sich noch einmal nach ihr umzudrehen.

Als er die Tür aufstieß, ging Maggie mit einem Mal auf, dass sie gleich allein in dieser Räuberhöhle sein würde. Allein mit dem Zorn und der Trauer über ihr Unglück, allein mit ihren unbeantworteten Fragen und allein mit der Scham über ihre Gehässigkeit gegenüber den Straßenkindern, die sie in ihrer größten Not aufgefangen hatten.

Die Tür schlug mit einem markerschütternden Donnerschlag zu und Maggie war mit einem Satz auf den Beinen. Sie rannte durch den Raum, riss die Tür auf und stürzte hinaus in die Schwärze. Mit geweiteten Augen starrte sie in den finsteren Gang. Tom war nicht mehr zu sehen. Er war fort!

Die Erkenntnis brachte das gefährliche Gemisch aus widersprüchlichen Gefühlen, die sich seit ihrer Entführung in ihr zusammengebraut hatten, endgültig zur Explosion.

»Hau nur ab!«, schrie Maggie aus Leibeskräften ihre Verzweiflung hinaus. »Lass mich doch allein! Ich brauche dich nicht! Ich brauche niemanden! Scher dich zum Teufel! Zum Teufel mit euch allen!« Dann brach ihre Stimme und Tränen quollen aus ihren Augen.

Wie ein geprügelter Hund schlich sie zurück.

»Ich finde auch ohne dich raus, wieso ich hier bin und was diese Scheißkerle von mir wollen«, wimmerte sie leise und ließ sich auf ihr Lager nieder.

Die Hände vor die Augen gepresst, weinte sie still vor sich hin. Sie nahm kaum wahr, wie sich behutsam eine Hand auf ihre Schulter legte. Tom war zurückgekehrt und saß neben ihr. Er lächelte. Es war sein erstes Lächeln, seit sie sich kennengelernt hatten.

»Allmächtiger!«, sagte er. »Wenn wir hier Fenster hätten, wären die jetzt alle im Eimer. Gegen dein Gekreische kann jede Feuersirene in der Stadt einpacken. Coffee hat mit seinem Bandennamen für dich echt mitten ins Schwarze getroffen, Wildcat.«

Maggie wischte sich mit den Ärmelresten ihres Kleids die Tränen von den Wangen. »Entschuldige bitte, Tom«, schluchzte sie. »Ich habe das eben nicht so gemeint.«

Tom lächelte nicht mehr. Abwägend sah er sie an. Schließlich sagte er: »Ja, ich weiß.«

»Ich bin nicht verrückt, falls du das denkst. Ich verliere nur manchmal die Kontrolle, wenn ich in die Enge getrieben oder unglaublich wütend werde«, sagte Maggie.

»War alles ein bisschen viel für dich, was?«

Maggie nickte und zog die Nase hoch.

»Willst du mir nicht erzählen, was passiert ist?«

Maggie schüttelte den Kopf. »Ich kann nicht, Tom. Beantworte einfach meine Fragen oder lass es sein. Okay?«

Tom seufzte und löste die Hand von ihrer Schulter. »Damit du endlich Ruhe gibst. Du möchtest wissen, wer Johnny Dolan ist? Also gut. Er ist der Anführer der Whyos. Ist immer fein rausgeputzt. Deshalb wird er Dandy genannt. Was weiß ich noch über ihn? Er bewegt sich in den besten Kreisen und soll einflussreiche Freunde bei den Tammanies und der Polizei haben. Angeblich hat er mehr als zwei Dutzend Morde auf dem Kerbholz. Eigentlich solltest du Bismarck nach ihm fragen. Einmal im Monat besucht der nämlich seinen Alten. Der sitzt gerade im Tombs ein. Von dem bringt Bismarck immer den neuesten Tratsch mit. Außerdem kennt er jede Menge Leute, die ihm das eine oder andere erzählen.«

Maggie spürte, dass er noch mehr wusste. »Weiter, Tom. Bitte!«

»Ich kann mir nicht vorstellen, dass du das wissen möchtest. Ist nämlich nichts für Zartbesaitete.«

»Ich muss das wissen. Diese Whyos sind hinter mir her. Ich hab wirklich keine Ahnung, was die von mir wollen.«

»Und warum hast du das nicht gleich gesagt?«

»Weiß nicht«, erwiderte Maggie kleinlaut.

Tom verfiel in grüblerisches Schweigen. »An deiner Stelle wäre ich auch ein Nervenbündel«, sagte er endlich. »Mit Dolan ist nicht zu spaßen. Man erzählt sich zum Beispiel, dass er immer einen geschnitzten Spazierstock bei sich hat. Der Knauf, ein vergoldeter Tigerkopf, ist abnehmbar und darunter verbirgt sich eine verflucht spitze Klinge, mit der er seinen Opfern die Augen aussticht, bevor er sie umbringt.«

Maggies Herz machte einen Satz. Die Vorstellung, was sie erwartet hätte, wäre sie nicht Sheppard begegnet und hätte über ihn zu den 40 Little Thieves gefunden, ließ ihren Magen zusammenkrampfen.

»Bist du ihm schon mal über den Weg gelaufen?«, fragte sie.

Tom schüttelte den Kopf. »Dolan hält sich meist im Satan's Circus auf. Und von dort bleibt man besser fern, wenn man an seinem Leben hängt.«

»Tom?«, fragte Maggie vorsichtig.

»Was denn noch?«, stöhnte er und rieb sich die Schläfen, als hätte er mit einem Mal stechende Kopfschmerzen.

»Was bitte ist bei euch in der Stadt ein Hühnerstall?«

»Wie kommst du denn darauf?«

»Sheppard hat so was erwähnt, als ich ihm begegnet bin.«

Tom blies hörbar die Luft durch die Nase aus. »Du scheinst echt keinen Schimmer zu haben. Wie auch immer. Dolan hat seine Finger in vielen illegalen Geschäften. Sein einträglichstes macht er mit Lösegeld für gekidnappte Kinder.«

»Und w…wo kommen die her?«

»Seine Beute bekommt er von Flusspiraten wie der Charlton Street-Gang, den Short Tails oder dem Grabbers Pack, die den East River und den Hudson flussauf- und -abwärts fahren, bis zur Mündung des Harlem River. Auf diesen Fahrten rauben die Gangs Bauernhäuser und Herrenhäuser in Flussnähe aus und entführen in Dolans Auftrag Kinder aus gutem Hause.«

Maggie war kreideweiß im Gesicht geworden. Dolan beschäftigte also Kidnapper, die in seinem Auftrag Kinder verschleppten. Aber warum hatte man sie entführt? Es gab weit und breit niemanden, der für ihre Rückgabe auch nur einen roten Heller zahlen würde.

Tom begutachtete nachdenklich das, was von ihrem Kleid noch übrig war. »Bist du ein solches Kind?«

Maggie schüttelte den Kopf. »Ich werde dir irgendwann alles erzählen. Aber ich brauche erst mal Zeit. Ich habe selbst noch nicht mal ansatzweise kapiert, wie ich in den ganzen Schlamassel geraten konnte.«

Tom schien sich mit ihrer Antwort zufriedenzugeben. »Also gut«, sagte er. »Ich muss los. Kommst du klar, Margaret?«

Maggie musste all ihre Willenskraft aufbieten, um ein heiteres Lächeln aufzusetzen. »Ja, komme ich. Danke. Und bitte sag Maggie zu mir. Ich kann es nicht leiden, wenn man mich Margaret nennt.«

Man sah Tom an, dass er drauf und dran war, weitere Fragen zu stellen. Aber dann stand er auf. »Wir werden frühestens am Abend zurück sein«, sagte er im Weggehen. »Am besten, du gewöhnst dich erst mal ein und ruhst dich aus.«

»Tom!«, rief Maggie aus, weil sie bei der Vorstellung, gleich allein in diesem klammen Gewölbe zu sein, wieder ein Anflug von Panik überkam. »Was … hat dich eigentlich hierhergeführt?«

Tom kratzte sich über den roten Flaum auf seinen bleichen Wangen, als sich unvermittelt ein Lächeln in seine Mundwinkel grub.

»Auch das ist eine lange und verzwickte Geschichte. Ich verrate sie dir, sobald du mir deine erzählt hast. – Abgemacht, Maggie?«

»Abgemacht!«, sagte sie.

Dann war die massive Kellertür zu und Maggie blieb allein in dem Diebesnest unter den Straßen Manhattans zurück.

Die Arme um die angewinkelten Knie und eine Decke um die Schultern geschlungen, den Blick starr in eine dunkle Ecke gerichtet, saß Maggie auf ihrer Matratze. Unweigerlich wanderten ihre Gedanken zurück zum Anfang ihrer Odyssee.

Früh am Morgen des vorherigen Tages waren der Mann und die Frau im Heim erschienen. Sie hatten sich als ihre Eltern ausgegeben und der Anstaltsleitung ein zu Tränen rührendes Märchen unterbreitet, das ihnen sowohl Direktor Sidgwick als auch die Barmherzigen Schwestern, die unter seiner Führung die Mädchen beaufsichtigten, bereitwillig abgekauft hatten, zumal das Paar seine mutmaßliche Tochter eindeutig hatte identifizieren können. Sie kannten ihren Vornamen und wussten sogar von dem Muttermal auf ihrem linken Oberschenkel. Dies hatte sie von Schwester

Euthymia erfahren, während sie herausgeputzt, anstelle der grauen Waisenhauskluft in das Blumenkleid gesteckt und vor ihre angeblichen Erzeuger geführt worden war, die sie mit ausgestreckten Armen und falschen Freudentränen im Foyer des Hauses in Empfang genommen hatten. Maggie hatte auf der Stelle gewusst, dass sie nie und nimmer ihren leiblichen Eltern gegenüberstand, sondern Betrüger vor sich hatte. Da niemandem außer ihr deren schlechtes Schauspiel aufzufallen schien und alle ganz aus dem Häuschen waren, das rebellische Findelkind – das geradezu zwanghaft jede Regel der Hausordnung gebrochen hatte – endlich in den Schoß seiner Sippschaft übergeben zu können, waren ihre Proteste ungehört verhallt. Ehe sie es sich versah, saß sie mit dem zwielichtigen Pärchen in der wartenden Kutsche. Erst als diese auf die Allee gebogen war, hatten die beiden ihre Fassade fallen gelassen.

Sie wussten, wer ich bin. Sie sind nach Bath gekommen, weil sie nach mir gesucht haben.

Maggies Hände krampften sich um die Enden der umgelegten Decke. Letztendlich hatte sie das Gespräch mit Tom nicht weitergebracht. Sie wusste noch immer nicht, was Dolan und seine Verbrecherbande von ihr wollten. Ihr Leben war in einen Strudel geraten, in dem ihr jede Orientierung abhandengekommen war.

»Ich bin verloren«, murmelte sie.

Eine dünne Atemwolke wehte wie ein Geist von ihren Lippen und verging vor ihren Augen. Sie fühlte sich unendlich einsam und verlassen inmitten der Stille, der flackernden Lichter und der huschenden Schatten.

Rasch stülpte sie die Flickendecke über den Kopf, wie sie es im Schlafsaal des *Orphan Asylum* oft getan hatte, wenn sie das Geflüster und die Anwesenheit der anderen Mädchen ausblenden und für sich sein wollte. Diesmal versuchte sie die Fremde auszusperren, die sie umgab. In der Dunkelheit, die sich über ihre Augen gesenkt hatte, lauschte sie ihren Atemzügen und dem Schlagen ihres Herzens.

Wie viel Uhr mochte es sein? Sicher war es noch nicht Mittag. Ruth, Carol, Norma, Charlotte, Frida und die anderen Mädchen ihrer Klasse saßen also gerade in einem der Schulräume im Erdgeschoss des fünfstöckigen Backsteingebäudes in Bath. Obwohl für Maggie der eintönige Unterricht der Barmherzigen Schwestern immer die reinste Folter gewesen war, hätte sie alles dafür gegeben, jetzt dort sein zu dürfen.

Als sie nach einer Weile wieder unter der Decke hervorkroch, war die Angst von ihr gewichen. Auch die Fragen bedrängten sie nicht mehr. Sie war so müde und erschöpft, dass sie sich nur noch hinlegen und endlos schlafen wollte.

Aber vor ihr lag noch eine Aufgabe, die sie erledigen musste. Sie ließ die Augen durch den Raum wandern, der für eine ungewisse Zeit ihr neues Heim sein würde. Da sah sie im Zwielicht hinter Goblins Liege zwei versteinert dastehende Körper.

Maggie erschrak und rappelte sich hoch. Wie eine Betrunkene taumelte sie auf die zwei Menschen zu, unverkennbar ein Mann mit Frack und Zylinder und eine Frau in einem gebauschten Kleid. Wankend blieb sie vor den Schaufensterpuppen stehen, die sie mit eingefrorenen Augen anschauten.

Maggie machte einen weiten Bogen um die leblosen Hausgenossen und lief weiter zum Ofen. Sie öffnete die Klappe. Es war noch Glut vorhanden. Um die Kälte zu vertreiben, legte sie ein paar Schippen Kohle nach.

Neben dem Schrank entdeckte sie hinter einem Vorhang aus Sackleinen einen Wassereimer, einen alten Schwamm und ein Stück Kernseife. Kurz entschlossen streifte sie das Kleid von den Schultern und warf es zusammen mit ihren schlammverkrusteten Wollsocken in den Ofen. In der Hocke beobachtete sie, wie der Stoff Feuer fing und zu Asche verbrannte, während ihre Zähne unkontrolliert aufeinanderschlugen und sie die kalten Hände vor die Öffnung hielt. Anschließend tauchte sie den Schwamm in das eisige Wasser und schrubbte sich den getrockneten Matsch von Armen, Beinen und Gesicht.

Ehe sie zum Schlaflager zurückkehrte, öffnete sie bibbernd die Schranktüren. Dahinter befanden sich Blechtöpfe, gusseiserne Pfannen, zerkratzte Zinnbecher sowie etliche Flaschen wie jene, die unter der Liege des Fagins lagen. Nur waren diese noch mit Hochprozentigem gefüllt. In einer Schublade fand Maggie neben verbogenen Gabeln und Löffeln, wonach sie gesucht hatte.

Am ganzen Leib schlotternd schlüpfte sie in ihre neue Kleidung. Zufrieden sah sie an sich hinab. Sie steckte nun in einem ausgeblichenen Hemd und einer geflickten Leinenhose – die unauffällige Kleidung eines Straßenjungen. Dann nahm sie das Messer, das sie in der Schublade gefunden hatte.

Mit zittrigen Händen entfernte sie die Haarklammern und fuhr sich durch die dichte Mähne. Dann schloss sich ihre Rechte um ein Haarbüschel, während die Linke es knapp über der Kopfhaut absäbelte. Es dauerte nur wenige Minuten, das zu entfernen, worauf sie zeitlebens stolz gewesen war und das Jahre gebraucht hatte zu wachsen.

Lange betrachtete Maggie durch einen Tränenschimmer die Haare zu ihren Füßen, bis sie sich aufraffen konnte, sie dem Feuer zu überlassen.

Benommen kroch sie schließlich unter die Decke. Rasch sank sie in den Schlaf. Er war tief und traumlos.

Maggie erwachte aus vollkommener Schwärze. Etwas kitzelte in ihrer Nase. Es roch wie Tabakqualm. Sie blinzelte den Schlaf fort, dann schlug sie die Augen auf, und als sich diese an das schummrige Licht gewöhnt hatten, betrachtete sie ungläubig den gewölbten Ziegelsteinhimmel über sich. Da erst fiel ihr wieder ein, wo sie sich befand.

Langsam drehte sie den Kopf in die Richtung, aus der die Rauchschwaden zu ihr schwebten. Auf der Liege saß der

Zwerg, mit einer Pfeife zwischen den rissigen Lippen. Er fixierte sie unter hängenden Augenlidern, wie eine alte gleichgültige Kröte, die eine ahnungslose Fliege ins Visier genommen hatte.

Erschrocken fuhr Maggie hoch und setzte sich auf. Der Fagin paffte weiter ungerührt an seiner Pfeife, den Blick stumpf auf sie gerichtet, während das flackernde Lampenlicht die Risse und Vertiefungen in seiner Haut ausleuchtete und Rauchwolken aus seinem Mund und seinen Nasenlöchern schwebten.

Ein Schauder lief über Maggies Rücken. Sie fragte sich, wie lange der entsetzliche Gnom wohl schon dort saß und sie ungeniert betrachtet hatte, während sie geschlafen hatte und seinem Anblick schutzlos ausgeliefert gewesen war.

Maggie straffte die Schultern. Sie tastete nach dem Messer, das sie vor dem Einschlafen unter ihre Matratze geschoben hatte.

»Was gibt's da zu gaffen?«, fauchte sie, bereit, der krötengleichen Kreatur die Klinge zwischen die Rippen zu stoßen, sollte sie ihr zu nahe kommen.

Goblin hob unmerklich die Brauen. Dann nahm er die Pfeife aus dem Mund, um für ein zahnloses Grinsen Platz zu schaffen.

»Ist es nicht ein schönes Kind?«, fragte er mit seiner widerlich knarrenden Stimme.

Maggie blickte unsicher umher, um zu ergründen, an wen die Frage gerichtet war. Doch außer ihr und ihm waren nur die beiden Puppen anwesend.

»Wir hoffen, es hat wohl geruht«, sagte der Winzling nun. »Vielleicht will es uns erzählen, was es in unser Reich geführt hat.«

Maggies Zähne rieben knirschend aufeinander.

Sie schnaubte ein paarmal durch die Nase. Als sie sicher war, ihre Stimme im Griff zu haben, sagte sie: »Ich werde gar nichts erzählen, solange Sie nicht mit Ihrem bescheuerten *es* und *wir* aufhören.«

Der Zwerg sah sie unverwandt an. In seinen farblosen Augen war plötzlich etwas zum Leben erwacht, das Maggie zur Vorsicht riet.

»Dein Wunsch sei mir Befehl«, sagte Goblin. »Doch nun möchte ich gefälligst erfahren, woher du kommst und vor wem du dich versteckst!«

Sie drückte das Kreuz durch und presste die Fäuste in den Strohsack. Sie wollte, nein, sie würde keiner Sterbensseele von den wahren Begleitumständen ihrer Flucht erzählen. Eher würde sie sich die Zunge abschneiden.

Goblin langte unter seine Liege und holte eine Flasche hervor, die noch zu einem Drittel voll war. Er betrachtete sie abschätzig, dann zog er den Korken aus dem Flaschenhals und ließ den gesamten Inhalt seine Kehle hinabrinnen. Anschließend quoll ein ordinäres Rülpsen aus seinem Rachen.

Er beugte sich vor. Sein Gesicht hatte sich in eine undurchsichtige Maske verwandelt. »Margaret, schau mich an und dann sage mir: Was siehst du?«

Maggie hob irritiert die Brauen. Was bezweckte der Wicht?

Weil sie fand, dass eine offene Frage eine ungeschminkte Antwort verdiente, antwortete sie: »Ich sehe einen versoffenen, verwahrlosten, hässlichen alten Zwerg.«

Goblin nahm ihre Antwort scheinbar gelassen hin. Sein Gesichtsausdruck blieb unergründlich. Maggie sah jedoch, wie sich die kleinen Hände in seinem Schoß zu Fäusten ballten.

»Dein Gesicht …«, flüsterte er, »… man könnte sich darin verlieren. Ich habe in meinem Leben nur ein Mal ein solches Gesicht gesehen. Vor langer Zeit. Du musst deinen Eltern sehr dankbar sein, denn ihre Vereinigung hat diese graue, verdorbene Welt um eine Augenweide bereichert.« Er machte eine Pause, in der seine Worte bedeutungsvoll in der Luft hingen.

Als er fortfuhr, schwang in seiner Stimme ein anklagender Unterton mit. »Margaret, glaubst du, deine Wohlgestalt erhebt dich über deine Mitmenschen? Vor allem über jene, die vom Glück weniger begünstigt wurden? Ich verlange eine ehrliche Antwort!«

Maggie wich seinem Blick aus und betrachtete die geleerten Flaschen zu Füßen des Fagins. Sie fühlte sich merkwürdig in der Defensive. Worauf zielte der Zwerg ab? Eines stand fest: Er spielte ein böses Spiel mit ihr und sie hatte ihn gehörig unterschätzt.

Maggie rieb sich die verschwitzten Handflächen an den Hosenbeinen ab und hob den Blick. Sie und ihr Gegenüber starrten sich an. Beide verzogen keine Miene.

»Blödsinn! Schönheit liegt doch immer im Auge des Betrachters«, entgegnete sie schließlich. »Ich selbst finde mich nicht sonderlich hübsch. Darum bin ich auch kein bisschen eitel.«

Der Zwerg sprang überraschend behände von seiner Bettstatt und verdrehte sein gebogenes Rückgrat, um etwas vom Boden aufzuheben.

Mit einer Mischung aus Scham und Abscheu beobachtete Maggie, dass er eine verirrte Strähne ihres Haares hochhielt, die sie übersehen haben musste und die deshalb nicht dem Feuer zum Opfer gefallen war. Mit den Kuppen von Zeigefinger und Daumen befühlte er die Beschaffenheit des Haares, dann hielt er seinen Fund mit geschlossenen Augen vor die Nase, als wolle er den Geruch inhalieren, der noch an dem Haar haftete.

Maggie sah deutlich, wie ein Zittern durch Goblins Körper ging, und dieser Anblick ließ sie gleichfalls erzittern.

»So wundervolles Haar. Hat es nicht in der Seele wehgetan, sich davon zu trennen?«, fragte er, ohne den Blick von seinem Fund abzuwenden.

Maggie hatte plötzlich einen Kloß im Hals. Sie merkte kaum, wie sie mit einer Hand ihre Haarstoppeln befühlte. Sie konnte nicht verhindern, dass sich ihre Augen mit Tränen füllten.

Der Kopf des Fagins wirbelte so schnell herum, dass er ihren unverfälschten Gesichtsausdruck sah. Mit Überraschung nahm Maggie zur Kenntnis, dass kein hämisches Grinsen auf seinen Zügen erschien, sondern ein Ausdruck von Güte und Mitleid.

Lange betrachtete Goblin sie mit blutunterlaufenen Augen, ehe er mit seiner Sandpapierstimme wisperte: »Du hast gewiss das Haar deiner Mutter. Nicht wahr, Margaret? Ich wette, sie war eine Schönheit. Und eines Tages wirst du ihr alle Ehre machen.«

Maggie brachte keinen Ton heraus. Sie war wie vor den Kopf gestoßen. Mit einem Mal war sie seltsam traurig. Nein, sie war überwältigt von Traurigkeit. Es war geradezu unheimlich, wie der Gnom die brennenden Verletzungen in ihr aufspürte und darin herumstocherte. Sie war, solange sie denken konnte, ein Waisenkind gewesen. Sie kannte nichts anderes. Natürlich war ihr klar, dass sie von leibhaftigen Menschen in die Welt gesetzt worden war, aber die Vorstellung war für sie seit jeher eine abstrakte. Nie hatte sie auch nur einen Gedanken daran verschwendet, dass sie deren Merkmale in sich trug und beim Blick in den Spiegel nicht nur ihr eigenes Abbild betrachtete, sondern auch das Vermächtnis ihrer verschollenen Eltern vor sich hatte. Und nun hatte ausgerechnet diese böse Kreatur erstmals ein vages Bild ihrer Mutter heraufbeschworen.

»Du bist mir immer noch eine Antwort schuldig.« Maggie war es, als dringe die Stimme wie durch Watte zu ihr. »Also noch einmal: Glaubst du, du bist was Besseres?«

»Nein«, hörte sie sich murmeln.

»Dann wirst du dich doch sicher dankbar zeigen und dem

versoffenen, hässlichen alten Zwerg, der so gnädig war, dich in seinem Heim zu verstecken, verraten, wer du bist.«

Maggie schüttelte abwehrend den Kopf und senkte den Blick. Aufgewühlt lauschte sie dem Schweigen, das darauf folgte. Sie wartete. Die Luft in dem Gewölbe knisterte vor Spannung. Aber nichts geschah.

Als sie es nicht mehr aushielt, blickte Maggie wieder auf. Durch einen Tränenfilm sah sie Goblin vor sich stehen, klein wie ein Kobold und undeutlich wie eine geisterhafte Erscheinung.

Und dann sprach der gedrungene, krummbeinige Schemen zu ihr. Er sprach ruhig und leise, aber in ihren Ohren klang es wie das Zischeln einer Giftschlange, die im Unterholz lauert und auf eine falsche Bewegung ihrer Beute wartet.

»Ich gebe dir einen Rat: Trau deinen Augen nicht. Sie gaukeln dir was vor. Was sie zeigen, ist nur ein Ausschnitt dessen, was uns umgibt. Die Welt ist abgründig und die Vergangenheit allgegenwärtig. Wie eine tieferliegende Hautschicht ist sie mit allem Sein auf Erden verbunden.«

Goblin zog an seiner Pfeife. Während der eingezogene Rauch aus seinem Mund quoll, als würde er inwendig brennen, saß Maggie stocksteif da, gefangen von seinen kalten Augen und seinen finsteren Betrachtungen des Lebens.

»An manchen Orten ist die Decke zwischen den Zeiten so dünn, dass unter dem Hier und Jetzt das Gewesene hindurchschimmert. Du musst nur die Augen schließen, dann kannst du es sehen. Nehmen wir einmal diesen Flecken Erde. Abertausende fristen ihr Dasein in den Five Points, zusammengepfercht in Baracken und Elendsquartieren, umgeben von einem Labyrinth dampfender Gassen voller Dreck und Müll. Dabei gab es genau an dieser Stelle einen Süßwassersee, inmitten unberührter Natur. Keine hundert Jahre ist es her, als er verschwand. Doch obgleich man den dicht bewaldeten Bunker Hill in seiner Nähe abtrug und den See mit dessen Erdreich zuschüttete, ist er immer noch da. Die Welt ist abgründig und die Vergangenheit allgegenwärtig. Man muss nur mit allen Sinnen hinsehen.«

Maggie schloss die Augen und fuhr mit einer Hand über den festgetretenen Lehm zu ihren Füßen. Sie fühlte die Feuchtigkeit in der Erde und roch den Modergeruch, der von dem Boden aufstieg. Der Gestank und die beschwörende Rede des Zwergs machten sie so benommen, dass sie nicht mitbekam, wie Goblin mit einem boshaften Grinsen näher humpelte.

»Du siehst es also auch!«, hörte sie ihn zufrieden ausrufen. »Die Vergangenheit lauert uns auf. In Rissen und Spalten der Realität, in Fieberträumen, in versteckten Winkeln unserer Innenwelten. Sie wartet nur auf einen unbedachten Schritt, um uns zu sich hinabzuziehen.«

Goblin hatte immer schneller gesprochen. Jetzt schöpfte er Atem und taxierte Maggie mit verengten Augen. »Du schaust mich an und siehst nichts weiter als ein verkommenes und verwahrlostes Geschöpf. Du glaubst, es steht dir zu, über dieses ein Urteil zu fällen, auf seine Kosten Possen zu reißen und ihm Respekt und Dankbarkeit schuldig zu bleiben. Dabei bist du Rotznase zu jung, dumm und blind, um ermessen zu können, wie es ist, als schlechter Witz der Natur geboren zu werden und zeitlebens im Körper eines Kindes gefangen zu sein. Keine Ahnung hast du, wer diese Missgeburt einmal gewesen ist und welches Leben ihr altes Ich geführt hat.«

Voller Angst sah Maggie, wie Goblin näher herantrat. Der Lichtkreis einer Lampe beleuchtete sein Gesicht. Es hatte sich in eine wutverzerrte Fratze verwandelt, mit Augen voller Gift.

»Nichts weißt du von der Schuld, die sich in ihrem Herzen eingenistet hat, an ihr frisst, sie zerstört und zu dem gemacht hat, was sie heute ist. Nichts von den Stimmen, die sie fortwährend plagen und nicht verstummen wollen. Das ewige Anklagen der Menschen, an denen sie sich versündigt hat.« Mit gehetzt blickenden Augen sah Goblin auf die Schatten ringsumher.

Hilflos, gelähmt wie eine Maus im Angesicht der Schlange, bemerkte Maggie, wie Goblin weiter auf sie zuging. Eine Wolke aus säuerlich riechendem Schweiß hüllte sie ein und sein Friedhofsatem wehte sie an.

Beinahe unhörbar flüsterte er: »So viele Jahre habe ich den gottlosen Himmel beschworen, meine Sünden sühnen zu dürfen. Mein Warten war vergebens. Ich hatte mich damit abgefunden, meine Schuld mit ins Grab zu nehmen. Aber nun bist du mir erschienen, Margaret.«

Entsetzen übermannte Maggie, als seine Finger plötzlich nach ihrem Kinn griffen und ihren Kopf hin und her drehten.

»Dein Gesicht … Kann es einen solchen Zufall geben?«, wisperte Goblin.

Seine Miene wirkte mit einem Mal wehmütig. Verträumt betrachtete er ihre Züge, als schwelge er in alten Erinnerungen. Seine rissigen Lippen zuckten. Und Maggie fiel mit einem Mal das Messer ein. Sie tastete nach ihm. Ihre Glieder gehorchten nur widerwillig. Trotzdem fand sie es. Ihre Hand umschloss seinen Griff.

Im selben Augenblick stieß sich Goblin mit einem knurrenden Laut von ihr weg. Er drehte sich um, blieb gebeugt, mit hängenden Armen und verdrehtem Rückgrat stehen, den Kopf seltsam schief auf einer Schulter gebettet. Grabesstille erfüllte den Raum, in der nur das abgehackte Keuchen des Zwergs zu hören war.

Ohne sich zu bewegen, stieß Goblin kraftlos und nach Luft ringend die letzten Worte seines Selbstgesprächs hervor: »Ich werde herausbekommen, was dich hergeführt hat. Es wird sich zeigen, ob du meine gerechte Strafe bist oder ein böser Scherz des Schicksals. Und in diesem Fall, verlasse dich drauf, werde ich dich deinen Jägern zum Fraß vorwerfen.«

Ein scharrendes Geräusch rüttelte Maggie aus ihrer Benommenheit. Plötzlich standen zwei Menschen in dem Gewölbe. Ein großer und ein kleiner Mohr, die sie aus Augen anstarrten, die in den dunklen Gesichtern riesig wirkten.

Stunden später war Maggie umringt von den kleinen Dieben. Die Straßenkinder hockten auf den Strohmatratzen, beleuchtet vom gelben Schein einer Lampe in ihrer Mitte. Von der Liege drang das sägende Schnarchen Goblins zu ihnen, der vor einer ganzen Weile sturzbetrunken eingeschlafen war. Maggie nahm das muntere Geplauder der Jungen kaum wahr. Sie hing ihren Gedanken nach.

Das merkwürdige Gespräch mit dem Zwerg fühlte sich für Maggie weit weg an. Sie bezweifelte beinahe, ob es wirklich stattgefunden hatte. Zu ihrer Verblüffung war tatsächlich eingetreten, was Tom ihr prophezeit hatte. Sobald die 40 Little Thieves zurückgekehrt waren, hatte sich das Kellergewölbe verwandelt. Mit der lebhaften Gegenwart der Bande war so etwas wie Behaglichkeit in das feuchte Gemäuer gezogen.

Die Mohre, die urplötzlich im Raum gestanden waren, hatten sich als Tom und Silence entpuppt, über und über mit Schlamm verschmiert und so gotterbärmlich stinkend, als hätten sie in Jauche gebadet. Inzwischen hatte Maggie in Erfahrung gebracht, dass die beiden in den Kloaken am östlichen Flussufer Hafenratten eingefangen hatten. Während sich Tom und Silence neben dem Ofen hinter dem Behang aus Jutesäcken wuschen, waren Coffee und Bismarck erschienen, und zwar über einen zweiten Eingang, durch den auch die Rattenfänger gekommen sein mussten. Maggie hatte die niedrige, mit Ziegelsteinen verkleidete Tür, die in dem Mauerwerk perfekt getarnt war, bei ihrem ersten Rundgang übersehen.

Coffee und Bismarck, die im reicheren Norden der Insel auf Betteltour gewesen waren, hatten sie genauso baff angesehen wie Tom und Silence zuvor. Doch keiner der Diebe hatte sie gefragt, warum sie sich die Haare abgesäbelt hatte. Allein Bismarck hatte eine Bemerkung fallen gelassen und scherzhaft ausgerufen: »Da brat mir doch einer 'nen Storch! Wer hätte das gedacht! Unter der Vogelscheuche steckt ja ein halber Bursche.«

Selbst jetzt, während sie beisammensaßen und miteinander sprachen, unternahm keiner irgendwelche Anstalten, sie zu bedrängen. Maggie glaubte auch zu verstehen, warum. Toms Standpauke hatte sie belehrt, dass die Bande ein paar heilige Gebote befolgte. Offenbar überließ man es jedem Gefährten selbst, was er von sich preisgeben wollte.

Die Rücksicht der Kinder und Maggies Beobachtungen des Zusammenlebens der Gruppe hatten dazu geführt, dass sie sich nun, nach Anbruch der Nacht, dieser Gemeinschaft schon ein wenig zugehörig fühlte. Keiner hatte sie spüren lassen, dass sie neu in der Bande war und sich weder Anerkennung verdient noch ihre Eignung unter Beweis gestellt hatte. Im Gegenteil! Die kleinen Diebe hatten sie so behandelt, als würden sie schon seit Ewigkeiten das Heim mit ihr teilen.

Maggie blickte zu der Liege abseits des Lampenlichts hinüber. Vage konnte sie die Umrisse des hingestreckten Körpers erkennen, den fassartigen Brustkorb, der sich hob und senkte, und ein ausgestrecktes Bein sowie einen herabbaumelnden Arm.

Was für eine mysteriöse Kreatur dieser Zwerg doch war!

Er hatte ihr den größten Schrecken ihres Lebens eingejagt. Dennoch kam ihr das erst wenige Stunden zurückliegende Gespräch mit ihm wie ein böser Traum vor. Und doch wusste sie, alles war genau so geschehen. Sie erinnerte sich an jedes einzelne Wort seiner wirren Ansprache, deren Inhalt ihr nach wie vor restlos unverständlich war.

Sie wandte sich von dem schlafenden Schemen ab und ihre Augen wanderten zu den anderen. Bismarck erzählte wild gestikulierend irgendeine Räuberpistole. Coffee kringelte sich vor Lachen. Silence hörte wie stets mit unergründlicher Miene und großen Puppenaugen zu und kraulte dabei ihren Hund Shylock, der neben ihr auf dem Rücken lag und alle vier Pfoten von sich gestreckt hatte. Tom hatte den Kopf auf einen angewinkelten Arm gestützt, seine Augen waren halb geschlossen und er schien ebenfalls mit den Gedanken woanders zu sein.

Maggie dachte wieder zurück an den Beginn des Abends. Während Goblin Coffees und Bismarcks Bettelerträge und das Geld aus dem Verkauf der Ratten gezählt hatte, die Tom und Silence bei irgendwem in der Gegend abgeliefert hatten, hatten die Diebe das Essen zubereitet. Maggie war immer noch so ausgehungert gewesen, dass sie sich nicht davon hatte abschrecken lassen, dass in dem Eintopf aus Kohl, Kartoffeln und Maiskolben auch Schweinsfüße mitköchelten.

An der gemeinsamen Mahlzeit auf dem Lehmboden (in dem Keller suchte man vergebens Stühle oder einen Tisch) hatte Goblin nicht teilgenommen. An seiner Pfeife schmauchend, eine Flasche zwischen die Beine geklemmt, hatte er wie in Trance versunken auf seiner Erhöhung gesessen und finster schweigend eine Flasche nach der anderen geleert, bis er irgendwann einfach umkippte und zu schnarchen anfing.

Währenddessen hatten sich Coffee und Bismarck gegenseitig mit Anekdoten aus ihrem Leben in Lower Manhattan überboten. Und so war Maggie in vieles eingeweiht worden, was sie für ihr künftiges Leben als Mitglied der 40 Little Thieves wissen musste.

Inzwischen war ihre heitere Stimmung jedoch verflogen und von einem schlechten Gewissen abgelöst worden. Denn sie hatte nicht vor, länger als nötig in diesem Unterschlupf zu bleiben. Sie wollte so schnell wie möglich fort von hier, zurück in das Mädchenheim.

Will ich das wirklich?, dachte Maggie und war selbst erschrocken über diesen Gedanken. Ihr altes Leben erschien ihr plötzlich unendlich weit entfernt. Die brennende Sehnsucht nach ihm hatte in den vergangenen Stunden merklich nachgelassen.

Ein Teil von ihr konnte der Vorstellung, einfach hierzubleiben und eine komplett andere Existenz zu führen, tatsächlich etwas abgewinnen. Trotz aller Entbehrungen und Gefahren führten die 40 Little Thieves ein sehr viel freieres Dasein als die Mädchen im *Orphan Asylum*.

Doch der Gedanke an die Männer mit den roten Halstüchern brachte Maggie zu der Überzeugung, dass sie fortmusste. Möglichst bald.

Um ihren Entschluss zu bestätigen, blickte sie noch einmal zu Goblins Liege. Konnte sie sich ein Leben unter seiner Obhut vorstellen?

»Keinesfalls«, murmelte Maggie vor sich hin.

»Hast du was gesagt, Wildkatze?«

Maggie blickte verwirrt in die Runde.

Bismarck, Coffee und Silence sahen sie fragend an. Nur Tom nicht. Er musste eingeschlafen sein, denn er lag mittlerweile komplett zugedeckt unter seiner Flickendecke.

»Ich habe nur laut gedacht«, sagte Maggie. »Ich habe heute so viel erlebt. Ich bin immer noch ganz durcheinander.«

Keiner erwiderte etwas. Als Maggie nichts weiter folgen ließ, stießen Coffee und Bismarck ein lang gezogenes Gähnen aus und streckten die Glieder.

»Wird Zeit zum Schlafen«, sagte Coffee, und Bismarck wollte wissen: »Welche Gutenachtgeschichte darf's heut sein?«

Maggie runzelte fragend die Stirn.

»Bismarck erzählt uns immer eins seiner Märchen vorm Einschlafen«, erklärte Coffee. »Wir sind zwar nicht besonders scharf drauf, aber wenn man ihn dran hindert, müssen wir uns die ganze Nacht sein Gejammer anhören.«

Bismarck warf seinem Kumpel einen bösen Blick zu und betonte: »Die meisten sind übrigens wahr und hier in der Ecke passiert. – Also, welches wollt ihr hören?«

»Ich wär dafür, Wildcat darf sich eins aussuchen«, befand Coffee und erntete damit von Silence ein zustimmendes Blinzeln.

»Gute Idee!«, rief Bismarck enthusiastisch aus. »Ich hab jede Menge auf Lager.«

»Ja, wissen wir.« Coffee rollte mit den Augen und schlüpfte unter seine Decke.

»Empfehlen könnt ich die tragische Geschichte von Socco the Bracers schrecklichem Tod in den Fluten vom East River. Oder die, wie die alte Hexe Sadie the Goat ihr Ohr im Hole-in-the-Wall verloren hat. Oder vom grässlichen Dahinscheiden der schönen Helen Jewett ...«

»Leg endlich los, Bismarck!«, schimpfte Coffee und löschte die Lampe.

»Deine Wahl?«, hörte Maggie Bismarck in der Dunkelheit fragen und mit einem Mal wusste sie, welche Geschichte sie hören wollte.

»Erzähl mir vom Bowery Boy.«

»Oho, unsere Wildkatze steht auf gruselige Märchen vorm Einschlafen. Welche Mördergeschichte von ihm magst du denn hören?«

»Ich weiß noch nicht mal, wer das ist. Ich habe den Namen nur irgendwo gehört. Nimm die, die dir am besten gefällt.«

»Du kennst die Sage vom bösen Riesen nich'?«, fragte Bismarck empört. »Dann kannst du noch nich' lang in Lower Manhattan sein.«

Und so erfuhr Maggie von der eindrucksvollsten Gestalt, die New Yorks Unterwelt je hervorgebracht hatte.

»Mit dem Bowery Boy isses so 'ne Sache«, begann Bismarck. »Keiner weiß so richtig was und man lässt höchstens mal 'ne Bemerkung über ihn fallen. Aber man muss schon taub sein, um den Namen nich' zu kennen. Vor allem, wenn man auf der Straße aufgewachsen is'.

Im Bloody Ould Sixth Ward gab's früher 'ne Bande, die hießen die Bowery Boys. Das war 'ne alte Gang, in der sich die übelsten Schurken getummelt ham. Ewig kriegten die sich mit andren Banden wie den Dead Rabbits und den 40 Thieves in die Wolle. In den Vierzigern is' eines schönen Tages ein neuer Genosse zu den Boys gestoßen. Keiner hat gewusst, wo er herkam und was er vorher so getrieben hat. Aber weil er kräftig wie nur irgendwer war und ziemlich gefährlich aussah, hat ihn die Bande mit offenen Armen aufgenommen. Doch schon bald ham die Bowery Boys gemerkt, dass sie sich den Leibhaftigen ins Nest geholt hatten. Die meisten ham vor ihm gekuscht und die's nicht getan ham, schauten sich die Blumen künftig von unten an. So kam's, wie's kommen musste: Der Mann stieg zu ihrem Anführer auf. Komischerweise gab's schon damals kaum einen, der wusste, wie er aussah. Seine Gegner lagen allesamt unter der Erde und von der Bande hat er nur 'ne Handvoll treuer Leute zu sich vorgelassen. Er soll ein richtiger Riese gewesen sein. Mit 'nem Haarschopf wie 'ne brennende Löwenmähne und 'nem feuerroten Bart bis runter auf den gewaltigen Wanst. Das is' aber noch nich' alles. Angeblich hielt der Kerl in seiner mächtigen Pfote immer ein Hackebeil und die Sohlen seiner Treter waren mit Ein-Zoll-Nägeln gespickt. Das Letzte, was seine Opfer gesehen ham, bevor er ihnen das Licht ausblies, war das Lächeln von 'nem Raubtier, weil die Schneidezähne in seinem Maul so spitz zugefeilt war'n, dass sie wie die Hauer eines Wolfs aussahn.

Is' also kein Wunder, dass man über den neuen Boss der Bande nur hier und da mal was tuscheln gehört hat, weil bloß komplett Schwachsinnige den Mut hatten, laut über ihn zu quatschen. Seine Bande konnte damals ihr Gebiet immer weiter vergrößern, weil die andren Gangs vor lauter Schiss nur zugeschaut ham, wie ihre Bezirke immer mickriger wurden. Der ganze Spuk hat zehn Jahre gedauert. Dann verschwand der Riese so plötzlich von der Bildfläche, wie er aufgetaucht is'. Eines Morgens war er einfach fort. So erzählt man's sich jedenfalls. Die Erinnerung an seine Schreckensherrschaft is' den Leuten jedenfalls im Kopf kleben geblieben. Seither is' der Bowery Boy 'ne richtige Legende geworden. Für die Fratzen der Lower East Side gilt er als Kinderschreck, vor dem sie sich mehr fürchten als vor Bloody Mary oder dem Boogeyman.«

Bismarcks Stimme verstummte.

Maggie glaubte schon, die Geschichte wäre zu Ende, da meldete sich Coffee zu Wort. »Wollen wir's ihr verraten, Bismarck?«, flüsterte er.

»In Ordnung, Coffee«, kam es von Bismarck ebenso leise zurück.

In einem eindringlichen Flüsterton berichtete Coffee: »Darüber sollte man eigentlich nicht reden. Aber für dich machen wir eine Ausnahme. Es gibt da Gerüchte, die sich hartnäckig halten. Der Bowery Boy soll vor etwas mehr als zehn Jahren wieder aus der Versenkung aufgetaucht sein.«

»Angeblich versteckt er sich an 'nem geheimen Ort«, mischte sich Bismarck im Flüsterton ein. »Er soll an allen illegalen Geschäften in der Stadt kräftig mitverdienen, weil er von den Verbrecherbanden Manhattans 'ne saftige Beteiligung an ihren Einnahmen verlangt.«

»Wer die schuldig bleibt«, wisperte ihr nun wieder Coffee zu, »der bekommt seinen entsetzlichen Zorn zu spüren.«

»Selbst hartgesottenste Gauner kriegen Muffensausen, wenn man den Bowery Boy auch nur erwähnt«, ergänzte Bismarck und ließ darauf ein herzhaftes Gähnen hören. »Schöne Träume euch!«

Es dauerte keine Minute und Maggie hörte an dem regelmäßigen Schnaufen, dass die kleinen Diebe eingedöst waren. Sie aber war hellwach.

An was für einem fremdartigen Ort war sie nur gestrandet? Ein Ort, an dem Verbrecher Jagd auf ein Mädchen machten und Kinder von einem Zwerg das Stehlen lernten. Ein Ort, der voller Legenden war.

In der Dunkelheit, die sie umgab, dachte Maggie über Bismarcks Erzählung nach. Obwohl ihr die Geschichte des Bowery Boy mit Sicherheit noch nie untergekommen war, kam ihr vieles daran merkwürdig bekannt vor.

An was erinnert sie mich nur?

»Ist mit Vorsicht zu genießen, was die beiden einem auftischen. Bismarck und Coffee nehmen jeden Unsinn für bare Münze.«

Die Stimme gehörte Tom. Er war also doch noch nicht eingeschlafen.

»Okay«, murmelte Maggie.

»Schlaf gut, Mag.«

»Du auch«, sagte sie.

Lange lag sie da, atmete den Grabesgeruch des Kalchhook ein und starrte in die vollkommene Schwärze, aus der immer wieder ein Bildnis auftauchte. Ein Bild, das einem Albtraum entsprungen sein musste. Es zeigte das Furcht einflößende Gesicht eines rotbärtigen Riesen.

Erst viel später fand Maggie in den Schlaf. Auch in dieser Nacht lauerte dort dieser dunkle Traum auf sie.

Maggie lag keuchend auf dem Rücken. Das Hemd klebte auf ihrer feuchten Haut. Angst haftete an ihr und drückte wie ein lästiger Nachtalb auf ihren Brustkorb.

Sie hatte ihn wieder geträumt. Der schrecklichste aller Träume hatte sie aus dem Schlaf gerissen. Dieser Albtraum, den sie erstmals in der Nacht ihrer Entführung geträumt hatte, nachdem der Mann und die Frau sie überwältigt und ihr eine bitter schmeckende Brühe eingeflößt hatten.

Während sie im Dunkeln dalag und nicht wusste, wie viel Uhr es sein mochte, versuchte sich Maggie an den Traum zu erinnern. Eine Reihe Bilder wanderte an ihrem geistigen Auge vorüber, nebulös wie mit schwarzer Tusche auf wolkenfarbenes Papier gebannt.

In ihrem Traum war sie ein kleines Kind gewesen. Aufgeschreckt hatte es in einem Bett gesessen und ängstlich in die Dunkelheit gelauscht. Das Nächste, woran sich Maggie erinnern konnte, war, wie das Kind zu Tode geängstigt unter dem Bett lag, ein breiter Lichtstrahl auf den Boden flutete und mit ihm ein mächtiger Schatten auf es zukroch.

Maggie überfiel dieselbe ohnmächtige Furcht wie in ihrem Traum, als sie sich ins Gedächtnis rief, wie plötzlich eine Hand unter das Bett getaucht war. Deutlich sah sie diese noch immer vor sich. Die bleiche Hand hatte kurze dicke Finger und an einem steckte ein Ring mit einem großen schwarzen Stein darauf, der mit einem fünfzackigen Stern verziert war.

Maggie begann zu zittern, als sie sich erinnerte, wie das Kind in ihrem Traum, in flammende Helligkeit getaucht, von groben Händen gepackt und herumgewirbelt wurde. Wie es auf den Schultern eines Ungeheuers weggetragen wurde und sich in seiner Panik in feuriges, verfilztes, entsetzlich stinkendes Fell verkrallte. Wie das Kind in ein schwarzes Loch geworfen wurde. Und wie es den sternenklaren Nachthimmel, einen vollen Mond und davor den Schattenriss eines Kirchturms gesehen hatte, ehe sich das haarige Tiergesicht eines Mannes mit spitzen Raubtierzähnen zu ihm beugte, um es zu verschlingen.

An dieser Stelle war Maggie beide Male aufgewacht, erfüllt von einem Grauen, das ihr noch immer in den Knochen steckte und sie frösteln ließ.

Schaudernd zog sie die Decke enger um sich. Da zuckte plötzlich in der Nähe eine Flamme auf. Tom hatte ein Zündholz entfacht und hielt es an einen Kerzendocht.

Ohne zu ihr und den Schlafenden ringsum zu blicken, nahm er die Kerze und ging durch den Raum. Dann machte er sich am Ofen zu schaffen.

Ein Feuer flackerte bald im Heizkessel und Tom stellte den Topf auf die Herdplatte. Aus einem Eimer goss er Wasser hinein und hievte den Kartoffelsack darüber. Erdäpfel platschten ins Wasser. Danach griff Tom sich wieder den Wassereimer, nahm auch noch die Eimer für die Kohlenasche und die nächtliche Notdurft dazu und lief mit diesen aus dem Gewölbe.

Maggies Augen hafteten auf dem Ofenfeuer, dankbar, dass es die Dunkelheit vertrieb. Sie lauschte dem regelmäßigen Atmen von Coffee, Bismarck und Silence, Shylocks Hundeschnaufen und dem von erstickten Lauten unterbrochenen Schnarchen Goblins.

Als Tom zurückkehrte, lag sie immer noch ohne Regung da. Sie sah ihm zu, wie er den frisch gefullten Wassereimer und die zwei geleerten Eimer an ihre Plätze zurückstellte und die Tranlampen anzündete. Dampf stieg von dem Topf auf. Tom warf einen Blick auf die Kartoffeln und stemmte den großen Pott von der Platte. Nun schleppte er den Topf nach oben.

Maggie hörte, wie sich die Diebe unter ihren Decken zu rekeln begannen. Auch Goblins zermürbendes Schnarchen war verstummt.

Einem plötzlichen Impuls folgend, sprang Maggie auf. Sie huschte zum Ofen, tauchte die Hand in den Ascheeimer, rieb den Ruß über Stirn und Wangen und lief Tom hinterher. Sie schlüpfte aus dem Keller, tastete sich durch den lichtlosen Tunnel, ging die Treppe hinauf und stieß die Tür zum Paradise Square auf.

Tom saß mit dem Rücken zu ihr auf den Stufen. Obwohl er das Aufschwingen der Tür gehört haben musste, blickte er nicht hinter sich, sondern weiter auf den verlassenen Platz. Auch als sie sich neben ihn hockte, schenkte er ihr keine Beachtung.

Maggie betrachtete ihn von der Seite. »Einen schönen guten Morgen!«

Sie erhielt keine Antwort.

Scherzhaft rempelte sie ihn an. »Ist dir eine Laus über die Leber gelaufen?«

»Morgen!«, sagte Tom übellaunig und ließ weiter den Blick über den Paradise Square gleiten, als gäbe es dort irgendetwas zu entdecken.

Maggie beschloss, ihn in Ruhe zu lassen. Vielleicht war Tom ein Morgenmuffel, der erst langsam in die Gänge kam. Allerdings wäre es ein Wunder, wenn er das nach der ganzen Schlepperei nicht schon war, dachte sie und sah sich ebenfalls um.

Der Ort wirkte um diese frühe Morgenstunde gespenstisch. Eine dichte Nebeldecke lag über der Ödnis. Die hinfälligen Gebäude blickten aus toten Fenstern. Kein Geräusch war zu vernehmen, als wäre die Gegend über Nacht ausgestorben. Maggie dachte an Bath und den Blick aus dem Fenster des Schlafsaals. An die mit Morgentau benetzten Wiesen, die alten Kastanienbäume, das tiefblaue Band des Cohocton River und das endlose Grün der Wälder jenseits des Flusses. Es gab keine zwei Orte, die unterschiedlicher hätten sein können.

Der erste Mensch, den Maggie außer Tom an diesem Morgen zu Gesicht bekam, war ein blasses, strohhaariges Mädchen. Es trug ein Kattunkleid, hatte ein kariertes Tuch um den Kopf gebunden und hielt ein Zedernholzkörbchen in der Hand. Die Kleine ging quer über den Platz und durch den Nebel. Sie hielt auf ein windschiefes Häuschen zu, das rechts auf den Überresten eines Felsens stand, überwand die gewundenen, in den Stein gehauenen Stufen und schlug gegen die Tür der Bretterbude.

Im Eingang erschien eine spindeldürre Alte. Sie steckte in einem zerschlissenen Trauergewand und sah aus wie eine zerzauste Krähe. Die hohläugige Alte nahm den Korb entgegen und schlurfte ins Haus. Kurz darauf erschien sie wieder am Hauseingang und gab dem Mädchen den Korb zurück. Als das Mädchen an ihnen vorbeischlenderte, sah Maggie, dass der Korb jetzt mit dampfenden Maiskolben gefüllt war.

Die Kleine war gerade in einer der Gassen zwischen den Gebäuden verschwunden, da lief ein zweites Mädchen zu dem erhöhten Haus und der Vorgang wiederholte sich. Nach dem dritten Mädchen konnte Maggie nicht länger an sich halten.

»Wer sind die denn?«, fragte sie Tom.

»Welche die?«, fragte er.

Er klang so gereizt, dass Maggie eine gepfefferte Erwiderung auf der Zunge lag. Doch sie schluckte sie runter und sagte stattdessen: »Muss man dir eigentlich alles aus der Nase ziehen?«

In Toms Mundwinkel grub sich der Anflug eines Lächelns. »Das sind Maismädchen.«

»Und das heißt?«

»Sie arbeiten für die alte Hexe, die in dem Schuppen

haust. Sie heuert Mädchen an, die für einen Hungerlohn ihre gerösteten Maiskolben auf den Straßen verhökern.«

»Aha«, murmelte Maggie, die gerade zusah, wie dem nächsten Mädchen die Tür geöffnet wurde. Sie musste an die vielen Jungen und Mädchen denken, denen sie auf ihrer Odyssee begegnet war. Die Schuhputzer, Blumenmädchen und Zeitungsverkäufer und die Kinder, die Bauchläden voll billigem Ramsch umgeschnallt hatten.

»Müssen alle Kinder bei euch ihr Brot selbst verdienen? Sorgt denn niemand für sie?«

Tom sah sie an, als hätte sie gerade etwas reichlich Dummes gesagt. Seine Stirn lag in Falten und er knetete verdrossen seine Hände.

»Und Devil Appo und Bloodsucker?«, fragte Maggie. »Was ist mit denen passiert?«

»Mann, bist du eine Nervensäge.« Tom konnte nicht verhindern zu grinsen.

Maggie warf ihm einen wütenden Blick zu.

»Fang bloß nicht wieder an zu kreischen. Mir klingeln vom letzten Mal noch die Ohren.« Das Grinsen rutschte wieder aus seinen Mundwinkeln. »Du bekommst schon deine Antwort. Aber nur, weil sie dir zusteht. Immerhin verdankst du Appo, dass wir noch einen Platz frei hatten. Die beiden wurden bei einem Einsatz mit Sheppard von der Hafenpolizei erwischt. Bloodsucker ist im Haus der Zuflucht für jugendliche Straftäter auf Randall's Island untergebracht und Appo hat man auf das Schulschiff Mercury verbannt.«

Maggie fand, das hörte sich gar nicht so schlimm an. »Geht es ihnen da nicht besser? Sie müssen für ihr Essen nicht mehr stehlen und lernen doch sicher auch was, das ihnen später von Nutzen sein könnte.«

Tom stieß ein freudloses Lachen aus. »Maggie, es gibt in New York fast dreißig Waisenhäuser und Erziehungsanstalten. Aber die meisten Kinder ziehen das jämmerliche Leben auf der Straße diesen Einrichtungen vor. Da kannst du dir vielleicht ausmalen, was für Zustände dort herrschen. Sie sind bis zum Bersten gefüllt. Das Zepter schwingen in der Regel Aufseher, die direkt aus den Gefängnissen rekrutiert wurden. Und auch in den Heimen muss man ums Überleben kämpfen. Zu fressen gibt es meist nur grauen Haferschleim. Die ansteckendsten Krankheiten machen die Runde und Misshandlungen sind an der Tagesordnung. Devil und Bloodsucker können einem leidtun.«

»Dann hatte ich ja ziemliches Glück«, sagte Maggie mehr zu sich selbst.

»Das hast du allerdings. Danke Sheppard für seine Empfehlung und Appo für sein Pech.« Tom machte eine Pause. Dann sah er sie von der Seite an. »Maggie, kann es sein, dass du und Goblin euch kennt?«

Die Frage kam so überraschend, dass Maggie zusammenzuckte. »Nein«, sagte sie und wich seinem Blick nicht aus.

»Ausgeschlossen?«

»Ausgeschlossen!«

Damit war für den Moment alles zwischen ihnen gesagt.

Jeder in eigene Überlegungen vertieft, saßen Tom und Maggie nebeneinander und sahen zu, wie der Paradise Square zum Leben erwachte.

Eine Stunde später hatte sich der Nebel verzogen. Über den östlichen Baracken lugte die aufgehende Sonne hervor. Ihre Strahlen entlockten der Jauchegrube übel riechende Dampfschwaden. Vor der Pumpe standen Frauen mit Wassereimern an und ihre Bälger tobten auf dem Platz herum. Alles war genauso wie am vorigen Morgen.

Maggie konnte kaum glauben, dass erst ein Tag verstrichen war, seit ihre Flucht sie zum Paradise Square geführt hatte, so vertraut war ihr der Anblick schon. Inzwischen hatten sich auch Bismarck, Coffee und Silence mit Shylock zu ihr und Tom gesellt. Nur Goblin war noch nicht eingetroffen. Alle saßen an denselben Plätzen wie gestern, fischten mit Gabeln Kartoffeln aus dem Topf und Bismarck gab sich redlich Mühe, die anderen mit seinen Anekdoten aus der Unterwelt zu unterhalten.

Gerade beantwortete er ausschweifend Maggies Frage nach dem geheimen Einlass im Keller: »Die Tür benutzen wir immer, sobald es dunkel is' und wir vom Stibitzen zurückkommen. Dahinter geht's zu 'nem Tunnel, der mal von den alten Banden gebuddelt wurde. Über den kommt man in die Abwasserkanäle. Unter ganz Lower Manhattan gibt's unzählige Tunnel und Kanäle, musst du wissen. Die sind alle miteinander verbunden. Ein richtiges Labyrinth is' das, in dem man sich schnell verfranzen kann. Der Einzige, der die unterirdischen Wege wie aus seiner Westentasche kennt, is' Sheppard. Wenn wir nachts mit ihm unterwegs sind, geht's immer direkt durch die Kanäle. Wir brauchen ihm nur hinterherzutapsen. Früher gab's mal 'ne …«

»Was wollen die denn hier?«, stieß plötzlich Coffee aus und beendete damit Bismarcks Geplapper.

Maggie sah sich um und wurde kreidebleich im Gesicht. Aus sämtlichen abzweigenden Gassen waren gleichzeitig Männer herausgetreten. Männer, die rote Halstücher um den Hals gebunden hatten. Mit angehaltenem Atem sah Maggie, wie sich immer zwei nebeneinander aufstellten, während die anderen an die Türen der Holzhütten hämmerten.

»Nach wem suchen die bloß?«, fragte Bismarck.

Ein und derselben Ahnung folgend, drehten die kleinen Diebe die Köpfe zu Maggie. Sie erfassten mit einem Blick die Antwort auf Bismarcks Frage, denn die Furcht und die entschwundene Farbe in Maggies Gesicht sprachen Bände.

»Schnell, Wildcat, runter in den Keller!«, rief ihr Coffee zu.

Maggie wollte aufspringen, doch Tom hielt sie zurück. Er hatte sie am Handgelenk gepackt.

»Zu spät!« Tom deutete mit den Augenbrauen auf drei Whyos, die auf sie zuschritten. »Bleib einfach sitzen! Und sag, wenn möglich, kein Wort! Wir erledigen das!« Er musterte sie kritisch. »Und zieh dir die Kappe ins Gesicht!«

Maggie tat, wie ihr geheißen. Unterdessen gaben sich die kleinen Diebe unbeteiligt und fuhren fort, ihre Kartoffeln zu essen.

Die Whyos bauten sich vor der Treppe auf. Ein untersetzter, stiernackiger Kerl mit arglistigen Augen trat vor und presste die Fäuste in die Hüften.

Die Diebe aßen weiter, als wäre er nicht vorhanden.

Der Mann räusperte sich übertrieben laut. »Wir suchen wen. Ein Mädel. Die is' nich' zu übersehn. Hat 'n Blumenkleid an und lange schwarze Haare. Für 'nen brauchbaren Tipp winkt 'ne Belohnung. Is' einem von euch Armleuchtern so 'n Püppchen übern Weg gelaufen?«

Keiner antwortete darauf. Die kleinen Diebe beschäftigten sich weiterhin mit ihrem Frühstück.

Der Mann kreuzte die Arme vor der Brust und nahm Tom ins Visier. »He, Lulatsch, hast du die Kleine gesehn?« Er zeigte mit dem Finger auf ihn.

Tom hob sogleich den Kopf und schaute den Mann direkt an. »Nein, Sir!«, sagte er laut und deutlich wie ein gehorsamer Soldat, der vor einem Vorgesetzten strammsteht.

Der Whyo gab sich mit der Antwort zufrieden und wandte sich an Coffee. »Und du, Nigger?«

Coffee machte eine Sekunde lang ein Gesicht, als hätte er eine unerwartete Ohrfeige bekommen. Er ließ sich allerdings nicht aus der Reserve locken und wiederholte Toms Worte.

Die Augen des Mannes wanderten zu Bismarck. »Wie steht's mit dir, Hosenscheißer? Siehst aus, als könntest du 'ne Belohnung gut gebrauchen.«

Bismarck wischte sich mit dem Handrücken über die triefende Nase und Maggie blieb nicht verborgen, dass seine Hand zitterte. Doch er grinste den Gangster breit an. »So 'ne Zuckerschnecke hab ich gewiss nich' gesehen. Das wüsst' ich ganz bestimmt«, sagte er.

Als Nächstes stellte der Wortführer Silence seine Frage.

Silence starrte ihn nur an. Ihre Puppenaugen hatten sich in finstere Abgründe verwandelt. Die Kälte in ihrem Blick ließ den Mann zurückweichen.

»Was is' nu?«, fragte er verunsichert.

»Sie is' stumm!«, rief ihm Bismarck zu.

»Was is' die?«

»Stumm! Das bedeutet, sie kann nich …«

»Ich weiß, was das heißt!«, schnitt ihm der Stiernacken barsch das Wort ab und sah Silence drohend an. In einem gefährlichen Tonfall sagte er: »Ich möcht trotzdem gern wissen, ob du was gesehen hast. Muss ich die Antwort aus dir rausprügeln?«

Shylock, der beim Erscheinen der Whyos die Ohren gespitzt und ein leises Knurren von sich gegeben hatte, sprang nun auf alle viere. Sein Fell war gesträubt, die Muskeln seiner Beine zuckten sprungbereit und tief in seiner Kehle erklang ein dunkles Knurren.

Während die Diebe besorgte Blicke wechselten, tasteten

die Gangster hektisch nach ihren Messern. Silence schnippte nur ein Mal mit den Fingern und ihr Hund verstummte und legte sich nieder. Die Whyos atmeten erleichtert aus und ließen ihre Waffen stecken.

Der Wortführer der Banditen wirkte plötzlich unentschlossen. »Kind, wir wollen doch nich' Ärger mit euch«, sagte er. »Brauchst doch nur nicken oder das Köpfchen schütteln.«

Er zog eine zufriedene Miene, als Silence den Kopf hin und her drehte und ihn endlich aus dem Bann ihrer Augen entließ.

Maggie wusste, die Reihe war nun an ihr. Ihr Herz pochte bis zum Hals und die Angst schnürte ihr die Kehle zu. Sie zog die Kappe noch tiefer ins Gesicht und blickte starr zu Boden.

»Und was is' mit dir?«

Maggie spürte den Blick des Mannes. Was sollte sie tun? Ihm antworten? Oder einfach schweigen und warten, was weiter geschah?

»He, hab dich was gefragt!«

Maggie konnte kaum noch atmen. Ihr Herz raste. Die Gedanken wirbelten in ihrem Kopf.

»Bist du auch stumm, oder was?«

»Fred is' so gut wie taub!«

Maggie linste zu Bismarck, der gesprochen hatte.

»Der hört schlecht. Die Milben, wissen Sie. Außerdem is' Fred nich' ganz auf der Höhe.« Bismarck tippte sich mit einem Zeigefinger an die Schläfe und schielte mit den Augen.

»Das is' ja schlimmer bei euch als im Lazarett auf Blackwell's Island«, bemerkte der Mann und erntete damit ein gefälliges Lachen seiner Kumpane.

Auch Bismarck stimmte in das Lachen mit ein. »Der war echt gut. Den muss ich mir merken!«, johlte er und wischte sich rasch die verräterischen Schweißtropfen von der Stirn.

Aus den Augenwinkeln nahm Maggie wahr, dass Tom und Coffee weiteraßen, als ginge sie das Gespräch nichts mehr an. Nur deren verkrampfte Körperhaltung verriet ihr, wie angespannt die beiden waren.

»He, Fred! Da will einer was von dir!«, schrie Bismarck zu ihr hoch.

Maggie schielte zu Tom, auf dessen Wangen die Anspannung rötliche Flecken gemalt hatte. Sie erhaschte ein unmerkliches Blinzeln von ihm und glaubte zu verstehen, was man jetzt von ihr erwartete. Sie sollte den einfältigen Trottel mimen und den Rest den anderen überlassen.

Sie nahm einen tiefen Atemzug, ließ den Unterkiefer nach unten klappen und blickte verwirrt umher. »Hä?«, sagte sie.

Bismarck machte eine entschuldigende Geste und tippte sich wieder gegen die Stirn. »Die Zeit könnt ihr euch sparen. Fred bekommt eh nix mit. Wir werden die Augen offen halten. Wenn wir die Kleine entdecken, bekommt ihr Bescheid.«

Maggie schickte ein Stoßgebet gen Himmel. Doch es half nichts. Der Stiernacken hatte sich an ihr festgebissen.

»He, du!«, sagte er laut und deutete mit dem Finger auf sie. »Hast du das Mädchen gesehn?«

»Mädchen?«, sagte Maggie mit tiefer gestellter Stimme und blickte verträumt in die Ferne.

»Ja, ein Mädchen. Es hat ein Blumenkleid an.«

»Blumenkleid?«, wiederholte Maggie und lächelte glückselig.

»Himmelherrgott!«, schimpfte der Whyo genervt. »Hast du so eine gesehn?«

Maggie tat so, als müsse sie über die komplizierte Frage gründlich nachdenken.

»Nee!«, sagte sie nach einer gefühlten Ewigkeit und kaute dann stumpfsinnig auf dem Kartoffelbissen herum, der immer noch in ihrem Mund steckte.

Der Mann musterte sie unerträglich lange, dann wandte er sich wieder den anderen zu. »Wenn die Kleine euch übern Weg läuft, ist's ratsam, ihr gebt uns gleich Bescheid. Ihr wisst sicher, wo wir zu finden sind. Solltet ihr uns was verheimlichen, will ich nich' in eurer Haut stecken.«

Er gab seinen Begleitern das Zeichen zum Abzug. Im Weggehen warf er noch mal einen Schulterblick auf den Halbidioten, der seine Kappe so tief in die Stirn gezogen hatte, dass man kaum etwas von seinem Gesicht zu sehen bekam. Der Blödmann winkte ihnen freudig zum Abschied nach.

In dem Augenblick packte Tom Maggie am Arm und schüttelte energisch den Kopf. Maggie ließ schnell die Hände wieder in den Schoß sinken und sah, wie der Whyo stockte, sie noch einmal misstrauisch beäugte und dann mit seinen Begleitern davonmarschierte.

Als die Gangster weit genug entfernt waren, sanken Coffee und Bismarck erschöpft auf die Stufen zurück und gaben ein erleichtertes Stöhnen von sich.

Tom jedoch blickte zuerst Silence zornig an, weil sie die Whyos gereizt und damit die Situation verschärft hatte. Danach nahm er Maggie mit finsterer Miene ins Visier.

»Deine Launen bringen dich noch um Kopf und Kragen, Maggie. Solche Faxen sind so nötig wie nur irgendwas. Beinahe hättest du alles vermasselt.«

»Wieso das denn?«, fragte Maggie erstaunt.

»Wegen deinem dämlichen Winken wäre um ein Haar alles aufgeflogen!«, bemerkte Tom ärgerlich.

Maggie hielt sich die Hände vors Gesicht und betrachtete sie. Plötzlich wusste sie, was er meinte. Ihre Handflächen und -rücken waren hell und sauber. Man sah ihren Händen an, dass sie niemandem gehörten, der in diesem Armenhaus lebte. Es waren die Hände eines Mädchens, das sein Leben in einem Waisenhaus verbracht hatte.

Maggie rang sich ein genuscheltes »Okay« ab. Danach sah sie jeden einzelnen der kleinen Diebe an. »Danke«, sagte sie und spürte alle vier Augenpaare auf sich. Die kleinen Diebe warteten auf eine Erklärung.

»Ich … ich … wollte euch nicht in Gefahr bringen«, druckste sie herum. »Jetzt wisst ihr, vor wem ich weggelaufen bin. Es tut mir leid.«

»Du hättest uns das sagen müssen, Wildcat.« Coffee wischte sich mit dem Hemdsärmel den Schweiß aus dem Gesicht. »Das hätte ins Auge gehen können.«

Maggie biss sich schuldbewusst auf die Unterlippe. Mit brennenden Wangen sah sie von einem zum anderen.

»Ich wusste nicht …«, begann sie.

Doch dann unterbrach sie sich. Keine Ausflüchte mehr!, beschloss sie. Die 40 Little Thieves hatten alles für sie aufs Spiel gesetzt. Sie verdienten die Wahrheit.

»Tom hat erwähnt, es gibt bei euch ein paar Regeln, an die ihr euch haltet«, sagte sie. »Eine lautet doch sicher, dass man ein Versprechen hält, oder?«

Die kleinen Diebe nickten.

»Dann müsst ihr mir euer Ehrenwort geben, niemandem davon zu erzählen, was ich euch jetzt sage. Auch nicht Goblin und Sheppard.«

»Wieso?«, sagte Coffee. »Denen kannst du vertrauen, Wildcat.«

Maggie ging nicht darauf ein. »Versprochen?«

»Von mir aus.« Coffee zuckte mit den Schultern.

»Meinetwegen«, sagte Bismarck. »Was is' mit dir, Kill'em?«

»Wenn Maggie nur uns einweihen möchte, sollten wir ihre Meinung respektieren.«

Die drei Jungen sahen zu Silence, die nickte, um ihnen zu bedeuten, dass sie Toms Meinung teilte.

Coffee, Tom, Silence und Bismarck führten ihre Hände an die Brust. »Wir schwören bei der Ehre der 40 Little

Thieves!«, sagten die Burschen nacheinander und Silence bewegte die Lippen dazu.

Maggie erzählte ihren neuen Freunden alles.

Coffee war es, der als Erster das Schweigen brach, nachdem Maggie ihren Bericht beendet hatte.

»Seltsame Geschichte«, murmelte er.

»Da soll einer draus schlau werden«, sagte Bismarck.

»Ich kann mir auch keinen Reim darauf machen«, pflichtete ihnen Tom bei und stand auf. »Ich gehe mal runter und schaue, wo Goblin abbleibt.« Er wandte sich zu Coffee, Bismarck und Silence. »Den Vorfall mit den Whyos behalten wir für uns! Goblin braucht davon nichts zu wissen.« Fürsorglich legte er Maggie eine Hand auf die Schulter. »Du kommst mit. Für alle Fälle. Wer weiß, ob denen nicht einfällt, doch noch mal vorbeizuschneien.«

Tom zog Maggie hoch. Auf wackeligen Beinen folgte sie ihm.

Am Ende des schimmelbefallenen Hausflurs nahm Tom Maggie beiseite. »Ich will dir was sagen«, begann er. »Deine Ehrlichkeit in allen Ehren. Aber du musst auf der Hut sein. Goblin ist kein Unmensch. Er behandelt uns besser, als die meisten Erwachsenen in den Armenvierteln mit Kindern umspringen. Trotzdem würde ich nicht die Hand für ihn ins Feuer legen. Er wird Nachforschungen anstellen, wen er sich da ins Nest geholt hat. Weiß der Himmel, ob es über dich überhaupt was rauszufinden gibt. Aber nehmen wir mal an, er findet was raus. Könnte es dann nicht irgendwas sein, das für dich gefährlich ist?«

»Keine Ahnung«, murmelte Maggie.

»Was mir Sorge bereitet, ist, dass Goblin eine Höllenangst hat, seit du da bist«, führte Tom ungeduldig weiter aus. »Der Zwerg hat einen feinen Riecher. Er wird Bismarck und Coffee beschnuppern und wittern, dass sie mehr wissen als er. Die zwei würden nie wissentlich ihr Gelübde brechen. Das weiß ich. Aber Goblin darf man nicht unterschätzen. Er ist schlau wie ein Fuchs und kann eine hinterlistige Natter sein, wenn es drauf ankommt. Die beiden werden nicht mal merken, wie er deine Geschichte nach und nach aus ihnen herauskitzelt.«

Maggie hätte sich am liebsten die Haare gerauft, wenn sie noch lang genug dafür gewesen wären. Sie ärgerte sich jetzt, ihren Grundsatz gebrochen zu haben, nicht mehr als nötig von sich preiszugeben.

»Hätte ich mir doch lieber auf die Zunge gebissen«, murmelte sie.

Tom schüttelte den Kopf. »Das stimmt nicht. Du warst es ihnen schuldig. Die kleinen Diebe haben sich mächtig für dich ins Zeug gelegt. Ohne sie wärst du jetzt irgendwo im Satan's Circus verschollen. Womöglich für immer.«

Die Erwähnung des Aufenthaltsorts Dandy Dolans reichte aus, alle Farbe wieder aus Maggies Gesicht weichen zu lassen.

Tom merkte nichts von der Wirkung seiner Worte. »Wir müssen versuchen, dich schnell hier wegzubekommen«, fuhr er unbeirrt fort. »Wir beide kriegen das schon irgendwie hin. Wir finden einen Weg. Und den behalten wir schön für uns. Okay?«

»Okay!«, erwiderte Maggie und betrachtete die hingestreckte Hand. Sie schlug ein und Tom wies zu der verschrammten Tür, hinter der es in den Keller ging.

»Schauen wir mal, wo unser Fagin steckt.«

Maggie blieb dicht hinter Tom, als sie die Treppe hinabstiegen. Sie umfasste den Stoff seines Hemds und ließ sich durch die Schwärze führen.

Sie waren erst ein paar Schritte gegangen, als Maggie Stimmen hörte. Während sie näher kamen, erkannte sie, dass es zwei Stimmen waren. Die eine gehörte Goblin, die andere Sheppard.

Tom blieb so plötzlich stehen, dass Maggie gegen seinen Rücken prallte. Sie wollte gerade fragen, was los ist, als sich ein Finger auf ihre Lippen legte.

»Still!«, raunte ihr Tom ins Ohr und schlich weiter.

Als sie wieder anhielten, waren die Stimmen ganz nah. Maggie atmete flach und spitzte die Ohren.

»Sind wir seit Neuestem ein Heim für entlaufene Kinder, oder was?«, zeterte Goblin.

»Der Honigkuchen ist also heil bei euch angekommen«, sagte Sheppard in einem belustigten Tonfall.

»Sie ist oben bei den anderen.«

»Und? Was hältst du von ihr? Könnt ihr was mit ihr anfangen? Auf mich hat sie gleich Eindruck gemacht. Und da euch Appo und Bloodsucker abhandengekommen sind, dachte ich mir, ihr freut euch bestimmt über Zuwachs.«

»Red keinen Scheiß, Jack!«, knurrte Goblin. »Warum hast du die Göre hergeschickt?«

»Dandy Dolan ist hinter ihr her«, antwortete Sheppard, und Maggie fand, er klang nun nicht mehr belustigt, sondern eher schuldbewusst.

»Das wird ja immer schöner!«, krächzte Goblin. »Was will der von ihr?«

»Was wird er schon von ihr wollen? Sie wird aus seinem Hühnerstall abgehauen sein. Dolan lässt nichts unversucht, sie wieder einzufangen. Meine Spitzel haben mir gestern in aller Herrgottsfrühe die Nachricht überbracht, dass Dolans Leute die Gegend nach einem Mädchen abklappern. Ich bin dann gleich los, um mich auf eigene Faust umzusehen. Ich hatte Glück. In einem Hauseingang in der Mulberry Street saß eine Kleine, auf die die Beschreibung passte. Sicher war ich mir, als ihr drei Whyos nachsetzten.«

»Und dann fällt dir nix Besseres ein, als sie hierherzuführen? Bist du denn von allen guten Geistern verlassen? Was habe ich dir eigentlich beigebracht?«, schimpfte Goblin wie ein Rohrspatz.

Es folgte ein lang gedehntes Schweigen.

»Ich verstehe deine Reaktion nicht«, sagte Sheppard ruhig. »Dass wir ihr den Kopf retten, ist eine Sache. Aber bedenke doch! Wenn wir sie in den weich gepolsterten Schoß ihrer Familie zurückbringen, werden sich ihre Eltern bestimmt dankbar erweisen. – Du willst doch nicht den Schwanz einziehen?«

»Rutsch mir den Buckel runter!«, schrie Goblin aufgebracht.

»Goblin, ich bitte dich! Du lässt dir doch sonst kein gutes Geschäft entgehen. Außerdem weißt du sehr genau, was Dolan mit ihr anstellt, sollte er sie in die Finger bekommen. Das kann dir nicht egal sein. Was ist los? Was stimmt nicht mit der Kleinen?«

»Sie ist ein Satansbraten«, knurrte der Zwerg. »Mit der handelt man sich nur Ärger ein.«

Wieder folgte eine lange Pause.

»Da ist doch noch was«, sagte Sheppard so leise, dass Maggie ihn kaum noch verstehen konnte. »Man könnte ja fast meinen, du fürchtest dich vor der Kleinen. Rück schon raus mit der Sprache!«

»Sie ist jedenfalls keines seiner entführten Kinder«, sagte Goblin mit tonloser Stimme.

»Natürlich ist sie das! Was sollte sie denn, bitte schön, sonst sein?«

»Erstens sagt mir das meine Nase. Und zweitens will sie nicht damit rausrücken, wer sie ist und woher sie kommt.«

»Wird sie schon noch. Entschuldige bitte, aber du siehst für ein Kind aus der Provinz nicht unbedingt vertrauenserweckend aus«, gluckste Sheppard.

»Fahr doch zur Hölle!«

»Mach ich. Ich muss eh gleich los. Und oben warten deine Diebe auf dich. Du solltest dich sputen. Es kann nicht mehr lange dauern, bis die Whyos in den Five Points jeden Stein umdrehen. Du musst die Kleine für eine Weile verstecken.«

»Einen Dreck werde ich! Die kann auf sich selbst aufpassen.«

»Deine Sache«, sagte Sheppard in einem resignierten Tonfall. »Ich habe die neue Ausgabe der *Evening Post* auf dein Bett gelegt. Lies den Artikel auf Seite zwei. Der Chinese hat wieder zugeschlagen.«

Goblin murmelte etwas Unverständliches.

»Dieses Mal hat es Peter Sawyer und Bum Mahoney erwischt. Nach einem Einbruch im Marble Place. Es lief alles haargenau so ab wie bei den anderen. Als die zwei mit der Beute abhauen wollten, hat er sie dingfest gemacht und die Bullen informiert.«

Erneut sprach Goblin zu leise für Maggies Ohren.

»Ja, hat er. Die Botschaft war wieder unterschrieben mit Chung Ling. Merkwürdig, oder?«

Entweder erhielt Sheppard keine Antwort oder der Zwerg hatte so leise gesprochen, dass Maggie nicht mal seine Stimme vernehmen konnte.

»Wir hauen ab!«, hauchte ihr Tom ins Ohr und zog sie am Hemdsärmel mit sich.

Oben angekommen, öffnete Tom die Tür zum Paradise Square einen Spaltbreit und spähte nach draußen.

»Die Luft ist rein«, sagte er und stieß sie auf.

Die Sonne stand mittlerweile höher am Himmel. Coffee und Bismarck hatten die Gesichter in die Sonnenstrahlen gestreckt. Silence lag mit dem Kopf auf Shylocks Flanke und nutzte die Zeit für ein Nickerchen. Die Whyos waren fort.

Die Frauen hatten große Bottiche auf den Paradise Square getragen, rieben schmutzige Kleidung über Waschbretter und hängten die gewaschenen Stücke zum Trocknen über die schiefen und gebrechlichen Lattenzäune vor den Bruchbuden. Ihre Kinder lungerten schläfrig in den Schatten herum. In den Hauseingängen waren jetzt auch Männer zu sehen. Graue und ausgemergelte Gestalten, die apathisch vor sich hin starrten oder ihren Rausch ausschliefen.

Die kleinen Diebe hatten die Tür gehört. Bismarck, Coffee und Silence sahen Tom und Maggie fragend an.

»Er kommt gleich«, sagte Tom knapp und ließ sich nieder.

Maggie setzte sich neben ihn.

Es dauerte keine Minute und Goblin humpelte mit finsterer Miene hinaus ins Tageslicht.

Der Zwerg keuchte wie eine Dampflock und stierte die Bande schlecht gelaunt an. Seine Augen waren blutunterlaufen und glasig, das Runzelgesicht von einem ungesunden Purpur überzogen und sein Kinn mit weißen Bartstoppeln übersät. Ohne ein Wort der Begrüßung rutschte er mit dem Rücken am Türpfosten runter auf den Hosenboden.

Coffee und Bismarck steckten die Gesichter wieder in die Sonne, Silence bettete den Kopf erneut auf Shylocks Seite und Tom pulte selbstvergessen den Schmutz unter seinen Fingernägeln hervor.

Maggie schaute auf den Paradise Square und hatte das unangenehme Gefühl, dass Goblins Augen auf ihrem Rücken hafteten. Sie hörte den Zwerg schnaufen, schmatzen und rülpsen. Verstohlen warf sie einen Blick hinter sich. Rechts neben Goblin stand eine Flasche Branntwein, links lagen gepökelte Fische, die einen strengen Geruch verströmten, und auf seinem Schoß befand sich ein großes Einmachglas, in dem in Essig eingelegte Eier schwammen. Mit offenem Mund und sauertöpfischer Miene malmte Goblin auf einem Bissen herum und spülte diesen anschließend mit einem kräftigen Zug aus seiner Flasche runter.

Maggie wandte sich ab und unterdrückte das Würgen in ihrem Hals.

Nachdem das Schmatzen und Rülpsen verklungen war,

wehten Rauchfäden zu ihr hinüber und Maggie hörte Goblin sagen: »Antreten zum Morgenappell!«

Auf der Stelle war das geduldige Warten der kleinen Diebe beendet. Sie sprangen auf und scharten sich um ihren Chef. Maggie tat es ihnen gleich.

Der Zwerg paffte an seiner Pfeife und blickte von einem zum anderen. Maggie jedoch ließ er dabei aus, als wäre sie Luft für ihn.

»Heute ist Sonntag und die Sonne scheint. Ihr wisst, was das heißt?«

Bismarck und Coffee juchzten und schlugen sich gegenseitig auf den Rücken, Silence klatschte in die Hände und Tom flüsterte Maggie zu: »Das heißt, heute stehen weder Betteln noch Rattenjagd auf dem Programm. Wir gehen auf Diebestour!«

»Ihr macht euch zum Tompkins Square auf«, verkündete Goblin. Erst jetzt bedachte er Maggie mit einem kurzen, grimmigen Blick. »Nehmt unsere Neue mit. Damit sie weiß, was sie erwartet, soll sie sehen, was ihr bei mir gelernt habt. Runter mit euch!«

Die 40 Little Thieves folgten ihrem Fagin in den Keller. Während Goblin aus einer metallbeschlagenen Seemannskiste Kleidungsstücke zog und mit diesen hinter den aufgehängten Leinentüchern verschwand, machte sich bei den kleinen Dieben Erregung breit. Die Bandenmitglieder rieben sich die Finger und schlackerten mit den Armen. Coffee und Bismarck schoben die Schaufensterpuppen in die Raummitte. Anschließend stellten sich die Diebe um diese herum auf. Jeder schien genau zu wissen, wo er stehen musste.

Dann trat Goblin hinter dem Vorhang hervor. Er trug nun einen Helm und eine Polizeiuniform mit einem Kupferstern am Revers und hielt einen Schlagstock in der Hand. Die Uniform war ihm freilich viel zu groß, sodass der Stoff an Armen und Beinen mehrfach umgeschlagen war.

Dann stolzierte er mit strenger Polizistenmiene auf sie zu und schlug sich dabei mit dem Prügel in die offene Hand. Mit lauter Stimme verkündete er: »Auf geht's, Kinder! Es wird Zeit, dass wir dem neuen Mitglied zeigen, was wir können.«

Die Darbietung, die sich ihr daraufhin bot, nahm Maggie völlig gefangen. Die Tricks liefen immer nach einem exakten Plan ab. Am Anfang stand ein Ablenkungsmanöver. Anschließend entwendeten entweder Bismarck oder Coffee den Schaufensterpuppen den umgehängten Schmuck oder die Geldbörse. Das Ganze passierte so blitzschnell, dass Maggie kein einziges Mal mitbekam, wie die Wertgegenstände aus den Taschen und dem Muff der Schaufensterpuppen herausgezaubert wurden.

Das größte Vergnügen bereiteten Maggie die Tricks, in denen der Hund mitwirkte. Trotz ihrer Stummheit hatte Silence ihren Gefährten zu einem perfekten Helfer ausgebildet. Sobald Silence mit den Lippen schnalzte, stimmte Shylock ein herzerweichendes Jaulen an, sprang an dem ausgesuchten Opfer hoch und schlabberte ihm so lange mit der rauen Zunge übers Gesicht, bis einer der Diebe hinter dessen Rücken zugeschlagen hatte.

Den aufmerksamen Augen des falschen Polizisten entging indes nicht die geringste Fahrlässigkeit. Immer wieder unterbrach Goblin mit dem schrillen Pfiff seiner Trillerpfeife eine Aktion, sprang mit erhobenem Stock dazwischen und rief: »Hab ich dich, du Dieb!« Nachdem er erklärt hatte, was ihm nicht passte, ließ er den Trick so lange wiederholen, bis er zufrieden war.

Als sich die Übungsstunde dem Ende neigte, schwirrte Maggie der Kopf. Zugleich war sie überrascht von Goblins Verhalten. Sie hatte ihn während der Lehrstunde von einer grundlegend anderen Seite erlebt. Er war zu seinen Untergebenen streng und sein Urteil war unerbittlich. Aber er begegnete seinen Schülern gerecht und mit einer Duldsamkeit, die ihr im Mädchenheim nie widerfahren war.

Die Diebe waren ganz schön aus der Puste und ziemlich aufgedreht, als sie sich auf ihren Lagern niederließen. Maggie sah ihnen an, wie stolz sie waren, ihr erlerntes Können vorgeführt zu haben. Sie geizte darum nicht mit Lob und stellte die eine oder andere Frage.

Goblin hatte sich unterdessen wieder in den mürrischen Zwerg zurückverwandelt. Nachdem er sich seine Pfeife angezündet hatte, sagte er: »Haltet euch ran und bleibt am Tompkins Square nicht länger als nötig. Auf offenem Gelände findet ihr schlecht ein Versteck, wenn es brenzlig wird und ihr türmen müsst. Sollte alles glattlaufen, mischt euch danach in der Avenue B unter die Leute. Ich erwarte euch eine Stunde nach Sonnenuntergang zurück. Seht zu, dass Wildcat Mag was lernt, damit sie uns nicht unnütz auf der Tasche liegt! Und jetzt verschwindet aus meinen Augen!«

Vor dem Gates of Hell sprangen die kleinen Diebe die Stufen hinunter und hielten über den morastigen Platz auf eine Gasse zu.

Tom lief neben Maggie her und klärte sie über ihr Ziel auf: »Der Tompkins Square ist ein öffentlicher Garten im Norden. An schönen Wochenenden vergnügt sich dort das gehobene Bürgertum der Stadt. Und die Avenue B ist eine Einkaufsstraße mit eleganten Läden und überdachten Seitenwegen ganz in der Nähe des Tompkins Square.«

»Da warten heut jede Menge mit Klunkern behangene Damen, und Herren mit prall gefüllten Börsen auf uns«, frohlockte Bismarck, der zugehört hatte.

Sie tauchten in das Gassengewirr ein, durch das Maggie vor den Whyos geflohen war. Als sie den Irrgarten durchquert hatten, stießen sie auf die verstopften Straßen Lower Manhattans.

Ihr Weg führte die 40 Little Thieves Richtung Norden, vorbei an Menschenmassen, Lastkarren und Pferdegespannen. Maggie ging neben Tom, Coffee und Bismarck her. Silence und Shylock waren stets ein gutes Stück voraus und wuselten so flink wie tollende Welpen durch das Gedränge.

Anfangs blickte sich Maggie ständig um, ob nicht irgendwo die Whyos auf der Lauer lagen und nach ihr Ausschau hielten. In ihrer neuen Garderobe und in Begleitung der kleinen Diebe schien sie jedoch nicht aufzufallen. Bald fühlte sie sich sicher genug, die Einzelheiten dieser fremdartigen, lauten Welt in sich aufzunehmen.

Maggie sah unzählige Bettler und formlose Gestalten, die im Rinnstein oder in Häusereingängen schliefen, Lumpensammler, die mit Glöckchen behangene Karren schoben, Messerschleifer, die vor Funken sprühenden Schleifsteinen saßen, und alte Mütterchen, die Bratäpfel, Muscheln und Yamswurzeln feilboten. An der einen oder anderen Straßenecke begegneten ihr auch wieder die Maismädchen, die mit hellen Zwitscherstimmen den immer gleichen Spruch in die Menge riefen: »Warme Maiskolben, warme Maiskolben, frisch aus dem Topf!«

Coffee und Bismarck waren ganz in ihrem Element und erpicht darauf, Maggie wie zwei Stadtführer auf die ansässigen »Sehenswürdigkeiten« hinzuweisen. Zu beinahe jeder der vielen Kneipen und Schankstuben, an denen sie vorbeikamen, wussten die beiden eine Episode zu erzählen, die meist von irgendeinem Gangsterboss handelte, der darin einen gewaltsamen Tod gefunden hatte.

Während sie an einem grauen Steinklotz entlanggingen, erzählten sie ihr, dies sei das Tombs, die gefürchtete Haftanstalt des Landes, in der Bismarcks Vater seit nunmehr vier Jahren zwangsweise logierte. Und immer wenn sie Gruppen von Männern begegneten, die hohe Zylinder, grellbunte Halstücher oder riesige Bowiemesser an ihren Gürteln zur Schau trugen, erfuhr Maggie, welche Gang jene mit ihrer Aufmachung repräsentierten.

Maggie fiel auf, dass sich Tom nicht weiter an ihrem Gespräch beteiligte. Seit sie das Gassenlabyrinth um den Paradise Square verlassen hatten, erschien er ihr merklich angespannt. Schweigend lief er neben ihnen und seine Augen wanderten unentwegt umher. Er wirkte hoch konzentriert und verbissen, als durchforste er die Menschenmenge nach einem bestimmten Gesicht.

Und dann passierte es. Maggie entdeckte etwas, das alles ändern sollte.

Zuerst verwundert, dann zweifelnd und schließlich voller Entsetzen starrte sie zu einem Turm, der sämtliche Gebäude überragte. Es war ein Kirchturm, hinter den sich die blasse Sonne geschoben hatte.

Es war vollkommen verrückt, aber sie kannte diesen Turm. Ich muss ihn in einem Buch gesehen haben, versuchte Maggie sich einzureden. Aber sie konnte sich nichts vormachen. Das war ohne Zweifel der Turm aus ihrem Traum. Die Erkenntnis traf sie wie ein Blitz aus heiterem Himmel.

Es war gar kein Traum. Ich habe mich im Schlaf erinnert. Ich war schon einmal hier. Ich bin das Kind.

Maggie wurde kurz schwarz vor Augen.

»He, alles klar?« Tom war zu ihr zurückgegangen.

»Die Kirche da.« Maggie hob den Arm und zeigte mit dem Finger zu der Zinne über den Häusern. »Wie heißt sie?«

Er folgte ihrem Blick. »Das ist die Trinity Church. – Warum?«

»Tom, ich werde bei euch bleiben. Weil ... weil ich hier einmal zu Hause war.«

Tom blickte sie verständnislos an. Aber Maggie sah an ihm vorbei, hinauf zu dem Kirchturm, der wie ein Mahnmal in der Ferne aufragte.

Zweiter Teil: Lower Side

Es war heiß in New York. Brütend heiß. Ganz Manhattan stöhnte unter der Hitze

Seit zwei Wochen schon ließ sich kein Wölkchen am Himmel blicken. Die Sonne über dem Häusermeer glich einer überreifen Pampelmuse. Nicht das laueste Lüftchen wehte durch die Gassen. Die Armenviertel hatten sich in einen riesigen Backofen verwandelt, der sogar den Sumpf im Paradise Square ausgetrocknet hatte. Der Gestank hatte Dimensionen erreicht, dass sich selbst alteingesessene Bewohner wie Bismarck und Coffee über die Luft beschwerten und eine frische Meeresbrise herbeisehnten, die endlich die Ausdünstungen der Fäkalien, des Pferdemists und der Fabriken aus den Gassen und Höfen vertrieb.

Maggie lebte nun seit drei Monaten bei den 40 Little Thieves. Obwohl ihre Zeit keinem strikten Diktat wie ehemals im Waisenhaus unterworfen war, folgten auch ihre Tage bei den kleinen Dieben einer gewissen Routine.

Tom und sie standen immer vor den anderen auf. Sie entsorgten den Abfall, holten frisches Wasser an der Pumpe und kochten die Kartoffeln für das Frühstück. Danach setzten sie sich nebeneinander auf die Stufen des Gates of Hell, schauten sich um und redeten nur das Nötigste.

Maggie hatte längst begriffen, dass Tom bei Tagesanbruch mürrisch und kurz angebunden war. In der einsamen Stunde, ehe die anderen Diebe aufwachten und sich zu ihnen gesellten, wollte er allein mit seinen Gedanken sein. Maggie vermutete, dass diese ihn zurück zu seinem früheren Leben führten. Sie wusste noch immer nichts über Toms Vergangenheit. Aber sie war überzeugt, er würde sein Versprechen, ihr auch von sich zu erzählen, irgendwann einlösen. Bisher war es für sie Beweis ihrer Freundschaft genug, dass Tom sie während seines Rituals neben sich duldete und sich nicht an ihrer Anwesenheit störte.

Maggie genoss die morgendliche Stille und den Anblick der erwachenden Stadt. Hieraus schöpfte sie Energie für die lauten und hektischen Tage in den brechend vollen Armenvierteln. Nur noch selten wanderten ihre Gedanken zum *Female Orphan Asylum* und seinen Bewohnern. Manchmal kam es ihr so vor, als kenne sie all das nur aus Erzählungen, so blass und undeutlich waren ihre Erinnerungen geworden.

Nach dem Frühstück begleitete Maggie die kleinen Diebe und half ihnen bei den Aufgaben, die ihnen Goblin erteilte. In den vergangenen Monaten hatte sie vieles gelernt und erfüllte ihre Rolle bei den Taschendiebstählen ganz passabel. Mehr Anerkennung der Bande verdiente sich Maggie allerdings beim Betteln. Sie hatte ein gutes Auge für Menschen und spürte instinktiv, mit welcher Masche sie am ehesten zum Erfolg kam. Je nach Situation breitete sie eine hanebüchene Lügengeschichte aus oder heftete sich dem Opfer so penetrant an die Fersen, bis dieses genervt die Geldbörse für eine milde Gabe zückte. Recht bald hatte sie meist die Nase vorn, wenn die Truppe ihre Betteleinnahmen am Abend verglich.

Die Abendstunden waren für Maggie der schönste Abschnitt des Tages. Wenn die kleinen Diebe gemeinsam ein warmes Essen zubereiteten, beisammensaßen, über das Erlebte sprachen oder Bismarcks Geschichten lauschten, empfand sie eine Geborgenheit und Zugehörigkeit wie nie zuvor in ihrem Dasein. Die 40 Little Thieves waren für sie die Familie geworden, die sie niemals gehabt hatte. Und da sie Goblin nicht nur in Ruhe ließ, sondern jeden Kontakt mit ihr mied, konnte sie seine mürrische Anwesenheit ausblenden.

Eine ganze Weile trieb sie die Sorge um, doch noch von ihren Verfolgern erwischt zu werden. Ein paar Wochen lang tauchten die Whyos immer wieder in der Gegend auf, um nach dem entwischten Mädchen zu fahnden. Erst zu Beginn des Sommers ließ sich kein Whyo mehr blicken und Maggie fühlte sich endlich sicher in ihrer Haut, wenn sie ihren Schlupfwinkel verließ.

Der Lösung des Rätsels ihrer Herkunft war Maggie indes keinen Schritt näher gekommen. Nachdem sie im Frühjahr die Trinity Church erblickt und erkannt hatte, dass sie vor ihrer Zeit im Mädchenheim irgendwo in den Slums gelebt haben musste, waren ihr kaum Momente geblieben, sich damit zu beschäftigen. Sie musste sich den Herausforderungen ihrer neuen Existenz unter Bettlern und Dieben stellen. Bis auf die Stunde am Morgen mit Tom gab es kaum Raum für Überlegungen, geschweige denn für Nachforschungen.

An einem Tag Anfang August sollte Maggie jedoch eine Beobachtung machen, die sie auf die Spur ihrer Vergangenheit setzte.

Auch an diesem Morgen saß sie mit Tom auf den Stufen vor dem Hinterausgang der Mietskaserne und beobachtete, wie sich der Paradise Square mit Leben füllte. Den Auftakt machten wie immer die Maismädchen, die aus den düsteren Gassen traten, gegen die Tür der Alten klopften und ihr den Korb reichten. Etwas später schlenderten die ersten Frauen mit Eimern in der einen und schläfrigen Kindern an der anderen Hand zur Pumpe.

Als das Morgengrauen die Schatten verscheucht hatte, knarrte die Tür in Maggies und Toms Rücken. Coffee, Bismarck und Silence kamen blinzelnd ins Tageslicht gewankt. Auf dem Treppenabsatz reckten sie die Glieder, um den Schlaf abzuschütteln.

»Morgen, das Pärchen«, frotzelte Bismarck.

»Morgen, Schlafmütze«, stichelte Maggie zurück.

Coffee und Bismarck begutachteten skeptisch den blassblauen Himmel und sahen dann nach Osten, wo die glühende Sonnensichel hinter den Dächern hervorblinzelte.

»Was sagt der Wetterbericht, Wildkatze?«

»Siehst du doch, Bismarck! Den ganzen Tag Regen. Richtiges Mistwetter«, brummte Maggie und dachte mit Unbehagen an den bevorstehenden Tag.

Seit die Temperaturen in Höhen geklettert waren, die das Gras, die Farne und das Unkraut an den Straßenrändern hatten verdorren lassen, war es auch mit ihren Einnahmen stetig bergab gegangen. Die Straßen im Norden waren leerer als sonst. Die reichen Bürger der Stadt hatten die Lust am Bummeln in den Einkaufsstraßen verloren und sich in ihre kühleren Häuser zurückgezogen oder waren aufs Land gereist, wo es frische Luft und einsame Seen gab, die zum Baden einluden. Dementsprechend frustriert und schlecht gelaunt kehrte die Truppe in letzter Zeit nach einem langen Tag unter der sengenden Sonne in ihren Keller zurück. In diesem war es zwar angenehm kühl, aber dort erwartete sie neben einem ungewohnt kargen Speiseplan ein finster gestimmter Fagin, der seine Untergebenen zu Extraschichten für Aufträge verdonnerte, die er tagsüber an Land zog, damit das Loch in ihrer Kasse halbwegs gestopft wurde. Tom, Silence und Shylock mussten deshalb häufiger als sonst zur Rattenjagd antreten. Und mindestens einmal pro Woche stand ein nächtlicher Einsatz für Sheppard am Hudson auf dem Programm, was ansonsten nur alle paar Wochen der Fall war.

Das Frühstück verlief an diesem Morgen darum stiller als sonst. Selbst Bismarck schlugen die Temperaturen dermaßen auf die Stimmung, dass er nichts zu erzählen wusste.

Goblin hatte sich gerade auf seinem Platz neben der Eingangspforte niedergelassen, als Coffee den Dieben plötzlich zuzischelte: »Was will denn Mother in aller Herrgottsfrühe schon hier?«

Wie auf Kommando waren alle hellwach. Über den Platz kam eine dicke Frau auf sie zu. Vor ihr liefen zwei weißblonde Männer, die sich wie ein Ei dem anderen glichen. Maggie wusste sofort, wer sich der Mietskaserne näherte, denn natürlich hatte sie Bismarck und Coffee von ihnen erzählen hören. Es waren Marm Mandelbaum und ihre Zwillingssöhne Julius und Heinrich.

Mandelbaum war eine Größe in Manhattans Unterwelt, wurde in Verbrecherkreisen schlicht »Mother« genannt und war die wichtigste Hehlerin der Stadt. Sie logierte irgendwo im Satan's Circus und pflegte Kontakte zu auswärtigen Abnehmern für Diebesgut, das zu heiß war, um es in New York zu Geld zu machen. Außerdem unterhielt Mandelbaum ausgezeichnete Beziehungen zu Polizei- und Politikerkreisen, die sie regelmäßig mit Geldbeträgen schmierte. Stets an ihrer Seite waren ihre tumben Söhne Julius und Heinrich, zwei brutale Schläger, die ihrer Mutter auf Schritt und Tritt folgten.

Alle paar Wochen stattete Mother auch Goblin einen Besuch ab und kaufte ihm das eine oder andere gestohlene

Schmuckstück ab, das der Fagin lieber nicht auf herkömmlichem Weg veräußern wollte. Da Mandelbaum normalerweise nur dann im Gates of Hell anrückte, wenn die kleinen Diebe auf Tour waren, hatte Maggie sie bisher noch nicht zu Gesicht bekommen.

Ohne die Kinder zu beachten, stiefelten Mandelbaums Sprösslinge die Stufen hoch. Bismarck und Tom mussten sogar zur Seite springen, damit sie nicht niedergetrampelt wurden. Mit einem Tritt kickte einer der beiden Männer ihren Bottich mit den Kartoffeln zur Seite, um Platz für seine Mutter zu schaffen.

Maggie betrachtete Mandelbaum eingehend, während diese ihren Leibwächtern mit erhobenem Kopf folgte. Sie musste gut und gerne hundert Kilo auf die Waage bringen. Sie hatte fette Wangen, die Lippen in dem aufgedunsenen Gesicht waren scharf geschwungen und ihre Augen klein und listig. Das Haar über ihrer hohen, wulstigen Stirn hatte Mother zu einer strengen Frisur aufgesteckt, auf der ein mit einer Feder geschmücktes Häubchen saß.

Das Zwillingspaar stellte sich links und rechts neben Goblin auf, der sich unterdessen auf die Beine gerappelt hatte und Mandelbaum mit einem falschen Lächeln begrüßte.

Er machte einen untertänigen Kratzfuß und sagte mit kriecherischer Stimme: »Welche Freude, dass Sie mir die Ehre erweisen. Ich hatte Sie noch gar nicht erwartet.«

Die Hehlerin beugte sich nun vor und flüsterte dem Fagin etwas ins Ohr. Dabei verschränkte sie die Hände hinterm

Rücken und Maggie sah ihre wurstigen Finger. Am Ringfinger der einen Hand steckte ein Ring. An diesem Ring prangte ein schwarzer Stein, der mit einem fünfzackigen Stern verziert war.

Maggie zuckte vor Schreck zusammen und die Welt vor ihren Augen verschwamm. Vor ihrem inneren Auge aber erschien klar und deutlich das Bild aus ihrem Traum: eine Hand, die über einen Holzboden tastet und am Ringfinger denselben Schmuck trägt. Eine heftige Erregung durchflutete ihren Körper und setzte jeden einzelnen Muskel ihres Körpers unter Strom.

Die kleinen Diebe starrten noch ungläubig auf die Tür, hinter der ihr Fagin mit der Mandelbaum-Familie verschwunden war, da rannte Maggie bereits durch die enge Gasse entlang der Westseite des Gates of Hell und stürzte in einen Hof. Hinter einem Abortschuppen wuchtete sie hastig einen schweren Stein zur Seite und sprang in das dunkle Loch. Sie landete in zäher Kloakenbrühe, kletterte auf den Sims seitlich des Abwasserkanals und lief den Weg unter der Erde wieder zurück. Am Ende eines von morschen Holzpfeilern gestützten Schachts blieb sie atemlos vor einer Tür stehen und presste ein Ohr dagegen. Dahinter war alles still. *Noch!*

Maggie biss sich auf die Lippen und zwang sich, die Tür sacht aufzudrücken. Trotzdem konnte sie nicht verhindern, dass ein scharrendes Geräusch ertönte. Durch den Spalt schlüpfte sie in das lichtlose Gewölbe und spitzte die Ohren. Sie hörte Stimmen näher kommen. Schnell versuchte sie, die verborgene Tür wieder zuzuziehen, innerlich fluchend, weil diese wieder ein verräterisches Kratzen von sich gab. In diesem Augenblick bedeutete ihr das schrille Quietschen rostiger Angeln, dass der gegenüberliegende Eingang hinter Goblins Lager geöffnet wurde. Pfeilschnell sauste Maggie quer durch den Raum und hinter die Sackleinen vor der Waschstelle der Diebe. Sie war derart außer Atem, dass sie geräuschvoll Luft schnappen musste.

»Ich mache erst mal Licht«, hörte sie Goblin sagen.

Kurz darauf schimmerte Lampenschein unter dem Vorhang durch.

»Hereinspaziert in die gute Stube!«, sagte der Fagin nun. »Machen Sie es sich bequem.«

»Goblin, Ihr seid ein unverbesserlicher Clown«, war nun eine tiefe, rauchige Stimme zu vernehmen. »Die Kerker im Tombs bieten mehr Komfort als Euer trautes Heim.«

Maggie hatte endlich ihre Atmung unter Kontrolle und wagte es jetzt, durch den Spalt zwischen den zugezogenen Säcken zu linsen.

Die Zwillinge hielten wohl vor dem Diebesnest Wache, denn von ihnen war nichts zu sehen. Goblin kniete neben seiner Seemannskiste und machte sich mit einem Schlüssel an dem Vorhängeschloss zu schaffen. Marm Mandelbaum stand mit gerümpfter Nase zwischen den Schlafplätzen der kleinen Diebe und Goblins Liege. Arglistig kreisten ihre Knopfaugen durch den Raum.

»Aber was weiß ich denn schon«, sagte sie und betrachtete

angewidert Goblins Schlafplatz. »Für einen Zwerg und eine Horde Straßenratten ist eine solche Höhle gewiss eine bequeme Behausung.«

Goblin war nicht anzumerken, ob ihn die Äußerungen der Frau getroffen hatten. Ohne innezuhalten, drehte er den Schlüssel im Schloss und öffnete die Kiste. Als er sich ächzend auf die Beine kämpfte, hielt er einen Beutel aus Stoff in der Hand. Er ging auf Mandelbaum zu und streckte ihr das Säckchen hin. Die Frau löste die Kordel und warf einen Blick hinein. Dann ließ sie den Beutel in den Tiefen ihres Kleides verschwinden und sah den Zwerg mit unverhohlener Verachtung an.

»Kann ich sonst noch etwas für Sie tun?«, fragte Goblin im Tonfall schmeichelnder Unterwürfigkeit.

»Freilich!«, erwiderte Mandelbaum so schneidend, dass Goblin zusammenzuckte.

»Und das wäre?« Der Fagin bemühte sich, unbeschwert zu klingen, aber Maggie blieb der besorgte Unterton in seiner Stimme nicht verborgen.

»Wir sind auf der Suche nach einem Individuum, einem Dorn im Auge unserer Branche, das sich einen Spaß daraus macht, Sand in unser Getriebe zu streuen. – Sie haben davon gehört?«

»Wie sollte ich nicht?«, sagte Goblin eilfertig. »Täglich bete ich, dass diesem Schuft das Handwerk gelegt wird und ihn seine gerechte Strafe ereilt.«

»Davon gehe ich aus«, erwiderte Mandelbaum trocken.

»Immerhin sind Sie ein ehrbares Mitglied unserer Zunft. Nicht wahr, Goblin?«

»Das möchte ich doch behaupten!«

Mandelbaum ging einen Schritt auf den Zwerg zu und baute sich vor ihm auf. »Sie hätten uns sicher längst kontaktiert, wenn Sie irgendetwas wüssten, das für die Ergreifung dieses Störenfrieds von Nutzen wäre«, stellte Mandelbaum fest und wandte sich von Goblin ab. Sie schlenderte an ihm vorbei und trat vor seine Liege. »Zu schade aber auch. Wenn Sie nichts wissen, wer dann? Immerhin sind Sie schon lange in Lower Manhattan tätig und kennen dessen Geschichte wie kaum ein anderer.«

Der Zwerg drehte sich zu seiner Besucherin um und Maggie konnte nun sein Gesicht sehen. Es war fahl, sein runzeliger Mund zitterte und seine Triefaugen versprühten blanken Hass.

Doch seine Antwort klang unverändert unterwürfig: »Nur ein Narr sägt an dem Baum, auf dem er sitzt. Ich bin ein treuer Diener unseres Beschützers und stehe in seiner Schuld.«

Marm Mandelbaum schwieg. Grüblerisch betrachtete sie die Flaschen, die vor Goblins Schlafplatz lagen. Mit der Spitze eines Stiefels stieß sie eine an und ließ sie über den Boden kullern.

»Alle Trinker werden von ihren Teufeln gejagt«, sinnierte Mandelbaum. »Welchen Teufel wollen Sie ertränken, Goblin?«

Der Zwerg erstarrte.

»Reden wir nicht länger um den heißen Brei herum«, sagte Mandelbaum mit gebieterischer Stimme. »Ich bin über Ihre Vergangenheit im Bilde.«

Goblin wollte etwas erwidern, aber Marm Mandelbaum bedeutete ihm mit einer Handbewegung zu schweigen. »Sie kannten den Fabelhaften Chung Ling, lange bevor er in Manhattan für Furore sorgte.«

Goblin öffnete den Mund, dann schloss er ihn wieder, als hätte er seine Stimme verloren.

Mandelbaum ließ einige Sekunden verstreichen, ehe sie aufbrausend fortfuhr: »Deshalb möchte ich Folgendes von Ihnen wissen: Welcher Narr kommt zehn Jahre nach den Ereignissen auf die Idee, uns unter seinem Namen eine Nase zu drehen?«

Goblin wirkte zutiefst erschrocken. Mit fahrigen Fingern langte er in seinen Hosenbund und holte ein silbernes Fläschchen hervor. Eilig zog er den Korken heraus und trank es gierig in einem Zug aus. Als er es absetzte, blickte er beschämt zu Boden und lauschte dem bösen Kichern der Frau.

»Habe ich etwa Ihren Teufel aufgeweckt?«, fragte Mandelbaum.

»Das ist alles lange her«, sagte Goblin leise, ohne den Kopf zu heben. »Hicks hat für seinen Ungehorsam bezahlt. Ich war selbst zugegen, als er auf Bedloe's Island sein verlogenes Leben ausgehaucht hat.« Goblin richtete die wässrigen Augen auf Mandelbaum, faltete die Hände und führte die Finger unters Kinn. »Wir haben es offensichtlich mit einem

Verrückten zu tun, der sein Pseudonym verwendet, um sich auf unsere Kosten einen Spaß zu erlauben.«

Die Hehlerin musterte den Zwerg lange. Schließlich sagte sie: »Unser Gebieter verfolgt die Angelegenheit mit großem Interesse. Wer ihm dient, darf sich seiner immerwährenden Fürsorge sicher sein. Aber er verlangt Gehorsam! Sie sind gut beraten, die Wahrheit zu sagen. Er wäre sehr ungehalten, sollte ihn eines seiner Schäfchen hintergehen. Das gerechte Los Ihres ehemaligen Weggefährten sollte Ihnen eine Warnung sein.« Mandelbaum hob den Zeigefinger, als wolle sie eine wichtige Enthüllung ankündigen. »Unser Herr und Meister sorgt sich nicht nur um Ihr Wohlergehen, sondern auch um das Ihrer kleinen Familie.«

Nach dieser unmissverständlichen Drohung ließ sie Goblin stehen und ging zu den Schlafstätten hinüber. Neugierig betrachtete sie die Kleidungsstücke in dem behelfsmäßigen Schrank aus übereinandergestapelten Kisten.

»Eines noch«, sagte sie, während sie mit ihren Wurstfingern den einen oder anderen Stoff anhob. »Die Whyos sind auf der Suche nach einem Mädchen. Das letzte Mal wurde es hier in der Nähe gesehen. Seither ist die Kleine wie vom Erdboden verschluckt. Dandy Dolan hat die Belohnung auf sie verdoppelt. Wussten Sie das?«

Maggie hielt den Atem an. Die Hehlerin sprach von ihr.

Bange spähte sie zu Goblin. Der sah überraschenderweise nicht zu Mandelbaum. Mit gerunzelter Stirn starrte der Zwerg auf den Boden neben seiner Liege. Dann wanderten seine Augen zur entgegengesetzten Seite des Kellers bis zum … Vorhang.

Erfüllt von schrecklicher Panik prallte Maggie von den aufgehängten Jutesäcken zurück. Sie hatte gesehen, was Goblin entdeckt hatte. Auf dem Lehmboden waren ihre Fußabdrücke zu erkennen, die geradewegs zu ihrem Versteck führten. Maggie blieb stocksteif stehen. Jetzt würde sie der Zwerg verraten.

»Was ist, Goblin?«, hörte sie Mandelbaum fragen.

Unerträgliche Sekunden verstrichen, bis der Fagin endlich antwortete: »Nichts weiter. Ich habe nur eine Ratte entdeckt, die sich in unser Heim verirrt hat.«

»Kein Wunder. Diese Viecher fühlen sich in jeder Kloake wie zu Hause«, bemerkte Mandelbaum abfällig. »Sie sollten einen giftigen Köder auslegen.«

Goblin kicherte. »Das wäre gar keine schlechte Idee.«

Maggie wurde übel vor Angst. Sie fühlte sich tatsächlich wie eine Ratte, die in eine Falle geraten war. Wie hatte sie nur so töricht sein können, sich hier zu verstecken? Sie kniff die Augen zu und schätzte ihre Chancen ab, aus dem Keller zu fliehen. Sie standen alles andere als gut. Vor dem Eingang warteten die Zwillinge. Und um zur Tür in den Tunnel zu gelangen, musste sie an Goblin und Mandelbaum vorbei.

»Dolan hat also seine Belohnung aufgestockt«, sagte Goblin nun.

»Ja, das hat er!«, betonte Mandelbaum. »Man sollte vielleicht noch hinzufügen, dass das Mädchen von viel größerem Wert als der Betrag des Geldes ist. Johnny Dolan würde noch in anderer Weise seine Dankbarkeit bekunden.«

Maggie atmete flach.

»Selbstverständlich habe ich gleich meine kleinen Strolche losgeschickt, damit sie mir das Kind beschaffen«, sagte Goblin. »Leider haben sie das Mädchen nirgends gefunden. Zu schade aber auch. Für das Geld hätten wir Verwendung gehabt. Und auch Dandy Dolans Wohlwollen hätte ich mir zu gerne erworben.«

Maggie überkam unendliche Erleichterung. Goblin hatte sie nicht verraten. Sie bekam kaum noch mit, wie Mandelbaum enttäuscht aufseufzte.

»Da kann man nichts machen. Bringen Sie mich nach oben, Goblin. Ich ersticke noch in diesem Loch.«

Dann ertönte das Jaulen der Scharniere und der Raum füllte sich mit Stille. Maggie wäre am liebsten auf den Boden gesunken, so schwach fühlte sie sich mit einem Mal. Aber sie musste sich sputen. Der Zwerg würde zwar eine halbe Ewigkeit brauchen, bis er die Treppenstufen ins Erdgeschoss des Gates of Hell überwunden hatte, aber sie musste einen viel längeren Weg zurücklegen.

Keine zwei Minuten später rannte sie mit fliegenden Beinen auf die Treppenstufen zu, wo die kleinen Diebe sie mit geweiteten Augen und aufgerissenen Mündern erwarteten. Völlig außer Puste ließ sie sich auf ihren Platz fallen und wischte sich hastig mit dem Hemdsärmel den Schweiß aus dem Gesicht.

»Was hast du gemacht?«, fragte Bismarck aufgeregt.

»Na, was schon?«, keuchte Maggie.

»Wildcat, das hättest du nicht tun dürfen«, sagte Coffee leise. »Wir haben einen Eid geschworen.«

»Die heiligen Regeln von unserem Bund ...«, begann Bismarck.

»Die kenne ich!«, schnitt Maggie ihm das Wort ab. »Ich hatte meine Gründe. – Ihr haltet die Klappe, okay?«

Die Diebe kamen nicht mehr dazu, ihr zu antworten, denn die Eingangstür wurde aufgestoßen und die Mandelbaum-Söhne traten auf den Treppenabsatz. Sie stierten in alle Ecken und Winkel des Paradise Square, dann winkten sie ihre Mutter nach draußen.

Maggie schob sich die Kappe ins Gesicht und stellte sich dösend, während Marm Mandelbaum unter dem Türsturz erschien und die Stufen hinunterstolzierte. Als die Frau an ihr vorbeikam, äugte Maggie noch einmal zu der Hand und dem Ring, dann folgte sie ihr mit den Augen, bis sie aus ihrem Blickfeld verschwunden war.

Maggie sah wieder zu den anderen. Ihre Freunde schielten mit betretenen Mienen die Stufen hoch und Maggie tat es ihnen gleich.

Vor dem Eingang der Mietskaserne stand Goblin. Sein Gesicht war totenblass. Kraftlos sank er an seinem angestammten Platz zu Boden. Er schaute keinen der Diebe an. Auch Maggie nicht. Seine Augen waren auf einen Punkt fern dieser Welt gerichtet.

Spät am Abend saßen die kleinen Diebe auf ihren Matratzen und aßen eine sämige Suppe aus Fleischerabfällen. Schmatzen erfüllte den Raum. Es wurde kein Wort gesprochen. Während Silence lustlos an einem staubigen Zwieback herumknabberte, verschlangen Coffee, Bismarck, Tom und Shylock die Fleischbrocken, als gäbe es kein Morgen. Maggie bekam überhaupt nichts runter. Ihr Magen war wie versiegelt.

Ihre Gedanken umkreisten immer wieder das Gespräch, das Mandelbaum mit Goblin geführt hatte. Obgleich vieles aus unverständlichen Andeutungen bestanden hatte, war Maggie klar, worüber sie gesprochen hatten.

Seit einem Jahr versetzte ein Phantom Manhattans Unterwelt in helle Aufregung. Im Frühjahr hatte Maggie zum ersten Mal davon gehört, als sie mit Tom das Gespräch zwischen Goblin und Sheppard belauscht hatte. Inzwischen war sie von Bismarck und Coffee in die Hintergründe eingeweiht worden.

Ein mysteriöser Unbekannter hatte es sich zur Aufgabe gemacht, die Arbeit des geschmierten Polizeiapparats zu erledigen. Er beschattete Einbrecher und Banditen, verfolgte sie und griff immer dann ein, wenn diese mit der erhaschten Beute den Tatort verlassen wollten. Darauf überwältigte er die Räuber, fesselte und knebelte sie und informierte anschließend neben der Metropolitan Police auch die Presse, um sicherzustellen, dass die Gauner auch wirklich ihrer gerechten Strafe zugeführt wurden. Am Tatort hinterließ er stets eine Nachricht, auf der immer das Gleiche stand: *Rache will ich.* Die Botschaften waren allesamt mit einem merkwürdigen Namen unterzeichnet: Chung Ling.

Bismarck stieß ein lang gedehntes Rülpsen aus und warf seinen Löffel in den Topf.

»Mann, war das lecker!«, spöttelte er und wischte sich mit dem Jackenärmel den Mund ab. »Wenn das so weitergeht, fallen uns von dem Fraß noch die Haare und Zähne aus. Und dann ist's nur 'ne Frage der Zeit, bis wir aussehn wie unser Chef.« Er grinste.

Doch niemand lachte.

Maggie spürte, die anderen waren sauer auf sie, da sie sich hartnäckig weigerte, ihnen zu verraten, warum sie sich in den Keller geschlichen hatte. Vor allem Bismarck und Coffee brannten darauf zu erfahren, was Mandelbaum mit Goblin besprochen hatte. Doch sie erinnerte sich noch gut an die warnenden Worte von Tom. Sie war besser beraten, den anderen nichts vom Inhalt des Gesprächs zu verraten.

Inzwischen hatten auch Tom und Coffee ihre Löffel in den Kessel geschmissen. Nun lungerten alle mürrisch auf ihren Matratzen und ließen wortkarg die Zeit verstreichen. Während Silence gedankenverloren Shylock kraulte, linsten Coffee und Bismarck immer wieder mit vorwurfsvollen Mienen zu Maggie.

Als sie merkte, dass Tom sie aus den Augenwinkeln argwöhnisch beäugte, sah Maggie ihm kurz fest in die Augen. Die Grübchen, die daraufhin auf seinen Wangen erschienen, verrieten ihr: Er hatte verstanden. Tom wusste nun, sie würde ihn in alles einweihen, spätestens am nächsten Morgen, wenn sie auf der Treppe saßen.

In diesem Moment kam Goblin zurück. Auf unsicheren Beinen stolperte der Zwerg in den Keller. Übellaunig musterte er die Runde. Grußlos torkelte er zum Schrank und kramte unbeholfen darin herum.

»Goblin ist ja voll wie ’ne Haubitze«, flüsterte Coffee. »Er muss sich in einer Pinte besoffen haben.«

»Komisch«, murmelte Bismarck. »Normal geht er nich’ unter Menschen und lässt sich nur hier unten volllaufen.«

In Schlangenlinien lief Goblin mit einer Flasche in jeder Hand zu seiner Schlafstelle und kletterte schwerfällig hinauf.

Eine Zeit lang saßen die kleinen Diebe schweigsam herum.

Irgendwann sagte Bismarck: »Is’ mal wieder Zeit für ’ne Mütze voll Schlaf.« Schon streckte er sich auf seinem Strohsack aus.

Coffee löschte alle Lampen, bis auf die eine vor der Liege ihres Fagins, und die Diebe krochen unter ihre Decken. Heute verlangte keiner nach einer Gutenachtgeschichte. Bald hörte man von allen Matratzen das gleichmäßige Atmen von Schlafenden.

Maggie wusste, sie würde keinen Schlaf finden. Sie war zu aufgewühlt. Sie hatte heute endlich das Ende eines Fadens gefunden, der sie zu ihrer Vergangenheit führen konnte.

Die Arme hinterm Nacken gekreuzt starrte sie zur Decke, als könne sie irgendwo zwischen den Ziegelsteinen Antworten auf ihre Fragen finden. Während sie so dalag und unausgegorene Pläne schmiedete, hörte sie, wie Goblin eine Flasche vom Boden aufhob und daraus trank. Erst jetzt fiel ihr auf, dass der Zwerg noch wach sein musste, denn es war kein Schnarchen zu vernehmen. Maggie war überzeugt davon – nein, sie spürte es mit jeder Faser –, Goblin betrachtete sie. Oft genug hatte sie ihn dabei ertappt, wie er sie verstohlen angaffte, wenn er sich unbeobachtet glaubte, obgleich er ansonsten jeden Blickkontakt mit ihr mied.

»Welcher Dämon hat dich eigentlich geritten?«

Maggie erschrak, als unerwartet die krächzende Stimme des Fagins zu vernehmen war. Seit seiner denkwürdigen Rede damals hatte er nie wieder das Wort direkt an sie gerichtet.

Sie starrte weiter zum Gewölbehimmel, als habe sie ihn nicht gehört. Wieder vernahm sie das Gluckern aus seiner Flasche.

»Warum zum Henker hast du dich heute Morgen hier versteckt? Wieso wolltest du Mäuschen spielen?«

»Ich wüsste nicht, dass Sie das was angeht.«

»Man sollte dir das Fell gerben«, lallte Goblin. »Aber deine neuen Freunde geht es was an? Ihnen erzählst du doch immer schön brav, was du für dich behalten solltest.«

Maggie gefror innerlich. Wusste Goblin, dass sie die Diebe eingeweiht hatte? Oder versuchte er wieder, sie mit einer listigen Masche zu übertölpeln? Sie biss sich auf die Unterlippe.

»Die Trinity Church ist das höchste Gebäude der Stadt«, sagte Goblin. »Ihr Turm soll für manche Menschen in dieser Hölle ein Zeichen der Hoffnung auf ein besseres Leben im Jenseits sein, weist er doch direkt in den Himmel hinauf.«

Maggie überlief es eiskalt. Sie drehte den Kopf zur Liege und erwartete, das gehässige Grinsen in Goblins Gesicht zu sehen. Doch seine Lippen waren nur ein dünner Strich.

»Was faseln Sie da?«, fragte Maggie und stellte sich dumm.

Der Ausdruck in dem zerfurchten Gesicht blieb verschlossen. Goblin sog an seiner Pfeife. »Ihr seid mir vielleicht ein Pack! Glaubt ihr Einfaltspinsel wirklich, ihr könntet mich hintergehen? Ich mag zwar ein verdorbener Trunkenbold sein, aber mir macht keiner was vor. Schon gar nicht eine naseweise Göre, die von der Welt noch nichts gesehen hat …« Er machte eine Pause, in der er wieder seine Flasche an den Mund setzte. Nach einem Rülpsen beendete er den Satz: »… weil sie ihr Leben in einem Waisenhaus verbracht hat, an einem Ort, wo sich Fuchs und Hase Gute Nacht sagen.«

Maggie starrte den Zwerg ungläubig an. Tom hatte recht

behalten. Still und heimlich hatte Goblin alles in Erfahrung gebracht, was sie ihm vorenthalten hatte.

Wie hat er das angestellt?, fragte sich Maggie empört. Hatte der Zwerg, wie von Tom befürchtet, Bismarck und Coffee durch scheinheilige Fragen aus der Reserve gelockt? Hatte er hie und da was aufgeschnappt und sich einen Reim darauf gemacht? Oder hatte er ihre nächtlichen Gespräche belauscht, wenn sie offener miteinander sprachen, weil sie dachten, er schlafe tief und fest?

Wahrscheinlich traf all das zu. Goblin hatte sie an der Nase herumgeführt. Maggie wurde ganz schlecht beim Gedanken, dass sie Goblin ungewollt auf Mandelbaums Spur gesetzt hatte. Gleichzeitig war sie heilfroh, den anderen nichts verraten zu haben.

Eine Motte hatte sich im Glas der Lampe verirrt und ließ ihren riesenhaften Schatten über die Ziegelsteine hinter Goblins Lager tanzen. Der Fagin paffte an seiner Pfeife und glotzte betrübt auf die Flasche in seiner Hand. Maggie setzte sich auf und schlang die Arme um die angewinkelten Beine.

Plötzlich erschien ein gieriges Leuchten in Goblins farblosen Augen. »Warum hast du heute diese Narretei veranstaltet? Es hat mit Marm Mandelbaum zu tun, stimmt's?«

Wut wallte in Maggie auf. »Lassen Sie mich in Ruhe!«, fauchte sie.

Der Zwerg schnaufte verächtlich. »Wie du willst! Die Welt ist abgründig, Wildcat, und die Vergangenheit allgegenwärtig«, nuschelte er nun so unverständlich, dass Maggie ihn kaum noch verstehen konnte. »Sie wartet nur auf einen unbedachten Schritt, um uns zu sich hinabzuziehen. – Ich werde es auch so herausfinden.«

Maggie betrachtete Goblin. Er hatte mit einem Mal so gar nichts Bedrohliches mehr an sich. Wie er so niedergeschlagen dasaß, wirkte er wie ein geprügelter Hund.

»Warum haben Sie mich heute nicht verraten?« Die Frage kam ihr ganz ungewollt über die Lippen.

Goblin lächelte traurig. »Weil du meine gerechte Strafe bist. Du kleines Ungeheuer bist mein Fegefeuer, das ich ertragen muss, um meine Schuld zu sühnen.«

Er hatte sein Gesicht gesenkt, aber Maggie sah, dass ein Ausdruck von maßlosem Schmerz darin geschrieben stand. Lange starrte der Fagin auf seine kleinen schmutzigen Hände, die die Flasche und die erloschene Pfeife umklammerten.

»Halte dich von Mandelbaum fern«, sagte er beschwörend und plötzlich wieder mit klarer Stimme. »Ich flehe dich an! Bleib hier bei uns. Und gehe um Himmels willen niemals zum Satan's Circus. Ich gebe dir hiermit mein Versprechen, niemandem von dir zu erzählen.« Goblin sah auf und starrte sie mit gepeinigten Augen an. »Da draußen braut sich etwas zusammen, Margaret. Ein gewaltiger Sturm, den ich heraufbeschworen habe.«

Noch einmal setzte der Zwerg die Flasche an. Er trank sie bis zum letzten Tropfen aus. Dann kippte er zur Seite und ein lautes Schnarchen erfüllte das Gewölbe.

Maggie betrachtete den schlafenden Zwerg. Irgendwann sank sie auf ihren Strohsack zurück und starrte wieder auf die Ziegelsteine. Sie fühlte sich schwermütig und schuldbewusst und wusste nicht, warum.

Drei Wochen nach dem Besuch Mandelbaums saßen die 40 Little Thieves untätig im Keller herum. Der Sommer neigte sich seinem Ende zu. Die Hitze war verflogen. Ein kalter Nordwind wehte durch die Gassen und seit Tagen regnete es ohne Unterlass. Trotzdem hatte Goblin sie weiter auf die Straße geschickt, obwohl ihre Ausbeute bei dem schlechten Wetter noch geringer gewesen war als an den heißesten Sommertagen. Erst am heutigen Morgen hatte ihr Fagin endlich ein Einsehen gehabt und seinen Schutzbefohlenen einen freien Tag gewährt.

Während draußen dichter Regen auf dem Paradise Square niederging und den Platz wieder in einen Jauchesumpf verwandelte, hingen die kleinen Diebe herum. Coffee und Bismarck spielten seit Stunden eine Partie *Euchre* nach der anderen. Tom starrte übellaunig zur Decke, als wäre für ihn jeder Müßiggang die reinste Qual, weil er draußen auf den Straßen Wichtiges verpasste. Silence schlief endlich tief und fest, den Arm um Shylock gelegt. In der Nacht hatte sie

Fieber bekommen und mit ihrem bellenden Husten die anderen wach gehalten.

Maggie lauschte den rasselnden Atemzügen der Kranken, während sie eine Zeitung überflog. Nachdem Goblin alle Unternehmungen des Tages abgeblasen hatte und ohne Verabschiedung abgedampft war, hatte sich Maggie einen Stapel Zeitungen genommen, die Sheppard seinem ehemaligen Lehrmeister immer mitbrachte. Maggie wollte die Sensationsblätter nach Berichten über Chung Ling durchforsten, in der Hoffnung, etwas zu finden, was das unverständliche Gespräch zwischen Mandelbaum und Goblin erhellen konnte.

Nach Stunden brannten Maggie die Augen. Sie war frustriert, weil sie nichts von Belang entdeckt hatte.

Der Nachmittag war schon angebrochen, als sie sich die letzte Zeitung vornahm. Es war eine fünf Tage alte Ausgabe des *New Herald*. Lustlos überflog Maggie den Lokalteil, bis sie auf folgende Schlagzeile stieß:

Einem Phantom auf der Spur –
Das Rätsel um Chung Ling.

Aufgeregt las sie den dazugehörigen Bericht.

Nunmehr ist ein Jahr vergangen, seit sich ein Unbekannter aufgeschwungen hat, den immer hemmungsloseren Umtrieben der Verbrecherbanden Manhattans ein Ende zu bereiten. Eindrucks-

voll hat er aller Welt das Versagen unserer Polizei vor Augen geführt. Dank dieses Helden wurden in wenigen Monaten eine Vielzahl von Straftaten vereitelt und die Reihen der schlimmsten Gauner und Ganoven gelichtet. Während Edwards Pierrepont das Committee of Seventy ins Leben gerufen hat, um der Korruption in unserer Stadt Einhalt zu gebieten, sorgt jener Unbekannte mit gezückter Waffe für Recht und Ordnung.
Wer aber ist dieses Phantom, vor dem die Unterwelt erzittert? Wer verbirgt sich hinter der Maske des Chinesen?
Niemand weiß es. So mancher wird sich noch gut an eine der schillerndsten Figuren erinnern, die New Yorks Unterwelt je hervorgebracht hat: der chinesische Bankräuber und Einbrecher Chung Ling! Der Meisterdieb verschwand vor zehn Jahren just in dem Augenblick, als Albert W. Hicks wegen Piraterie und Mordes an der Besatzung der Slup E. A. Johnson verhaftet wurde. Man darf deshalb annehmen, dass der satanische Meuchler Hicks, der am 13. Juli 1860 auf Bedloe's Island hingerichtet wurde, und der begnadete Langfinger Chung Ling ein und dieselbe Person waren.
Nicht nur die überführten Gesetzesbrecher, sondern auch die Journalisten des New Herald *stellen sich nun die berechtigte Frage, was der heutige Chung Ling mit den damaligen Ereignissen zu tun haben mag.*
Möchte er Albert W. Hicks mit seinen Kunststücken huldigen? Will er für begangenes Unrecht Wiedergutmachung leisten? Oder beruht seine Namensgebung auf reinem Zufall? Wir vom New Herald *können dies nicht glauben und möchten an die rät-*

selhaften Zeilen erinnern, die der mutige Verbrecherjäger stets an den Orten seiner Heldentaten hinterlässt: Rache will ich. – Unterzeichnet: Chung Ling.
Unsere treue Leserschaft darf sich gewiss sein: Der New Herald *wird nichts unversucht lassen, Licht ins Dunkel dieser Angelegenheiten bringen.*

Maggie hörte die Türangeln aufkreischen. Rasch faltete sie die Zeitung zusammen und steckte sie in die Hosentasche. Goblin war zurück, völlig durchnässt und seine Haut vom nasskalten Wetter gerötet. Seine Rechte umfasste die Gurgel einer kopflosen Henne, in der anderen Hand hielt er einen Bund Möhren. Er ging schnurstracks zu Silence und spähte ihr ins fieberfeuchte Gesicht.

Dann wandte er sich ab und marschierte zum Ofen, während er die anderen anbellte: »Lungert hier nicht rum! Kocht eine anständige Hühnerbrühe und gebt dem Kind davon. Wir können uns keinen Ausfall leisten. Wir sind ja hier nicht bei der Wohlfahrt.«

Am Ofen drehte sich Goblin um und schaute kritisch zu der Kranken. Sanfter fügte er hinzu: »Seht zu, dass sie wieder auf die Beine kommt.«

Als Tom Wasser aufsetzen wollte, fuhr Goblin ihn harsch an. »Nix da! Du ziehst dir jetzt gefälligst deinen Mantel über. Kit Burns hat zwei Dutzend Ratten bestellt.«

Tom hielt mit dem Eimer in der Hand mitten in der Bewegung inne und starrte Goblin ungläubig an.

»Aber Silence …«, bekam er noch heraus, ehe ihn der Fagin anblaffte: »Darauf können wir keine Rücksicht nehmen! Nimm die Wildkatze mit. Los jetzt! Worauf wartet ihr noch?!«

Tom stellte den Eimer ab, warf Maggie einen unglücklichen Blick zu und zuckte mit den Schultern. Dann schlüpften beide in ihre Mäntel und betrachteten unschlüssig Shylock, der leise winselnd neben Silence lag. Tom band dem Hund ein Seil um. Er musste ihn hinter sich herziehen, da Shylock abwechselnd jaulte und knurrte und dabei alle viere in den Lehmboden stemmte.

Maggie zog die versteckte Tür auf und ließ Tom und Shylock vor. Als sie den Abwasserkanal hinter dem alten Tunnel der 40 Thieves erreicht hatten, zog Tom aus einer Nische in der Mauer die Utensilien für die Rattenjagd hervor, die er und Silence dort deponiert hatten. Er reichte Maggie die Hundeleine, Stulpenhandschuhe, ein Segeltuch und ein Brecheisen. Er selbst nahm zwei Drahtkäfige und eine Fackel, die er sogleich anzündete.

»Goblin hat sie doch nicht mehr alle«, knurrte Tom und ging voraus.

Maggie streichelte Shylock über den Kopf, gab ihm dann

einen Klaps auf die Flanke und lobte ihn überschwänglich, weil er nun bereitwillig mitlief.

An der nächsten Biegung deutete Tom auf einen Stein an der Ziegelwand, auf den ein roter Punkt gemalt war. »Sollten wir uns verlieren, folge immer dieser Markierung. Sheppard war so freundlich, sie für uns anzubringen. So müssen wir uns auf dem Weg zum East River nicht durch die Straßen kämpfen. Über die schwarzen Punkte kommen wir unterirdisch zur Sportsmen's Hall. Aber das wirst du nachher ja sehen.«

»Aha«, sagte Maggie nur.

Sie war noch immer völlig perplex, so plötzlich ins Rattenfänger-Team berufen worden zu sein. Eigentlich wusste sie rein gar nichts darüber. Weder an wen die Ratten geliefert wurden, noch warum jemand Interesse an den Tieren hatte, geschweige denn wie man sie einfing. Aus unerfindlichen Gründen hatte sie nie danach gefragt.

»Tom«, sagte sie vorsichtig, weil sie genau wusste, dass er nicht zum Plaudern aufgelegt war.

»Was ist denn?«, kam es prompt zurück.

»Ich kann verstehen, dass du wütend bist«, sagte Maggie. »Aber ich würde schon gerne wissen, was mich eigentlich erwartet.«

»Hast ja recht«, sagte Tom nach einer Weile.

Während sie auf dem schmalen Steg an der stinkenden und fauligen Kloakenbrühe entlangwanderten, erzählte Tom ihr, wie die Rattenjagd ablief.

»Also«, beendete er seine Einführung, »ich übernehme heute Silences Part. Sobald Shylock ein Rattennest aufspürt und die Mistviecher aufgescheucht hat, treibe ich sie zu dir und du musst sie packen und in den Drahtkäfig stopfen.«

Maggie hatte ein ganz flaues Gefühl im Magen. »Hast du dich damals freiwillig dafür gemeldet, nachdem Devil Appo nicht mehr da war?«, fragte sie Tom, in der Hoffnung irgendetwas von ihm zu hören, das die Rattenjagd in ein positiveres Licht rückte.

»Ich bin doch nicht verrückt!«, stieß Tom entrüstet aus. »Goblin hat mich dazu verdammt. Ich hasse es. Es ist die reinste Drecksarbeit, die wild zappelnden und um sich beißenden Biester einzufangen. Was glaubst du, warum wir die Stulpenhandschuhe brauchen? Mir flößen die riesigen Hafenratten noch immer einen Heidenrespekt ein. Silence und Shylock dagegen sind ganz scharf drauf, diesen rotäugigen Bestien den Garaus zu machen.«

Maggie musste schlucken und hätte am liebsten auf dem Absatz kehrtgemacht.

»Ich vermute, Shylock ist nur deshalb mitgegangen, weil er weiß, was ihn erwartet«, fuhr Tom fort. »Bei der Rattenjagd ist er nämlich ganz in seinem Element. Seit er bei uns ist, war er noch nie von Silence getrennt.«

»Wie ist sie denn zu dem Hund gekommen? Hat Silence ihn in die Bande mitgebracht?«

»Nee«, sagte Tom, »ich war dabei, als Shylock zu uns gestoßen ist. Wir kamen gerade von einer Tour zurück, da haben wir von irgendwoher ein herzerweichendes Winseln gehört und sind dem nachgegangen. In einer Gasse neben der Sportsmen's Hall haben wir dann einen blutverschmierten Hund entdeckt. Er lag mehr tot als lebendig auf einem Haufen Rattenkadaver. Der Köter war ein geschlagener Kämpfer aus Kit Burns Rattenring, den sein Besitzer einfach weggeworfen hatte. Natürlich hat uns der Anblick nicht kaltgelassen. Wir Jungs haben deshalb beschlossen, das traurige Geschöpf von seinen Qualen zu erlösen. Wir warfen eine Münze und das Los fiel auf Coffee. Als der aber sein Messer zog und sich zu dem Hund runtergebeugt hat, ist Silence plötzlich wie von der Tarantel gestochen vorgesprungen und hat sich auf den Hund geworfen, der trotz seiner Schmerzen nicht um sich gebissen hat. Stattdessen hat er die Hand der Kleinen abgeschleckt und dabei mit seinem Stummelschwanz gewedelt. Silence hat darauf ein Mordszinnober veranstaltet. Sie hat uns keine Ruhe gelassen, bis wir das Tier zusammen hochgehoben und zu unserem Unterschlupf geschleppt haben. Dort hat uns dann ein Riesendonnerwetter erwartet. Goblin hat gezetert wie ein Rohrspatz, als er die blutende Töle gesehen hat. Aber Silence hat sich einfach neben den Hund gesetzt und uns alle drohend angesehen. Goblin hat schließlich klein beigegeben, weil die Kleine auch nach Stunden noch so dasaß und sich hartnäckig geweigert hat, irgendwas zu sich zu nehmen. Goblin hat ihr zwar erlaubt, den armen Teufel aufzupäppeln. Aber er bestand drauf, dass wir ihn wegschaffen, wenn er wieder auf eigenen Pfoten stehen kann. Silence bewies ein echtes Händchen. Tag und Nacht hat sie sich um das Häufchen Elend gekümmert. Sie wusch seine Wunden aus, flößte ihm Fischsuppe ein und teilte sich mit ihm ihre Decke. Und siehe da: Nach einer Woche steht der Flohteppich plötzlich auf, als wäre nichts gewesen. Seither weicht er seinem Frauchen nicht mehr von der Seite.«

»Und Goblin hat ihn doch nicht weggeschickt?«, fragte Maggie, gerührt von der Geschichte und voller Bewunderung für Silence, die ungeachtet ihrer Stummheit eisern ihren Willen durchgesetzt hatte.

»Eigentlich haben wir es dem Köter zu verdanken, dass wir überhaupt im Rattengeschäft mitmischen«, sagte Tom. »Bevor du zu uns gekommen bist, hatten wir ständig Probleme mit den verdammten Ratten. Obwohl wir alle Löcher und Ritzen dicht gemacht haben, sind sie immer wieder in unsere Höhle gekommen und haben sich über die Kartoffeln, Rüben und überhaupt alles Essbare hergemacht. Notgedrungen mussten wir uns mit ihnen abfinden. Ständig hörte man irgendwo was rascheln und sah was Haariges über den Boden huschen. Und nachts steckte man tunlichst seine Füße unter die Decke, damit man am nächsten Morgen nicht mit angeknabberten Zehen aufwachte. Aber dann hatte Silences Findelkind seinen großen Auftritt. Kaum war Shylock wieder auf den Beinen, hat er seinen Kopf gehoben, eine Weile rumgeschnüffelt und ist dann wie verrückt geworden durch den Keller gerast und hat jeder Ratte die Hölle heißgemacht. Die Ratten müssen echt kluge Tierchen sein, denn von da an

hat sich nie wieder eine in unser Nest verirrt. Dadurch kam Goblin auf die Idee, Shylocks Talent zu Geld zu machen. Er hat Silence und Devil Appo mit dem Hund in die Abwasserkanäle geschickt – zum Rattenfangen. Die Ausbeute konnte sich gleich sehen lassen. So wurde Shylock zu einem echten Mitglied der 40 Little Thieves.«

»Und die Ratten sind für Kit Burns? Was macht der denn mit ihnen?«, fragte Maggie.

»Dem gehört die Sportsmen's Hall. Das ist eine Pinte an der Water Street, in der allabendlich illegale Bare-Knuckle-Preisboxkämpfe stattfinden. Berüchtigt ist sie aber wegen ihrer Ratten-Grube. In der Manege lässt Burns einmal die Woche Hunde gegen Ratten kämpfen. Die Leute lieben das Spektakel. Burns Bude ist dann immer randvoll und er macht ein Riesengeschäft, weil ziemlich hohe Wetteinsätze im Spiel sind. Damit sein lukrativer Zirkus stattfinden kann, muss Burns rechtzeitig die notwendigen Nager beschaffen. Die bekommt er in der Regel für zwölf Cent das Stück von Jack the Rat, dem besten Rattenfänger weit und breit. Gegen den sind wir Dilettanten. Aber zu unserem Glück ist Jack ein unverbesserlicher Leichtfuß, der immer wieder für Tage in einer Spelunke versumpft, wo er sein Erspartes verprasst. Deshalb musste sich Kit Burns notgedrungen nach einer zweiten Quelle umsehen, über die er seine heiß begehrten Tierchen beziehen kann. Goblin bot ihm unsere Dienste an. Und so kommen wir regelmäßig zu Aufträgen.«

»Na toll«, bemerkte Maggie. »Das heißt, wir fangen Ratten ein, damit die und abgerichtete Hunde sich später in der Spelunke von diesem Burns gegenseitig abmurksen?«

»So ist es«, bemerkte Tom knapp und blieb unter einem Gully stehen. Er deutete zu den Sprossen in der Wand. »Da müssen wir rauf.«

Eine Armada schiefergrauer Wolken zog über ihre Köpfe hinweg und ein kalter Wind zerrte an ihren Mänteln. Aber zu Toms und Maggies Erleichterung peitschte kein Regen auf sie ein, denn es nieselte nur noch.

Bewaffnet mit ihrem Rüstzeug gingen sie an Stahlwerken, Eisengießereien, Ziegelbauten und Holzschuppen vorbei, dann stießen sie auf die South Street, der Küstenstraße entlang der kleinen Häfen am East River. Es herrschte ein einziges Geschiebe. Der Lärm war nach der Stille in den unterirdischen Kanälen ohrenbetäubend, wurden doch über diesen Fahrweg sämtliche angelieferten Waren aus den Schiffsbäuchen mit Lastkarren, Fuhrwerken und Expressgüterwagen in die Metropole transportiert.

Tom überquerte die Straße, Maggie folgte ihm und Shylock trottete an der Leine hinterher. Vor ihnen erstreckten sich die Piers und eine schier endlose Reihe anlegender Frachtkähne und Segler. Maggie sah sich interessiert um, weil sie seit ihrer Flucht vor den Whyos kein einziges Mal mehr am Hafen des East Rivers gewesen war.

Während Tom stramm vorauslief, warf sie einen Blick auf die mächtigen Lagerhallen, die Schiffe, die wie unruhige Pferde an ihren Trossen zerrten, und die bis zur Uferstraße ragenden Bugspriete der Segler. Maggies Augen wanderten vorbei an wettergegerbten Männern, die Tuchballen, Kisten, Säcke und Körbe geschultert hatten und von den Frachtern zur Lagerhalle trugen.

Als die Wolken über dem Hafengebiet aufrissen und die Strahlen der sinkenden Abendsonne ungehindert durch eine Wolkenlücke auf das Wasser fluteten, blieb Tom stehen und drehte ebenfalls den Kopf zum East River. Maggie folgte seinem sehnsüchtigen Blick zu einem Rahsegler in der Ferne, über dem kreischende Möwen ihre Kreise zogen.

Mit einem Ruck wandte sich Tom ab und stapfte zielstrebig voran. Maggie ließ ihre Augen weiter über das fröhliche Glitzerspiel der Sonnenstrahlen auf den Wellen und die Masten, Takelagen und dickstämmigen Schlote schweifen. Da blieb ihr Blick auf einem Viermaster haften, dessen verwitterte Segel mit dicken Tauen zusammengerafft waren. Die Fregatte musste uralt sein und schon lange vor Anker liegen, denn die Wellen umspülten einen dicken Muschelbelag an ihrem Rumpf. Das Schiff erinnerte Maggie an Zeiten, als Piraten die Weltmeere noch unsicher gemacht hatten.

Sie wollte sich gerade nach Tom umsehen, da entdeckte sie an der Reling vor der roten Leinwand der untergehenden Sonne die schwarze Silhouette eines Menschen. Sie kniff die Augen zusammen und glaubte an eine Sinnestäuschung, denn die Proportionen waren seltsam verschoben. Der Schattenriss wirkte im Vergleich zu dem Schiff übertrieben groß, als gehöre er zu einem riesigen Mann.

Maggie blinzelte und wollte noch einmal genauer hinschauen, da schob sich eine Fähre in ihr Sichtfeld und versperrte ihr den Blick auf das Schiff. Rasch hielt sie nach Tom Ausschau und sah, dass er schon ein gutes Stück voraus war. Sie beeilte sich, wieder zu ihm aufzuschließen. Die merkwürdige Entdeckung an Deck der Fregatte hatte sie schon wieder vergessen.

Neben dem Kassenhäuschen der Fulton Ferry wartete Tom mit ungeduldiger Miene auf sie.

»Wo bleibst du denn?«, schimpfte er.

Maggie vermutete, dass die Betrachtung des in See stechenden Rahseglers ihm die Laune verdorben hatte. Sicher war Tom einst an Bord eines solchen Schiffes in die Neue Welt gekommen und wünschte sich nun, wieder in seine Heimat zurückzukehren.

»Wir müssen uns sputen. Wir sind spät dran.« Tom deutete auf ein riesiges Backsteingebäude auf der gegenüberliegenden Straßenseite. »Das ist der Fulton Fischmarkt. Dahinter befindet sich das Schlachterviertel. Die darunterliegenden Kloaken sind unser Jagdrevier. Da findet man die fettesten Hafenratten.«

Er führte Maggie zu einem engen Durchgang neben dem

Fischmarkt. Vor einem Gullydeckel blieb er stehen und stellte die Drahtkäfige ab. Während er mit dem Brecheisen den Deckel beiseitehebelte, gab Shylock ein vorfreudiges Bellen von sich und begann an dem Seil zu zerren. Tom betrachtete den Hund und lächelte schal. Dann hob er Shylock hoch, klemmte den Terrier unter die Achsel und begann mit dem Abstieg. Maggie reichte ihm das Werkzeug nach unten und folgte ihm in die Finsternis. Es roch nach Verwesung und Fäulnis.

Drei Stunden später waren sie wieder in dem Abwassersystem, das sie zum Hafen des East River geführt hatte. Maggie lief mit erhobener Fackel voraus, denn Tom musste die Drahtkäfige schleppen, in denen zwei Dutzend quiekender Ratten umhersprangen. Beide waren nass wie zwei begossene Pudel, weil sie auf dem Weg vom Fulton Fischmarkt zum Kanaleinstieg ein heftiger Regenguss erwischt hatte. Maggie war durchgefroren bis auf die Knochen, aber wenigstens hatte der Regen die bestialisch stinkende Kloakenbrühe von ihr abgewaschen.

Maggie schaute immer wieder über die Schulter zurück, um Tom ins Gesicht zu blicken. Jedes Mal entdeckte sie verdächtige Grübchen in seinen Wangen.

Irgendwann reichte es Maggie und sie blieb stehen. »Kannst du dein dämliches Grinsen nicht endlich einstellen?«, schimpfte sie.

»Entschuldige«, sagte Tom und musste sichtlich kämpfen, um nicht loszuprusten. »Ich sehe nur die ganze Zeit deinen Gesichtsausdruck vor mir, als die erste Horde Ratten auf dich zugerannt ist.«

»Wenn du das irgendwem erzählst, schlage ich dir die Zähne aus!«

Tom grinste. »Keine Sorge. Das bleibt unter uns.«

Maggie stapfte beleidigt weiter.

»He, Maggie!«, sagte Tom nun in ihrem Rücken. »Sei nicht sauer. Zuerst dachte ich, wir können einpacken, so erschrocken hast du ausgesehen, als die Biester an dir vorbeisprangen. Aber dann hast du's ihnen gezeigt. Mal im Ernst: Du warst viel besser als ich beim ersten Mal. Ich werde Goblin raten, dir meinen Job zu überlassen.«

Maggie blieb wieder stehen und warf Tom einen giftigen Blick zu. »Wehe, du machst das. Dann red ich nie wieder ein Wort mit dir.«

Tom fing an zu lachen und Maggie konnte nicht anders als mitzulachen.

Nachdem sie eine Weile schweigend nebeneinander hergelaufen waren, musste Maggie plötzlich an den Zeitungsartikel denken, den sie vor ihrem Aufbruch gelesen hatte. Sie beschloss, Tom davon zu erzählen.

»Es hat also schon einmal einen Chung Ling gegeben«,

fasste sie anschließend zusammen. »Der muss ein ziemlich erfolgreicher Einbrecher und Bankräuber gewesen sein. Wenn ich das richtig verstanden habe, glaubt der *New Herald*, dass dieser Chung Ling in Wahrheit gar kein Chinese, sondern ein gewisser Albert W. Hicks gewesen ist, der vor zehn Jahren wegen Mordes gehängt wurde.«

»Und den kannte Goblin offenbar gut«, sagte Tom und bezog sich damit auf die Unterhaltung zwischen Goblin und der Hehlerin, deren Inhalt Maggie ihm gleich am nächsten Morgen anvertraut hatte. »Was hat Mandelbaum noch mal genau gesagt?«

Maggie überlegte. »Sie meinte, Goblin hätte den Fabelhaften Chung Ling schon gekannt, bevor er nach Manhattan kam. Das heißt doch wohl, Goblin muss vorher woanders gelebt haben.«

»Seltsam ist das«, sprach Tom vor sich hin.

»Finde ich auch. Da fällt mir ein: Goblin hat den Verdacht des *New Herald* eigentlich bestätigt. Er meinte nämlich, dieser Hicks hätte für seinen Ungehorsam bezahlen müssen.«

»Kapier ich nicht. Das war doch ein Mörder und er wurde deshalb hingerichtet.«

»Vielleicht ist er damals überführt worden, weil ihn jemand bei der Polizei verpfiffen hat«, meinte Maggie. »Ist doch möglich, oder?«

Tom dachte eine Weile nach. »Das würde zumindest erklären, warum heute wieder ein Chung Ling umgeht und Jagd auf Verbrecher macht.«

»Rache will ich«, stieß Maggie plötzlich hervor.

»Wie?«

»Na, diesen Spruch hinterlässt Chung Ling immer, wenn er die Gauner überwältigt hat. Mit seinen Taten vermiest er Mandelbaum und anderen Unterweltgrößen das Geschäft. Vielleicht ist er ein ehemaliger Freund von diesem Hicks. Er will ihn rächen, indem er es denen heimzahlt, die ihn damals an die Polizei ausgeliefert haben.«

»Und du glaubst, Mandelbaum ist zu Goblin gegangen, um ihm deshalb auf den Zahn zu fühlen?«

»Klingt doch gar nicht so unlogisch, oder?«

»Moment, da müssen wir lang«, sagte Tom und deutete auf einen schwarzen Punkt an der Wand. Als sie abgebogen waren, murmelte er: »Ich weiß nicht. Schade, dass wir nicht wissen, was damals auf diesem Schiff ...«

»Die Slup E. A. Johnson! So hieß das Schiff«, bemerkte Maggie.

»Genau! Also, was da passiert ist. Wir müssen das rausbekommen.«

Anschließend schwiegen beide wieder. Still gingen sie weiter, begleitet vom Echo ihrer Schritte und dem Murmeln des Wassers, das an den porösen Backsteinwänden hinabfloss.

Zehn Minuten später deutete Tom auf einen Gully über ihren Köpfen. »Wir sind da! Lass uns rasch die Viecher abliefern und dann nichts wie nach Hause!«

Weil es an diesem Zugang keine Sprossen gab, machte Tom ihr mit überkreuzten Händen eine Leiter und hievte sie hoch. Maggie drückte den gusseisernen Deckel beiseite und kletterte nach draußen. Anschließend nahm sie Tom die Käfige und Shylock ab und reichte ihm die Hand.

Sie standen in einem finsteren Hof und Tom zeigte auf ein dreistöckiges Fachwerkhaus.

»Das ist die Sportsmen's Hall. Ich bringe unseren Fang immer durch den Nebeneingang in Burns Büro. Du wartest hier. Und halte bitte Shylocks Leine fest. Der Köter wird jedes Mal nervös, wenn wir hier sind.«

Maggie betrachtete den Hund, der mit aufgestellten Ohren aufmerksam auf das Gebäude starrte. »Kein Wunder«, flüsterte sie, als sie daran dachte, in welchem Zustand die kleinen Diebe den Hund ganz in der Nähe aufgefunden hatten.

Tom hatte sich die Käfige geschnappt und betrat durch eine Tür das Haus. Maggie rieb sich mit den Händen über die Arme. Sie fror, denn ihre Kleidung war noch immer klamm. Wenigstens war es in dem Hof windstill und auch der Regen hatte eine Pause eingelegt.

Erst jetzt vernahm Maggie die dumpfen Geräusche, die aus der Sportsmen's Hall in den Hof drangen. Sie stammten von johlenden und geifernden Männerstimmen. Maggie versuchte sich vorzustellen, was da drin gerade vor sich ging, und fragte sich, was die Leute an blutigen und geschmacklosen Spektakeln so faszinierte.

Da merkte sie, dass etwas nicht stimmte. Das Seil in ihrer Hand fühlte sich mit einem Mal merkwürdig leicht an. Sie sah neben sich und erschrak. Shylock war nicht mehr da. Er hatte die Schlinge seiner Leine abgestreift und sie hatte es nicht gemerkt. Rasch spähte sie zur Sportsmen's Hall und sah gerade noch, wie der Terrier durch die angelehnte Tür in dem Gebäude verschwand. Maggie fluchte und rannte hinterher.

Als sie die Tür aufzog, stand sie in einem dunklen Flur, an dessen Ende ein schwarzer Vorhang hing. Der Hund schnüffelte vor dem Vorhang am Boden herum.

»Shylock! Komm sofort her!«, befahl Maggie.

Aber der Terrier schenkte ihr keine Beachtung. Er hob witternd die Nase und schlüpfte seitlich an dem Stoff vorbei in den angrenzenden Raum.

»Blöder Hund!«, schimpfte Maggie und sprang ihm nach.

Hinter dem Vorhang erwartete sie eine ausgedehnte Schankstube. Qualmende Tranlampen spendeten schummriges Licht. Der abgeschabte Bretterboden war mit Sägemehl bestreut. Rauchschwaden und ein saures Geruchsgemisch aus Tabak, schalem Bier und Schweiß hingen in der Luft. Die Sportsmen's Hall war brechend voll. Sämtliche Gäste, ausnahmslos Männer, scharten sich um die Raummitte. Maggie starrte auf die vielen Beine und glaubte, für einen Moment Shylocks weißes Fell zwischen den grauen und schwarzen

Beinkleidern zu sehen. Ihr blieb nichts anderes übrig, als in die Menschenmenge einzutauchen.

Während sie sich an den Körpern vorbeizwängte, wurde sie immer wieder abgedrängt und verlor auch noch ihre Mütze, als ihr diese von einem Ellenbogen vom Kopf gestoßen und auf der Stelle von den Stiefeln und Schuhen niedergetrampelt wurde. Irgendwann stieß sie auf einen Holzzaun, der um eine kreisförmige Manege verlief. Gegen dieses Hindernis brandete die aufgeregte Meute, weil jeder etwas von dem blutigen Spektakel mitbekommen wollte, das in der Arena stattfand.

Maggie warf einen kurzen angewiderten Blick in das Oval, in welchem eine geifernde Bulldogge, angefeuert durch die Pfiffe und Zurufe der Zuschauer, ängstlich fiependen Ratten nachhetzte. Zwischen den dicht gedrängten Körpern suchte Maggie nach Shylock und atmete erleichtert auf, als sie eine Lücke in der Menschenmenge entdeckte. Einige Männer waren vor dem Terrier zurückgewichen, der sich unter die Zuschauer verirrt hatte und einen Mann anbellte. Rasch war Maggie bei Shylock und stülpte ihm die Seilschlinge wieder um den Hals. Dann blickte sie mit entschuldigender Miene zu dem Mann auf.

Vor ihr stand ein junger Herr. Er trug einen schwarzen Rock mit gestärktem Kragen, hatte einen Zylinder auf, unter dem eine geölte Stirnlocke hervorlugte, und sein arrogantes Gesicht zierte ein schmaler, akkurat gestutzter Oberlippenbart.

Verwundert betrachtete der Gentleman den Hund, der ihn anknurrte und angriffslustig an seinem Halsband zerrte.

»Sieh mal einer an«, sagte der Mann. »Brutus! Wer hat dich denn von den Toten auferweckt?«

Maggie ging ein Licht auf. Shylock hatte seinen ehemaligen Besitzer gewittert, der ihn abgerichtet und nach einer Niederlage in Kit Burns Ratten-Ring einfach entsorgt hatte. Wütend starrte sie dem Mann ins Gesicht.

In diesem Augenblick wandte der Fremde die karamellbraunen Augen zu ihr. »Junge, wie kommst du zu dem …«, hob er an. »Moment. Du bist gar kein Bursche.« Blitzartig hatten sich die langen und dünnen Finger seiner linken Hand um Maggies Hals gekrallt. »Woher hast du den Hund?«

»He, Pfoten weg!«, schrie Maggie auf und stemmte sich vergebens gegen den Griff um ihren Hals. Dabei erhaschte sie einen Blick auf den geschnitzten Spazierstock, den der Mann mit der anderen Hand festhielt. Sein Knauf war golden und zeigte einen Tigerkopf.

Fassungslos starrte Maggie den Fremden an. Der musterte sie von oben bis unten, hob eine Augenbraue in die Höhe und legte den Kopf schief. Da sah Maggie unter seinem rechten Ohr eine Tätowierung. Einen winzigen fünfzackigen Stern! Und plötzlich wusste sie, wen sie vor sich hatte.

»Wie heißt du?«, fragte Dandy Dolan erregt. Sein Gesicht hatte raubtierhafte Züge angenommen. Seine Nasenflügel bebten, die Zähne waren gefletscht und seine Augen durchbohrten sie.

All die Monate hatte Maggie nichts mehr gefürchtet, als Johnny Dolan in die Hände zu geraten. Sie hatte ihre geliebten Haare abgeschnitten, sich in einen Jungen verwandelt und bei Dieben und Bettlern in einem feuchten Kellergewölbe Zuflucht gesucht. Doch nun, von Angesicht zu Angesicht mit dem Anführer der Whyos, verspürte sie keinerlei Angst. Stattdessen überkam sie unbändiger Hass gegen den Mann, der sie aus dem Waisenhaus hatte entführen lassen und erbarmungslos Jagd auf sie machte.

Dolans Finger gruben sich tiefer in ihren Hals. »Wie heißt du, verdammt?«, fragte er noch einmal.

Maggies Miene verfinsterte sich. »Das wissen Sie doch, Sie mieser kleiner Verbrecher!«

Sie hörte förmlich, wie ein Rädchen im Getriebe seines Gehirns einrastete. Dolan riss die Augen auf, als auch er begriff, wen er vor sich hatte.

»Ich bin Wildcat Mag!«, spie Maggie ihm entgegen und ließ Shylock von der Leine.

Pfeilschnell war der Hund bei Dolan und vergrub seine scharfen Hauer in dessen Wade. Der Gangsterboss schlug die Zähne aufeinander, holte zischend Luft und versuchte vergeblich, Shylock abzuschütteln. Maggie hielt er dabei unvermindert in seinem Schraubstockgriff gefangen. Dann klappte er mit dem Daumen seiner freien Hand den Knauf an seinem Stock nach oben. Prompt sprang eine Klinge hervor und ein wölfisches Grinsen spaltete Dolans Züge. Ohne Eile hob er den Stock an und zielte mit dem Stilett auf Shylocks Kopf.

Maggie hatte indes beide Arme ausgefahren und bekam den Mantelsaum von Dolan zu fassen. Sie riss den dazugehörigen Arm zu sich und ihre Zähne gruben sich in die Hand mit dem Stock.

Sie biss so fest zu, wie sie nur konnte, und Dandy Dolan schrie vor Schreck und Schmerz auf. Seine heimtückische Waffe fiel zu Boden und jetzt verlor auch der Griff um Maggies Hals an Kraft.

Sie wandte die Augen zu den Umstehenden, die sich mehr für das Scharmützel des gefürchteten Gangsterbosses mit einem Straßenkind und seinem Hund zu interessieren schienen als für das Gemetzel in der Manege, denn um die drei hatte sich inzwischen ein beachtlicher Menschenkreis gebildet. Erstaunte und belustigte Gesichter verfolgten den außerplanmäßigen Kampf in ihrer Mitte. Maggie fühlte sich mit einem Mal umzingelt und sah sogleich ihre Vorahnung bestätigt. Im Rücken der Zuschauer bahnten sich Männer mit roten Halstüchern den Weg zu ihnen.

Sie blickte zurück zu ihrem Peiniger, dessen Gesicht vor Qual, Zorn und Scham knallrot angelaufen war.

»Das wirst du mir büßen«, knirschte Dolan durch zusammengebissene Zähne hervor.

Maggie spuckte die Hand wieder aus, riss den Kopf nach hinten und kam endlich frei. Sie ging einen Schritt auf Abstand und streckte angewidert die Zunge raus.

»Wir sehen uns wieder! Versprochen!«, schnaubte sie grimmig, hob das Bein an und trat zu.

Das Oberhaupt der Whyos stöhnte auf und sackte vornüber auf die Knie.

»Aus, Shylock!«, rief Maggie dem Terrier zu, der immer noch wild an einem Hosenaufschlag zerrte. Dann hechtete sie von Johnny Dolan und den Händen weg, die von allen Seiten nach ihr griffen.

Sie schubste und rempelte Leiber aus dem Weg und hörte hinter sich wütende Schreie. Das Gedränge wurde lichter und Maggie wagte einen hastigen Blick zurück. Shylock war ihr auf den Fersen.

Hinter ihm teilte sich die Menschenmenge, weil ihre Verfolger eine Schneise durch das Gerangel schlugen. Maggie war nun bei dem schwarzen Vorhang, sprang hindurch und hielt auf den Hinterausgang zu, begleitet vom aufgeregten Bellen Shylocks, der munter neben ihr hersprang, als wolle er ihr mitteilen, welch ein Vergnügen ihm die Begegnung mit Dolan bereitet hatte.

Maggie stürzte in den Hof und erblickte Tom, der vor dem Eingang zum Abwassersystem wartete.

»Schnell weg!«, schrie sie. »Dolan ist hinter mir her!«

Schon war sie bei ihm. Beide starrten auf den Nebeneingang, aus dem die Whyos in den Hof stürzten. Tom stieß Maggie geistesgegenwärtig zum Loch und sie sprang hinein. Sie landete mitten im Abwasser, strauchelte und fiel der Länge nach in die stinkende Brühe. Hinter ihr platschten nacheinander Shylock, die Drahtkäfige und Tom in die Kloake. Der hob sogleich die gelöschte Fackel, die Stulpenhandschuhe und das Segeltuch auf und drückte ihr die Dinge hastig in die Arme. Dann schnappte er sich die Drahtkäfige und das Brecheisen.

Als Maggie widersprechen wollte, raunte er ihr zu: »Wir müssen die Sachen mitnehmen, sonst finden die Whyos raus, dass wir für Burns Ratten besorgen. Dann wissen die Bluthunde gleich, wo sie uns finden können.« Besorgt sah er hoch zu dem Loch. »Sollten wir es überhaupt bis zum Gates of Hell schaffen.«

Und dann rannten sie, was ihre Beine hergaben, verfolgt vom Hall zorniger Stimmen und dem Geräusch wirbelnder Stiefelsohlen.

Eine Woche später warteten die kleinen Diebe in der Nacht auf Sheppard, der sie für einen Coup am Hudson abholen wollte. Das Geplauder der anderen drang nicht zu Maggies Ohren vor. Sie lag abwesend, in dunkle Gedanken vertieft, auf ihrem Lager.

Hinter ihr und Tom lagen an den Nerven zehrende Tage. Nur mit knapper Not waren sie vor einer Woche den Whyos entwischt. Ihre Rettung war es gewesen, dass Tom sie auch ohne Licht einen Großteil der Strecke hatte führen können, weil er den Weg zur Sportsmen's Hall so viele Male zurückgelegt hatte und ihn fast auswendig kannte. Irgendwann waren die Geräusche in ihrem Rücken schwächer geworden und dann waren sie endgültig verstummt. Sie hatten ihre Treiber abgeschüttelt und konnten endlich die Fackel anzünden.

Doch als sie erschöpft in ihrem Unterschlupf angelangt waren, hatte ihre Erleichterung nicht lange angehalten. Zu groß war die Sorge, die Whyos könnten ihnen über kurz oder lang auf die Schliche kommen.

Jeden Morgen saßen Tom und Maggie voller Sorge auf den Stufen vor dem Gates of Hell und blickten sich furchtsam um. Weil sie nicht wussten, ob die Whyos Tom wiedererkennen könnten, versteckte dieser sein karottenrotes Haar neuerdings immer unter einer Mütze. Und Maggie legte zur Sicherheit eine Extraschicht Ruß auf und zog ihre neue Kappe, die sie nach dem Verlust ihrer alten im Kleidervorrat gefunden hatte, noch tiefer als sonst ins Gesicht.

Selbstverständlich hatten sie den anderen gleich beim Frühstück von dem Abenteuer erzählt. Bismarck und Coffee waren völlig aus dem Häuschen gewesen, dass Maggie den Wagemut besessen hatte, dem gefürchteten Gangsterboss eins reinzuwürgen und ihn vor zahlreichen Zeugen der Lächerlichkeit preiszugeben. Nur Silence, die von ihrem Fieber wieder genesen war, hatte mit der angemessenen Vernunft reagiert. Sie hatte Maggie anerkennend auf den Rücken geklopft und sich mit einem Nicken bereit erklärt, ihrem Hund tagsüber Hausarrest zu erteilen, bis Gras über die Sache gewachsen war.

Ihrem Fagin blieb natürlich nicht verborgen, dass irgendetwas in jener Nacht passiert war. Jedoch behelligte Goblin niemanden mit Fragen und ließ sich auch sonst nichts anmerken. Maggie vermutete, dass er längst im Bilde war. Der Zwischenfall in der Sportsmen's Hall musste rasch die Runde gemacht haben und Sheppard hatte sicher Wind davon bekommen. Dass der Zwerg seit ein paar Tagen seine Diebe nur noch zu Orten schickte, die abseits ihrer üblichen Wege lagen und nicht durch gefährliches Gebiet führten, bestätigte ihre Vermutung.

Goblin schien also Wort zu halten, sie vor den Whyos beschützen zu wollen. Dennoch wurde Maggie einfach nicht schlau aus ihm. Immer wieder musste sie an seine Worte denken.

Da draußen braut sich etwas zusammen. Ein gewaltiger Sturm, den ich heraufbeschworen habe.

Vor ihrem geistigen Auge sah Maggie Dolans Tätowierung. Wie auch Mandelbaum trug er einen fünfzackigen Stern. War der Stern ein Erkennungszeichen für Mitglieder eines geheimen Bundes? Oder bedeutete er etwas anderes? Sie wusste es nicht. Nur eines war gewiss: Mandelbaum und Dolan verband etwas miteinander und sie hielten den Schlüssel für Maggies Geheimnis in Händen. Sie musste ihnen dieses Geheimnis entwinden. Früher oder später.

Es ging schon auf Mitternacht zu, als Sheppard über Manhattans Kanalsystem zu ihnen kam und Maggie aus ihrem Grübeln befreite. Wie immer schnappte sich der Ganove zuallererst Silence und wirbelte die Kleine ein paarmal um die eigene Achse, ohne sich um Shylocks eifersüchtiges Knurren zu scheren. Nachdem er sie wieder abgesetzt und seinen verrutschten Dreispitz zurechtgerückt hatte, begrüßte er die übrigen Diebe mit schalkhaftem Grinsen.

»Na?«, sagte er. »Seid ihr bereit?«

Bismarck und Coffee sprangen begeistert auf und salutierten wie vor einem General der Infanterie.

»Jawohl, Sir!«, riefen sie mit einer Stimme und schlüpften in ihre Mäntel.

Tom blinzelte Maggie zu und beide mussten schmunzeln. Es amüsierte sie immer, wie sehr Silence, Bismarck und Coffee den ehemaligen Schüler Goblins anhimmelten. Für die drei schien es nichts Schöneres zu geben, als ihrem Idol bei der Arbeit zur Hand zu gehen. Wenigstens einmal pro Woche bestand Bismarck darauf, eine Gutenachtgeschichte aus dem ereignisreichen Leben von Sheppard zum Besten zu geben, während Coffee und Silence verzückt zuhörten. Maggie und Tom kannten daher jede angebliche Heldentat, die Sheppard vollbracht haben sollte.

Goblin hatte Sheppard als Knirps bei sich aufgenommen, nachdem er aus der Besserungsanstalt House of Refuge ausgerissen war. Sheppard war nicht nur der erste, sondern auch der begabteste Schüler, der je von ihrem Fagin ausgebildet worden war. Nach seiner Zeit bei den 40 Little Thieves hatte Sheppard eine eigene Bande gegründet, die Raubzüge entlang der Hudsonküste unternommen und alles geklaut hatte, was nicht niet- und nagelfest war. Nachdem die Hafenpolizei die Bande zerschlagen hatte, hatte sich Sheppard aus dem Staub gemacht. Ein paar Jahre lang war er zur See gefahren, bis er auf einer Südseeinsel gestrandet war, wo er sich als Schmuggler, Medizinmann, Sklavenhändler und Wanderprediger durchgeschlagen hatte. Seit seiner Rückkehr arbeitete er als selbstständiger Flusspirat am Hudson. Und immer wenn er für einen kniffligen Coup Wachposten und Hilfskräfte benötigte, besorgte er sich die notwendige Unterstützung aus dem Stall seines alten Lehrmeisters.

Tom konnte Sheppard nicht leiden, was Maggie nicht wunderte, verkörperte der egozentrische Flusspirat doch das genaue Gegenteil ihres geradlinigen Freundes. Sie allerdings mochte Sheppard irgendwie, obwohl er ihr suspekt war und auch sie von seinem Spott nicht verschont blieb. Immerhin hatte Sheppard sie damals vor den Whyos gerettet und zu den 40 Little Thieves geführt.

Nachdem Maggie ihren Mantel übergezogen hatte, schloss sie sich den Dieben an, die vor der versteckten Kellertür darauf warteten, dass es losging. Nur Shylock lag auf dem Strohsack seines Frauchens und glotzte mit einem herzerweichend traurigen Hundeblick zu Silence, weil er bei den nächtlichen Diebeszügen nicht dabei sein durfte.

Sheppard stand neben Goblins Liege und unterhielt sich im Flüsterton mit dem Zwerg. Zum Abschied reichte er dem Fagin die Abendausgabe einer Zeitung und gesellte sich dann zu den kleinen Dieben.

»Auf geht's!«, sagte er und tätschelte jedem den Schopf.

Während Maggie dem Flusspirat und den Dieben durch das Labyrinth unter der Stadt folgte, wurde sie wieder von ihren sorgenvollen Gedankenspielen heimgesucht.

Erst als das Sohlenhallen ihrer Begleiter nicht mehr zu hören war, blickte Maggie auf. Die anderen standen unter dem Ausstieg aus dem Kanalsystem. Als sie bei ihnen ankam, tauschte Maggie mit Tom ein aufmunterndes Lächeln. In der folgenden Stunde war die volle Konzentration jedes Einzelnen gefragt.

Sheppard instruierte die Truppe noch einmal über das geplante Manöver und schärfte allen ein, worauf sie achtgeben mussten. Anschließend stiegen sie hinauf in die Nacht und den Nebel.

Oben wurden sie von Nebelschwaden empfangen, die nach ihnen zu greifen schienen und sich wie Tentakel um ihre Körper wanden.

Dicht gedrängt im Schatten der Wartehalle der Dresbrosses-Street-Fähre, warteten sie auf Sheppards Instruktionen. Der legte den Finger an die Lippen und deutete dann in Uferrichtung. Er ging voraus und die Bande schlich ihm, hintereinander aufgereiht, nach.

Sie traten aus der Wirrnis der Warenspeicher, Schuppen, Kontore und Hallen heraus und wurden auf der Stelle von einer rauchigen Nebelbank verschluckt, durch die fahles Mondlicht sickerte. Auf leisen Sohlen liefen die Diebe über die Schienen entlang der Küstenlinie mit ihren Landungsbrücken und vor Anker liegenden Schiffen.

Im Gegensatz zum Hafen im Osten Manhattans, der das Ziel wendiger Postschiffe und großer Rahsegler war, wurden die fünfzig Piers am Hudson fast ausschließlich von großen Dampfern angelaufen, die wegen ihres enormen Tiefgangs den East River nicht befahren konnten. Sheppard hatte sich auf das Entern dieser Ozeanriesen spezialisiert, denn an Bord der modernen und komfortablen Linienschiffe fuhren die wohlhabenderen Reisenden über die Meere, was bedeutete, dass man in den Passagierkabinen, Kapitänskajüten und den Tiefen der Schiffsbäuche reiche Beute machen konnte.

Während am East River zahlreiche Banden ihr Unwesen trieben, war der Hudson-Hafen nur selten das Ziel von Überfällen und Diebstählen, weil viele Dampfschifflinien eigene Wachleute beschäftigten und die Hafenpolizei hier regelmäßiger patrouillierte als auf der anderen Seite der Insel. Außerdem stellte das heimliche Kapern der mächtigen Ozeandampfer für viele Räuber ein unmögliches Unterfangen dar.

Dies galt jedoch nicht für Sheppard. Dank seiner Fähigkeiten und der Assistenz der Schützlinge von Goblin konnte der Flusspirat unbemerkt an Bord der mächtigen Liner gelangen. Zeitgleich stellten seine halbwüchsigen Helfer sicher, dass er gewarnt wurde, sobald die Wachleute etwas merkten oder die Hafenpolizei sich blicken ließ. Bismarck und Coffee übernahmen in der Regel die Rolle der Wachposten, da sie über ausreichende Ortskenntnisse verfügten, um im Notfall allein verschwinden zu können. Silence fiel bei den Unternehmungen eine spezielle Aufgabe zu. Deshalb war es an Tom und Maggie, die ebenso reizlose wie unverzichtbare Aufgabe der Handlanger während der Raubzüge zu übernehmen.

Heute bildete Maggie in ihrem Gänsemarsch zu dem ausgesuchten Ziel das Schlusslicht. Angespannt starrte sie in den undurchdringlichen Schleier, der sie umgab. Die Geräusche wurden von dem sämigen Dunst geradezu verschluckt, allein das gedämpfte Klatschen der Wellen gegen die Schiffsrümpfe und die Hafenmauer war zu vernehmen.

Eigentlich war die Witterung ideal für Diebe, die ungehört und ungesehen bleiben wollten. Trotzdem war Maggie aufgeregter als sonst. Sie schob ihre Nervosität auf die erst kürzlich zurückliegende Flucht vor Dolans Gang. Dennoch konnte sie nicht anders, als besorgt der Stille zu lauschen und angestrengt in den Nebel zu starren.

Nach einer Viertelstunde Fußmarsch huschte die Gruppe zu einem Haufen alter Taue und Kisten vor der Hafenmauer. Sheppard gab Coffee und Bismarck Zeichen und die beiden tauchten im Nebel ab. Silence, Tom und Maggie folgten Sheppard über eine Steintreppe neben der Mauer zu seinem

Ruderboot, das der Flusspirat für den heutigen Einsatz unter einer Mole versteckt hatte. Sheppards Boot war für die Einsätze speziell präpariert, denn es hatte geschmierte Dollen und die Riemen der Paddel waren mit Tuch umwickelt, damit es möglichst geräuschlos durch das Wasser glitt.

Maggie und Tom setzten sich an die Ruder, Silence hockte sich an die Bordwand und Sheppard löste das Seil von dem Pfeiler. Als sie weit genug draußen auf dem Fluss waren, hielten sie auf einen weißen Ozeanriesen zu, an dem das Zeichen der Dampfschifflinie des Magnaten Commodore Vanderbilt prangte.

Vorsichtig manövrierten Maggie und Tom das hin und her schaukelnde Boot bis an den Rumpf des Schiffes. Das Schanzkleid war in unerreichbarer Höhe, aber etwa zwei Meter über ihren Köpfen befand sich eine Reihe Bullaugen, die einen so geringen Durchmesser hatten, dass sie für einen Erwachsenen zu eng waren. Allerdings nicht für ein schmächtiges Mädchen.

Während sich Maggie und Tom mit den Rudern abmühten, damit das Boot nicht schlingerte, schnappte sich Silence ein zusammengerolltes Seil vom Bootsrumpf und hängte es sich um. Danach kletterte sie auf Sheppards Schultern, hebelte mit einer Ahle das Fenster des Bullauges auf und schlüpfte ins Schiffsinnere.

Das Holzboot rumpelte leise gegen die Schiffswand. Sheppard und Tom spähten gespannt an dem Dampfer hinauf, Maggie wendete mit gespitzten Ohren den Kopf hin und her.

Nebelschwaden schlängelten lautlos über das Wasser, glitten wie Geisterarme heran und streckten ihre spinnenartigen Finger nach ihr aus.

Minuten darauf fiel ein Seilende ins Boot. Maggie folgte Toms und Sheppards Augen. Silence stand am Oberdeck. Sie winkte ihnen über die Reling zu und gab so das Zeichen, dass sie das andere Ende des Seils vertäut hatte. Sheppard schnappte sich sogleich den Strang und hangelte sich in Windeseile nach oben.

Bis zu diesem Zeitpunkt war alles so reibungslos abgelaufen wie viele Male zuvor. Doch als Sheppard an der Brüstung angekommen war und sich anschickte drüberzusteigen, schallte der Ruf eines Käuzchens durch die Stille. – Einer der beiden Wachposten hatte Alarm geschlagen!

Augenblicke später hörte Maggie den Motor einer Dampfbarkasse nahen. Mit dem Tuckern schwebte ein Licht durch den Dunst heran. Flink wie ein Äffchen hangelte sich Silence zu ihnen herab, gefolgt von Sheppard. Das Mädchen war gerade ins Boot gestiegen, da unterlief Sheppard das erste Missgeschick, seit Maggie bei den Touren zum Hudson dabei war.

Er rutschte an dem feuchten Hanfstrick ab und sauste die letzten Meter ungebremst nach unten. Mit einem lauten Krachen landete er auf den Planken. Sogleich fing das Boot heftig an zu schaukeln. Silence stürzte zwischen Tom und Maggie hinterrücks hin. Plötzlich wurde das Boot von einer Welle des herannahenden Wasserfahrzeugs der Hafenpolizei erfasst. Wie eine Nussschale wirbelte es um die eigene Achse, wurde angehoben und geriet in eine gefährliche Schräglage. Entschlossen stemmte Maggie ihr Gewicht dagegen, indem sie sich über die Bordwand lehnte. Ihre schnelle Reaktion konnte das Kentern des Bootes gerade noch verhindern, aber als die emporgerichtete Seite wieder zurückschnellte, verlor Maggie das Gleichgewicht. Kopfüber stürzte sie aus dem Boot und landete in der Hölle.

Eisige Kälte umfing sie. Mit einer endgültigen Wucht schlug über ihr die Wasserdecke zusammen. Der Schock presste ihr die Luft aus den Lungen. Eingesperrt in totaler Dunkelheit sank sie wie ein Stein grenzenloser Finsternis entgegen und rasende Panik flutete durch ihre Adern. Mit wilden Schwimmzügen und strampelnden Beinen kämpfte Maggie gegen die Gewalt der Fluten an. Doch ihr Körper wurde von der Strömung erfasst, mitgerissen, herumgewirbelt und Maggie wusste nicht mehr, wo oben und unten war.

Tiefer und tiefer trudelte sie. In blinder Verzweiflung versuchte sie den vollgesogenen Mantel abzustreifen, der schwer wie Blei an ihr hing. Schnell, viel zu schnell, wich alle Energie aus ihr. Bald paddelte sie nur noch hilflos und träge umher. Alles Gefühl wich aus ihren Gliedern und eine Leere breitete sich in ihrem Kopf aus. Die Augen weit aufgerissen, den Kopf in den Nacken gepresst und die Arme wie ein Engel geweitet, schwebte Maggie in dem kalten Nichts.

Mit einem Mal wurde ihr Sinken gestoppt. Etwas riss an ihrem halb ausgezogenen Mantel und ein Arm schob sich unter eine ihrer Achseln. Sekunden später stieß ihr Kopf aus dem Wasser.

Maggie würgte und spuckte Salzwasser aus, das in ihren Lungen und ihrer Kehle wie Feuer brannte. Gierig sog sie die kalte Luft ein.

Erst jetzt spürte sie den Körper unter sich und den Arm, der sie festhielt.

»Du machst Sachen«, hörte sie eine Stimme dicht an ihrem Ohr keuchen.

»Tom!«, krächzte Maggie.

»Psssst!«, wisperte ihr der Freund zu.

Das leise Tuckern der Barkasse war wieder zu hören. Maggie sah einen Lichtkegel über die Wasseroberfläche gleiten. Denkbar knapp wanderte er an ihnen vorüber, schwenkte in einem Bogen um sie herum und entfernte sich endlich.

Dann war alles still, bis auf das Plätschern des Wassers, auf dem Tom und sie auf und ab gehoben wurden. Von Sheppard und Silence, sowie deren Boot war nichts zu sehen.

»D-d-danke«, presste Maggie mühevoll hervor.

»Still!«, antwortete Tom und zog sie mit rudernden Beinen in Richtung Hafenmauer.

Sie waren noch ein gutes Stück entfernt und Toms Beinschläge verloren zusehends an Kraft, als direkt neben ihnen ein Rettungsring auf das Wasser platschte. Tom legte seinen freien Arm um den Reifen und nun zog sie jemand am Ende des Seils, das über der Hafenmauer im dichten Nebel verschwand, zum rettenden Ufer.

»Du musst dich an mir festhalten«, sagte Tom und deutete auf eine Eisenleiter an der Wand. »Schaffst du das?«

»W-w-w-weiß n-n-n…«, stotterte Maggie. Ihre Zähne schlugen unkontrolliert aufeinander.

Sie schlang beide Arme um Toms Hals, klemmte die Unterschenkel gegen seine Hüften und Tom erklomm mit ihr auf dem Rücken die Sprossen.

Pitschnass, zähneklappernd und am ganzen Leib schlotternd sanken sie oben auf den feuchten Stein. Doch zu ihrer Verwunderung wurden sie weder von den Dieben noch von Sheppard in Empfang genommen. Das Seil zu dem Rettungsring lag auf dem Boden, von ihrem Retter fehlte jede Spur.

Und da sahen sie die Lichter.

Wie feurige Blitze leuchteten sie in dem Dunst auf. Sie kamen von links und rechts und rückten rasch und unerbittlich auf sie zu.

Maggie wurde von Tom an den Schultern gepackt.

»Egal wie«, flehte er. »Du musst laufen!«

»Geh o-ohne mich. M-m-mach schon!«, stammelte Maggie.

Tom sah ihr fest in die Augen. »Auf keinen Fall. Entweder wir schaffen es beide oder keiner von uns.«

Schon wurde sie von ihm auf die tauben Beine gezogen. Tom legte ihren Arm um seine Schultern und sie stolperten los, weg von den Laternenlichtern und den schattenhaften Schemen der Polizisten, die das Hafengelände nach den ertappten Dieben absuchten. Plötzlich erklang das schrille Geräusch einer Trillerpfeife. Und gleich darauf flogen die Lichter förmlich auf sie zu.

»Wir sind erledigt«, stellte Tom nüchtern fest. Dessen ungeachtet packte er Maggie am Mantelkragen und zerrte sie mit sich.

Da stand ihnen mit einem Mal eine Gestalt im Weg. Tom und Maggie blieben abrupt stehen und glotzten den Fremden an. Er trug eine vom Salzwasser ausgewaschene Cabanjacke und sein wettergegerbtes Gesicht umrandete ein Vollbart.

»Kommt mit!«, forderte er sie mit einer rostigen Fistelstimme auf.

Schon eilte der Fremde voraus. Tom und Maggie blieb keine Zeit, sich zu wundern. Schnell folgten sie dem Mann, der auf einen Durchgang zwischen zwei Warenspeichern zuhielt. An dessen Ende zeigte er auf eine gedrungene Lagerhalle. Vor dieser blieb er stehen und deutete auf eine Eisentür in der Backsteinfassade.

»Da rein!« Der Fremde riss die Tür auf und scheuchte Tom und Maggie in das Gebäude.

Kaum waren sie eingetreten, schlug die Tür hinter ihnen zu und das Drehen eines Schlüssels war zu hören.

Tom wirbelte herum und rüttelte an der Klinke. Vergebens.

»Abgeschlossen«, sagte er.

Sie standen in einer winzigen, von Kerzen erleuchteten Kammer. An zwei Wänden befanden sich vollgestopfte Bücherborde. Auf der gegenüberliegenden Seite waren eine schmale Holztür zu sehen, ein Kleiderständer, eine Matratze, ein abgewetzter Koffer und eine große Kiste. Davor lag ein mit Maishülsen gefüllter Jutesack.

Maggie sog die abgestandene Luft ein. Sie war durchdrungen von einem exotischen Tabakgeruch, der ihr merkwürdig vertraut vorkam.

Tom war bereits bei der Kiste und wühlte darin herum. Er hob diverse Kleidungsstücke hoch und begutachtete ihre Größe. Nacheinander warf er Maggie eine Cordhose, ein Leinenhemd und einen Wollpullover zu. Dann trat er vor den Garderobenständer und reichte ihr noch einen Kapuzenmantel.

»Raus aus den nassen Klamotten!«, forderte er sie auf und wandte ihr den Rücken zu.

Nachdem beide ihre patschnassen Schuhe abgestreift und sich etwas Trockenes übergezogen hatten, ließen sie sich entkräftet auf den Jutesack plumpsen. Ihre Augen wanderten durch den Raum, bis sie sich begegneten.

»Tom?«, fragte Maggie.

»Weiß der Teufel!«, antwortete er.

»Mir ist das nicht geheuer.«

»Mir auch nicht. Aber wenigstens sind wir hier erst mal vor der Polizei sicher.«

»Glaubst du, der Seemann wohnt hier?«

»Sieht ganz so aus.«

Maggie nahm seine Rechte in ihre Hände. »Ohne dich wäre ich ertrunken.«

Tom riss sich los und stemmte sich auf die Beine. »Ist ja schon gut. Ohne dich hätten wir alle vier im Hudson ein Bad genommen und Sheppards Boot wäre futsch.« Er schlenderte auf eines der Regale zu und besah sich die Einbände, als würden sie ihn brennend interessieren.

»Glaubst du, die anderen haben es geschafft?«, fragte Maggie.

»Coffee und Bismarck sicher.«

»Und Silence?« Maggie musste die Frage förmlich herauspressen, weil ihr die Angst um das Mädchen die Kehle zuschnürte.

»Sheppard wird schon auf sie aufpassen. Bevor ich dir nachgesprungen bin, war er schon an den Rudern. Ich habe ihm zu verstehen gegeben, dass sie ohne uns abzischen sollen.«

Tom wandte sich jetzt von den Büchern ab und betrachtete den Koffer. Er kniete davor nieder, führte den darumgewundenen Lederriemen durch die Schnalle und zog den Splint heraus.

»Was machst du?«, fragte Maggie. Auf wackeligen Beinen trat sie neben ihn.

»Ich möchte zu gern wissen, wer uns hier eingesperrt hat.« Tom klappte den Deckel hoch.

Entgeistert betrachteten sie eine dämonisch grinsende Teufelsmaske, die obenauf lag. Tom runzelte die Stirn. Anschließend fischte er eine schwarze Augenmaske, Perücken, falsche Bärte und ein mit Flicken übersätes Gauklergewand heraus.

»Was ist das denn für Zeug?«

»Der Besitzer von der Kiste war vielleicht mal am Theater«, sagte Maggie.

Tom zog nun einen Lederbeutel hervor, öffnete die Kordel und fasste hinein. Er hielt eine schwarze Haarsträhne in die Höhe, die mit einem goldenen Samtband umwickelt war und in Maggie die schmerzhafte Erinnerung an ihr eigenes, ebenso schwarzes Haar wachrief, das auf dem Lehmboden des Kellers gelegen hatte.

Tom band den Beutel wieder zu und legte ihn zurück.

»Was haben wir denn hier?«, sagte er und nahm einen ganzen Stapel Fotografien vom Boden des Koffers auf.

Mit wachsendem Grausen schauten sie sich die Lichtbilder an, auf denen Menschen zu sehen waren, die einem Gruselkabinett entsprungen sein mussten. Da gab es einen Mann, der vom Scheitel bis zur Sohle von einem dichten Pelz bedeckt war, zwei miteinander verwachsene Jungen, bärtige Mädchen, fettleibige Frauen und Menschen mit den furchtbarsten Missbildungen.

Maggie wandte sich entsetzt ab, als Tom plötzlich ausrief: »Hol mich doch der Teufel!«

Er hielt Maggie eine Fotografie unter die Nase. »Der Kleine in der Mitte sieht ja aus wie unser Chef.«

Maggie betrachtete die drei Gestalten, die darauf abgebildet waren. Sie standen vor einem Zirkuswagen und hätten unterschiedlicher nicht sein können. Der Mann links war ein Chinese mit geflochtenen Zöpfen und zwei bis unter das Kinn hängenden Schnurrbartenden. Der rechte war ein hünenhafter, glatzköpfiger Koloss mit einem etwas einfältigen Gesichtsausdruck, der ein Kostüm aus Tigerfell trug. In der Mitte stand ein zwergwüchsiger Mann. Er lächelte lausbubenhaft, hatte das Haar ordentlich gescheitelt und steckte in einer Schuluniform.

Maggie starrte auf die Fotografie. Aus dem goldgelben Lichtbild grinste ihr Goblin entgegen. Eine junge, geschniegelte Version ihres heruntergekommenen Fagins zwar, aber sie erkannte ihn ohne jeden Zweifel wieder.

»Der sieht nicht nur so aus«, murmelte Maggie. »Das ist Goblin.«

»Quatsch!«, protestierte Tom. »Ich kann mir nicht vorstellen, dass der je weiter als eine Meile aus Lower Manhattan rausgekommen ist.«

»Oh doch, das ist er! Unser Chef war früher beim Zirkus. Wer hätte das gedacht!«

Tom blickte Maggie über die Schulter. »Du hast recht. Gott im Himmel, sieht Goblin jung aus! Das Bild muss uralt sein.«

Erschüttert betrachteten sie die jüngere Version ihres Fagins. Was in aller Welt war mit ihm seit dem Entstehen des Bildes geschehen?

»Schau dir den mal an!« Maggie deutete mit dem Finger auf den Chinesen. »Das muss Chung Ling sein.«

»Meinst du?«

»Mandelbaum hat doch gesagt, Goblin kannte den Fabelhaften Chung Ling schon vor seinem Erscheinen in Manhattan. Ich wette, das war Hicks' Künstlername beim Zirkus.«

»Herrgott noch mal«, schimpfte Tom plötzlich los. »Wie kann das eigentlich sein? Wir sind mitten im Hafen in eine Halle eingesperrt und finden in der ausgerechnet ein Bild von unserem Fagin. Ich möchte verdammt noch mal wissen, wo wir hier gelandet sind!«

Schon hatte er sich eine Kerze geschnappt und war durch die schmale Holztür getreten. Maggie starrte weiter gebannt auf das Bild. Sie betrachtete die Miene des täuschend echten Chinesen, der ihr mit kalten sichelförmigen Augen entgegenblickte. Sie versuchte vergeblich, hinter dieser perfekten Maskerade das tatsächliche Gesicht des Menschen zu erahnen. Das Gesicht des mutmaßlichen Mörders Albert W. Hicks.

Tom stürmte zurück ins Zimmer und rüttelte sie heftig an der Schulter.

»Komm mit! Das musst du gesehen haben!«

Er fasste Maggie am Arm, zog sie hoch und reichte ihr eine der Kerzen.

Maggie schwenkte die Kerze hin und her, während sie kreuz und quer durch die Lagerhalle ging, die sich hinter der Kammer anschloss. Fasziniert und abgestoßen zugleich begutachtete sie die Museumsstücke, die hier unter Staub und Spinnweben lagerten. Sie hatte niemals in ihrem Leben etwas Ähnliches gesehen.

Das Kerzenlicht huschte über altertümliche Skulpturen mit verwitterten Gesichtern, über Blechmänner so groß wie Menschen und lebensechte Wachsfiguren, über Dampforgeln, Schaukästen und kunstreiche Panoramen, über in schmutzige Lumpen gehüllte Mumien, die in aufgeklappten Sarkophagen lagen, und über Moorleichen, die so gut erhalten waren, dass sie zu schlafen schienen. Im hinteren Bereich gab es einen ganzen Zoo aus Tierpräparaten. Entgeistert betrachtete Maggie die ausgestopften Kadaver eines zweiköpfigen Hundes, einer Kuh mit vier Eutern, eines Kalbs mit sechs Beinen und eines Ziegenbocks, der sie aus einem Auge mitten auf der Stirn anglotzte.

Danach betrat Maggie einen Gang zwischen zwei hoch aufragenden Regalwänden. Langsam schritt sie an Marionetten, Handpuppen, grässlichen Schrumpfköpfen und Vitrinen voller vertrockneter Spinnen und Insekten vorüber. Ekel erfüllte sie, als sie an einer Ansammlung runder Glasbehälter vorbeilief, die mit einer trüben Flüssigkeit und den schlimmsten organischen Scheußlichkeiten befüllt waren. Am Ende des Regals blieb Maggie vor einer Reihe Totenmasken stehen, die auf Steinsockeln standen, in welche die dazugehörigen Namen eingraviert waren.

Tom hatte sie eingeholt. Gemeinsam starrten sie zurück in die Lagerhalle.

»Was ist das hier?«, fragte Maggie.

»Ich glaube, ich weiß es«, sagte Tom. »Bis vor zwei Jahren gab es in New York ein Museum für Kuriositäten. Das *American Museum*. Eines Nachts ist es bis auf die Grundmauern abgebrannt. Bismarck oder Coffee müssen das mal fallen gelassen haben. Ich vermute, hier sind die Dinge verstaut, die man aus den Flammen retten konnte.«

»Wie kann man sich so was bloß freiwillig anschauen«, flüsterte Maggie und rieb sich fröstelnd über die Gänsehaut auf ihren Armen.

Tom lachte auf. »Mir gefällt's. Hab mich selten so gegruselt.«

Gemeinsam blickten sie auf die Totenmasken. Noch im Tod wirkten die Züge dieser Gesichter hart und brutal.

»Was für finstere Gesellen«, sagte Tom. »Was steht denn da drunter?«

Maggie las ein paar Namen vor.

»Dachte ich mir's doch. Das sind alles zum Tode verurteilte Mörder.« Tom blinzelte Maggie zu und wandte sich ab.

Maggie wollte es ihm eben gleichtun, als ihr Blick auf einen Namen fiel. Alles in ihr gefror, als wäre sie ein zweites Mal in die kalten Fluten des Hudsons gestürzt.

Da stand: *Albert W. Hicks, 16. Februar 1830 – 13. Juli 1860*

Mit zitternden Händen hielt sie die Kerze in die Höhe und betrachtete das dazugehörige Gesicht. Der Mann hatte eine schmale Nase, eine hohe Stirn, ausgeprägte Wangenknochen und schmale Lippen. Das Auffälligste an ihm waren seine ungewöhnlich dichten Brauen und eine eigentümliche Kerbe in seinem Kinn. Alles in allem war es ein recht gewöhnliches Gesicht, das im Gegensatz zu den anderen jedoch geradezu sanft wirkte. Maggie kam es so vor, als läge auf seinen Zügen noch im Tod ein spitzbübischer Ausdruck.

Plötzlich kroch ihr eine Grabeskälte in die Glieder. Wie von einem frostigen Winterhauch getroffen, erbebte sie am ganzen Körper.

»Tom!«, sagte Maggie. »Schau! Das da ist Hicks.«

Kaum hatte sie die Worte ausgesprochen, begann sich das Regal vor ihr zu neigen. Die Kerze fiel ihr aus der Hand und ihr wurde schwarz vor Augen.

Tom trug sie zurück in die Kammer und legte sie auf die Matratze.

»Was ist passiert?«, fragte Maggie und versuchte sich aufzurichten. Aber ihr wurde so schummrig vor Augen, dass sie gleich wieder zurücksank.

»Du bist plötzlich weiß wie ein Laken geworden und umgekippt. Ist ja auch kein Wunder. Wird Zeit, dass ich dich nach Hause bringe. – Was für eine scheußliche Nacht!«

Maggie merkte, wie ihr abwechselnd kalt und heiß wurde. Ihre Glieder schmerzten. Sie bezweifelte ernsthaft, ob sie aufstehen konnte, so zittrig und geschwächt fühlte sie sich. Und sie war immer noch ganz benommen. In ihrem Kopf herrschte ein komplettes Durcheinander. Sie versuchte sich an das Gesicht des berüchtigten Einbrechers zu erinnern, den Goblin einst gekannt hatte. Doch es war wie ausradiert aus ihrem Gedächtnis.

Tom betrachtete sie. Eine Sorgenfalte grub sich in seine Stirn. Er hielt eine Hand an ihre Wange.

»Du glühst ja richtig«, sagte er und stand auf. Er ging geradewegs zum Ausgang.

Als er die Klinke nach unten drückte, sprang die Tür ohne Widerstand auf. Tom stutzte, warf vorsichtig einen Blick nach draußen und eilte zurück.

Er kniete sich neben Maggie. »Ich bringe dich jetzt nach Hause. Und wenn ich dich den ganzen Weg tragen muss.«

Maggie hob abweisend eine Hand und kämpfte sich ohne seine Hilfe auf die Beine. Sie sehnte sich nach ihrem Bett, ihren Freunden und dem lieb gewonnenen Leben bei den 40 Little Thieves. Falls nötig, würde sie den Weg bis zum Paradise Square kriechend zurücklegen.

Sie zog ihre feuchten Schuhe an, stopfte ihre klitschnassen Kleider unter den geborgten Mantel und stolperte voraus.

An der Tür warf sie noch einmal einen Blick auf den Koffer, den Tom sorgfältig wieder zugeschnürt hatte. »Wem mag er gehören? Glaubst du, sein Besitzer hat irgendwas mit dem Museum zu tun?«

»Wenn du mich fragst, haust hier ein Landstreicher, der die Halle als Obdach benutzt. Scheint sich ja niemand um das Zeug zu kümmern. Der Koffer und alles andere hier stammt sicher auch aus den Museumsbeständen.«

Maggie ließ es dabei bewenden. Aber in ihrem Kopf hörte sie die krächzende Stimme des Zwergs widerhallen: *Die Vergangenheit wartet nur auf einen unbedachten Schritt, um uns zu sich hinabzuziehen.*

Sie war zu erschöpft und verwirrt, um einen klaren Gedanken zu fassen. Aber sie hatte das deutliche Gefühl, sie war in der heutigen Nacht auf eine Fährte zu ihren Wurzeln gestoßen. Ihr war es, als wäre sie in dieser verhängnisvollen Nacht von ihrer Vergangenheit eingeholt worden und als habe sich diese wie eine Todeskralle um ihr Herz geschlungen.

Vor ihnen lag ein langer Marsch durch die Nacht. Weil nur Sheppard den Weg vom Hudson in die Five Points durch die Abwasserkanäle kannte, mussten sie wohl oder übel durch Lower Manhattan wandern.

Ängstlich schlichen sie über das Hafenareal, in ständiger Sorge, doch noch von den Polizisten geschnappt zu werden. Die Hafenpolizei schien jedoch ihre Suche abgebrochen zu haben. Sie begegneten keiner Menschenseele und ließen schließlich erleichtert den Hudson hinter sich zurück.

Auf müden Beinen durchquerten sie die Slumviertel. Maggie schleppte sich wie in Trance durch die Gassen. Trotz der Kälte war ihr derart heiß, dass sie am liebsten den Mantel abgestreift hätte. Immer wieder sah sie über die Schulter zurück. Der Nebel hatte sich gelichtet, sodass ihr ein möglicher Verfolger aufgefallen wäre. Aber da war niemand. Dennoch konnte Maggie das Gefühl nicht abschütteln, beobachtet zu werden.

Endlich durchquerten sie die Rotten Row. Über den Zugang in dem Hinterhof gelangten sie zurück in den Keller. Bevor sie die Tür im Mauerwerk aufstießen, fragte sich Maggie bang, wer sie dahinter wohl erwartete. Würde die Bande nach dieser katastrophalen Nacht wieder vollständig vereint sein?

Als sie in das Gewölbe traten, spendete nur eine einzige Lampe vor Goblins Schlafstelle Licht. Zum ersten Mal war Maggie froh, das Schnarchen des Zwergs zu hören, denn es war ein untrügliches Zeichen, dass sie endlich zu Hause und in Sicherheit waren. Rasch blickte sie zu den Schlafplätzen der Diebe und hätte fast aufgejubelt, als sie Bismarck, Coffee und auch Silence entdeckte, die friedlich unter ihren Flickendecken schliefen. Nur Shylock, der sich an Silences

Fußende zusammengerollt hatte, blickte kurz zu ihnen auf und schlummerte dann weiter.

Maggie konnte nicht anders, als Tom vor Glück fest zu drücken und leise zu kichern, als er sie mit hochgezogenen Brauen anblickte.

Sie streiften die schlammverkrusteten Schuhe ab und krochen sofort unter ihre Decken. Binnen Sekunden war Maggie im Land der Träume. Sie konnte nicht ahnen, wie lange sie dort verweilen würde. Ihre letzten Stunden unter den 40 Little Thieves sollten wie durch einen Zerrspiegel entstellt verrinnen.

Mit dem Fieber kam auch der Traum zu ihr.

Die Lagerhalle am Hudson ist in kaltes weißes Licht getaucht, als würde ihr Inneres von einem überdimensionalen Mond bestrahlt. Die Schaukästen, Dampforgeln und entseelten Körper sind nur als Umrisse zu erkennen, denn Staub und Spinnweben liegen wie Decken über allem. Die Halle ist viel größer, als Maggie sie in Erinnerung hat.

Wie ein Kind, das sich verlaufen hat, irrt Maggie durch die Gänge zwischen den Museumsrelikten. Vergeblich sucht sie nach einem Ausgang aus diesem unwirklichen Raum. Doch die Halle wird größer und größer. Es scheint fast so, als würden die Wände vor ihr zurückweichen.

Sie ist an diesem schrecklichen Ort gefangen und sie ist nicht allein. Jemand oder etwas ist ihr auf den Fersen. Sie lauscht dem Echo ihrer eigenen Schritte und blickt ängstlich umher. Aber da ist niemand, der ihr nachfolgt. Oder doch? Denn jetzt sieht sie die Schatten. Von allen Seiten schleichen sie heran. Spinnengleich krabbeln sie durch die Gänge und über das Inventar auf sie zu, während sie wie lichtfressende Bestien das Mondlicht verschlingen und ringsum absolute Finsternis ausspucken.

Hilflos sieht Maggie zu, wie die Schatten nun die Finger nach ihr ausstrecken und die Dunkelheit von allen Seiten immer näher rückt. Da fallen die schwarzen Ungeheuer auch schon über sie her, und die Welt ist nicht mehr.

Das Nichts ist absolut. Aber nein! Nicht ganz! Denn irgendwo in dieser lichtlosen Leere hört Maggie etwas. Eine Stimme. Wie das Heulen des Winds weht sie an ihre Ohren. In ihrer Verlorenheit hält sich Maggie an der Stimme wie an einem Rettungsanker fest. Die Stimme ist warm, tröstlich und klingt seltsam vertraut. Sie singt ein Lied. Maggie hat es schon einmal gehört, aber sie weiß nicht mehr, wo und wann.

Hush little baby don't say a word.
Papa's gonna buy you a mockingbird.
And if that mockingbird won't sing,
Papa's gonna buy you a diamond ring.

Als wäre er von der beruhigenden Melodie heraufbeschworen worden, erscheint plötzlich direkt vor Maggies Augen ein Flecken Licht und mit ihm taucht allmählich ein Gesicht aus der allumfassenden Schwärze auf. Seine Züge sind aus Gips und zeigen eine schmale Nase, dichte Brauen und eine auffällige Kerbe in der Mitte des Kinns. Es ist das Abbild eines Toten, das Maggie vergessen hatte und nun endlich wiedererkennt.

Maggie riss die Augen auf. Über sich sah sie die Ziegelsteindecke. Ein Kopf mit vernebelten Gesichtszügen beugte sich zu ihr. Sie wollte sich aufrichten, doch ihr Schädel war schwer wie eine Eisenkugel. Sie wollte sprechen, aber ihr Hals war zu trocken. Ihr war so heiß, als hätte man sie auf glühende Kohlen gebettet.

»Maggie, du bist krank«, sagte Tom und seine Stimme drang hohl und brüchig wie ein Echo zu ihr.

Wieder versuchte sie hochzukommen, aber sie war wie festgenagelt.

»Ruhig«, sagte Toms entrückte Stimme zu ihr.

Dann legte sich etwas Kaltes, wohltuend Kühles auf ihre Stirn. Die Welt um sie wurde schwarz und still.

Als sie das nächste Mal die Augen aufschlug, war sie allein.

Sie konnte den Kopf noch immer nicht heben. Müde rollten ihre Augen hin und her. Die Schlafplätze der kleinen Diebe waren verlassen, Goblins Liege verwaist. Schwer sanken ihre Lider wieder herab.

Sie dachte, sie träume erneut, als sie ein rhythmisches Klopfen auf Holz hörte. Als sie es ein zweites Mal vernahm, zwang sie sich, ihre Augenlider zu öffnen.

Goblin saß auf seiner Bettstatt und wirkte zu Tode erschrocken. Sein Gesicht war eine Fratze aus Angst und Schrecken.

Sie sah ihn zur versteckten Tür humpeln und hörte ihn fragen: »Wer hier?«

Wieder folgte das Klopfzeichen, diesmal drängender.

Goblin öffnete die Tür und schlug erschrocken die Hände vor den Mund. »Du?«, kreischte er auf und prallte von dem Eingang zurück.

Ein Schatten schwebte über den Lehmboden und erwuchs zu abnormer Größe an der Wand hinter Goblins Lager. Und mit dem Schatten glitt eine Gestalt in den Keller. Der Tod war gekommen. Er trug einen langen schwarzen Mantel. Auf seinem Kopf saß ein breitkrempiger Hut. Seine Hände steckten in Lederhandschuhen.

Maggie schloss die Augen. Sie wollte sein Gesicht nicht sehen. Sie würde warten, bis er sie holte, denn sie wusste, er war ihretwegen gekommen. Eisige Kälte legte sich über sie wie ein Leichentuch. Und Maggie wusste, der Tod war an ihre Matratze getreten und hatte seinen Blick auf sie gerichtet.

Goblin fragte: »Ist sie es?«

Und ohne hinsehen zu müssen, wusste Maggie, dass die Antwort ein Nicken war. Dann war es ihr, als würde sich der Boden unter ihr auftun und sie sinke hinab in das nasse Grab des Kalchhook.

Als sie das nächste Mal aus der dunklen Schwere auftauchte, sah sie die Ziegel über sich und wusste, sie war nicht fort. Sie war immer noch da. Der Tod war sie nur im Fiebertraum holen gekommen.

Diesmal gelang es ihr, den Kopf zu heben, um zu sehen, woher das leise Wimmern kam.

Goblin lief mit raschen Schritten im Keller auf und ab. Das Gesicht hatte er unter seinen kleinen Händen verborgen. Die Kappe war ihm vom Kopf gefallen. Das graue, lichte Haar hing in wirren Strähnen an ihm herab.

Maggie kippte zurück auf den Strohsack. Ihre Lungen brannten. Ihr Mund war eine Wüste. Ihr Körper ein glühender Ofen. Die Lichter und Geräusche erloschen. Ein schwarzer Strudel erfasste Maggie und zerrte sie in einen tiefen Schlaf.

»Schau dich an!«

Eine grobe, krächzende Stimme rüttelte sie wieder wach. Maggie drehte den pochenden Kopf.

Goblin stand ohne Hemd vor seiner Liege, den buckligen Rücken zu ihr gewandt. Er trank aus einer Flasche, dann warf er sie gegen die Kellerwand, wo sie mit lautem Klirren zerschellte.

»Diese Kreatur bist du!«, kreischte er, den Blick auf seine Bettstatt gerichtet. Und Maggie sah, dass dort ein Spiegel aufgestellt war, der das Kerzenlicht reflektierte.

Goblin torkelte auf ihn zu, stellte sich davor und kicherte so heftig, dass sein bleicher, von braunen Flecken überzogener Oberkörper durchgeschüttelt wurde.

»Du!«, flüsterte er drohend. »Was starrst du mich so an? Was willst du von mir?«

Maggie wandte sich um. Sie sah die Strohsäcke, die Schaufensterpuppen, Goblins geöffnete Seemannskiste und keine Menschenseele, die ihr in dieser schrecklichen Stunde beistehen konnte.

»Gott, o Gott«, keuchte der Zwerg nun mit gequälter Stimme. Er war vor dem Spiegel wie zum Gebet auf die Knie gesunken. »Warum marterst du mich so? Komm mich endlich holen. Bitte! Schau mich doch an. Ich kann es nicht wiedergutmachen. Ich bin zu schwach. Ich kann nicht … kann nicht.«

Mit einem Mal wirbelte sein Kopf herum und seine blutunterlaufenen Augen starrten zu ihr. »Sieh du mich an, Margaret. Wie soll ich dir helfen? Wie könnte ich *ihm* helfen? Wie nur?«

Dann löste der Zwerg sich vor ihren Augen auf und Maggie dämmerte weg. Der Schlaf war eine Gnade.

Als sie das nächste Mal die Augen aufschlug, waren Wirklichkeit und Traum wieder voneinander getrennt. Und Maggie wusste, sie hatte ihr Fieber überwunden.

Es war stockfinster. Die vertrauten Geräusche der Schlafenden drangen an ihre Ohren. Blind lag Maggie da und wartete. Der Nebel in ihrem Kopf hatte sich verzogen. Ihr Verstand war kristallklar, als hätte der lange Schlaf ihren Geist reingewaschen und das Fieber ihr Bewusstsein erweitert. Scharf und deutlich stiegen Gedanken in ihr auf.

Lange dachte sie über den Traum nach, der sie während ihres Fiebers überfallen hatte. Immer wieder ließ sie ihn vor sich ablaufen.

Sie wollte ihn festhalten, um ihn ja nicht wieder zu verlieren, denn in jenem hatten weit zurückliegende Empfindungen und Erinnerungen Gestalt angenommen, die bislang für sie verschollen gewesen waren.

Während sie die Traumbilder vor sich sah und dem Nachklang der gesungenen Melodie in ihrem Kopf lauschte, wurde ihr Verdacht allmählich zur Gewissheit. Die Stimme und das Gesicht, die ihr im Fiebertraum erschienen waren, hatten einst ihrem Vater gehört.

Nach einer unbestimmten Zeitspanne erwachte Tom. Als er eine Kerze angezündet hatte, ging er nicht wie sonst gleich zum Ofen, sondern zuerst zu ihr.

»Du bist auf?«, flüsterte er und blickte ihr prüfend ins Gesicht.

»Ja.«

»Wir haben uns ganz schön Sorgen um dich gemacht. Du hast dir bei deinem Bad im Hudson fast den Tod geholt.«

Maggie wusste, dies war allenfalls die halbe Wahrheit. Vermutlich hatte sie sich bei Silence angesteckt. Aber eigentlich hegte sie einen ganz anderen Verdacht: Das Fieber hatte sie eingeholt, damit sie etwas ausbrüten konnte, was viel zu lange in ihr gegärt hatte.

»Wie lange war ich krank?«, fragte sie, weil sie jedes Zeitgefühl verloren hatte.

»Einen Tag und eine Nacht. Als ich gestern Morgen aufgewacht bin, warst du völlig weggetreten.«

Maggie sah ihn überrascht an. Ihr kam es so vor, als wäre sie viele Tage daniedergelegen, so weit weg schienen ihr die seltsamen Stunden am Hudson.

»Kannst du aufstehen? Heute gibt es für dich eine Hühnersuppe. Ich muss sie nur noch aufwärmen.«

Während sich Tom am Ofen zu schaffen machte, zog Maggie die klamme Kleidung aus der Lagerhalle am Hudson aus, in der sie noch immer steckte. Sie nahm sich frische Anziehsachen aus dem Schrank und zog sie über. Danach stopfte sie sich das gesparte Kleingeld und ihr Klappmesser in die Hosentasche. Anschließend faltete sie den Kapuzenmantel zusammen, klemmte ihn unter die Achsel und folgte Tom, der schon vorausgegangen war, nach.

Maggie schlürfte die heiße Suppe aus ihrem Napf und spürte, wie ihre Kräfte langsam zurückkehrten. Dankbar blickte sie zum wolkenlosen Himmel, der von Minute zu Minute ein kräftigeres Blau annahm. Nach dem schlechten Wetter der vergangenen Wochen schien der Spätsommer ein Zwischenspiel geben zu wollen, was ihr angesichts des überstandenen Fiebers und des nahenden Aufbruchs in eine ungewisse Zukunft nur recht war.

Während sie aß, legte sie sich die Worte zurecht, die sie an ihren Freund zum Abschied richten wollte. Sie stellte die Schüssel beiseite und betrachtete Toms Profil, der wie eh und je die Augen ruhelos über den Platz streifen ließ und in Gedanken woanders weilte.

Ich werde dich vermissen, Tom!

Maggie blinzelte die Tränen weg und schluckte den Kloß im Hals runter. Dann stupste sie ihn sachte mit dem Ellbogen in die Seite.

»Tom?«

»Ja, Maggie?«

»Heute Morgen musst du mir zuhören. Bitte!« Maggie blickte Tom fest in die Augen.

»Was ist los?«

»Es liegt auf der Hand! Alles hängt zusammen«, begann Maggie. »Ich meine, Dolans Suche nach mir und der Rachefeldzug dieses Chung Ling gegen die Größen der Unterwelt sind ein und dasselbe Paar Stiefel.«

»So ein Blödsinn!«, sagte Tom unwirsch.

Maggie sah ihn misstrauisch von der Seite an. Sie legte den Kopf schräg und verschränkte die Arme vor der Brust. »Aha! Das ist dir also auch nicht neu.«

»Auch ich mache mir meine Gedanken«, sagte Tom. Er legte ihr beschwichtigend die Hand auf die Schulter. »Ich komme immer noch nicht drüber weg, dass ich Dolan noch nie gesehen habe, obwohl ich schon viel länger als du hier lebe und regelmäßig in der Sportsmen's Hall vorbeischaue, wo er Stammgast zu sein scheint. Weiß der Himmel, warum er mir noch nie über den Weg gelaufen ist. Und dann kommst du ein Mal mit und der Köter führt dich direkt zu ihm. Ist das Pech? Na ja, so spielt das Leben. Vielleicht hatte das alles ja auch seinen Sinn.« Tom grinste. »Wollen wir die Sache mal gemeinsam beleuchten?«

Maggie nickte dankbar.

»Fang du an!«, schlug Tom vor.

»Okay«, murmelte Maggie. »Also, was wissen wir? Dieser Chung Ling fügt den lukrativen Machenschaften von Mandelbaum und Konsorten erheblichen Schaden zu, indem er deren Verbrechen vereitelt und ihre Spießgesellen hinter Schloss und Riegel bringt. Dass er seine Botschaften mit Chung Ling unterzeichnet, ist sicher kein Zufall. Er muss mit seiner Namenswahl auf Hicks anspielen, der vor zehn Jahren wegen Mordes gehängt wurde.«

»Und den Goblin vom Zirkus her kannte«, ergänzte Tom.

»Richtig. Ich glaube, nicht nur Mandelbaum, sondern auch Dolan arbeitet für diesen Herrn und Meister. Auch er trägt den fünfzackigen Stern. Der muss ein Erkennungszeichen sein. Oder etwa nicht?«

»Aber warum in aller Welt sollte Dolan ausgerechnet dich für diesen mysteriösen Unbekannten heranschaffen? Gesetzt den Fall, den gibt's überhaupt.«

Maggie ließ sich mit ihrer Antwort Zeit. »Für mich gibt es nur eine Erklärung: Ich muss irgendetwas mit den damaligen Ereignissen zu tun haben.«

»Wie denn das, Maggie?«, protestierte Tom. »Du warst damals noch ein kleines Kind.«

»Das vermutlich von Mandelbaum und ihren Schergen nach Bath gebracht und ins Waisenheim gesteckt wurde.«

»Stimmt«, gab Tom zu. »An deinen Traum hatte ich gar nicht mehr gedacht.«

»Goblins Rolle bei dem Ganzen lässt mir einfach keine Ruhe«, fuhr Maggie fort. »Warum wird er von entsetzlichen Schuldgefühlen heimgesucht? Wer oder was flößt ihm solche Angst ein? Und warum hat er reagiert, als wäre er dem Leibhaftigen begegnet, als er mich das erste Mal gesehen hat?«

»Weiß der Himmel«, stieß Tom unzufrieden aus. »Verrate du es mir.«

Mit ruhiger Stimme gab Maggie die Worte des Zwergs wieder. »*Die Welt ist abgründig und die Vergangenheit allgegenwär-*

tig. Sie wartet nur auf einen unbedachten Schritt, um uns zu sich hinabzuziehen.«

»Was soll das denn bedeuten?«

»Das hat Goblin zu mir gesagt, als ich das erste Mal mit ihm allein war.«

»Und was, bitte schön, hat er damit gemeint?«

»Als ich bei euch aufgetaucht bin, hat ihn seine Vergangenheit eingeholt. Das hat er gemeint! Ich wette, Goblin und Hicks waren einmal Komplizen, wenn nicht sogar Freunde. Irgendwas muss zwischen den beiden vorgefallen sein, was sich Goblin nicht verzeiht. Meine Anwesenheit ist für ihn eine unerträgliche Qual. Und trotzdem tut er alles, um mich vor den Whyos zu verstecken. Für mich gibt es für sein Verhalten nur *eine* mögliche Antwort.«

Tom schaute sie mit offenem Mund an, als könne er ihre Gedanken lesen.

»Entweder er hat mich wiedererkannt«, sagte Maggie und ließ eine bedeutungsschwangere Pause folgen. »Oder er muss in mir jemanden wiedererkannt haben.« Sie schaute Tom auffordernd an.

»Du glaubst …?«, flüsterte Tom bestürzt.

»Ja. Glaube ich!«, entgegnete Maggie und ihr Herz zog sich schmerzhaft zusammen. »Ich bin das Kind seines ehemaligen Weggefährten. Die Tochter eines Diebs und gehängten Mörders. Albert Hicks muss mein Vater gewesen sein. Und vorgestern Nacht stand ich in der Lagerhalle vor seiner Totenmaske.«

»Das ist doch verrückt«, wisperte Tom.

»Es muss für alles eine Begründung geben«, widersprach Maggie. »Nur habe ich keine Lust, mir diese als Gefangene bei Dolan oder seinem Auftraggeber anzuhören.«

»Und das heißt?« Tom zog ein unglückliches Gesicht, als wüsste er nur zu genau, was nun folgen würde.

Maggie berichtete ihm, was sie am vorherigen Tag im Unterschlupf der Bande beobachtet hatte. Jemand hatte Goblin einen Besuch abgestattet, als seine Schutzbefohlenen nicht da waren. Ein Fremder, der auf der Suche nach ihr war und vor dem der Zwerg entsetzliche Angst hatte.

»Ach, Maggie, wer sagt denn, ob du das alles nicht nur geträumt hast«, wandte Tom ein.

»*Ich* sage das!«, erwiderte Maggie spitz.

»Und wer soll dieser Fremde gewesen sein?«

Maggie sah wieder die unheimliche Gestalt in dem schwarzen Mantel und dem riesigen Hut vor sich, die lautlos wie der Tod in den Keller gekommen war. Eine Gänsehaut lief ihr über den Rücken.

»Es war Mandelbaums und Dolans Herr und Meister, Tom. Der Drahtzieher hinter meiner Entführung. Er hat mich gefunden. Und jetzt wird er mich holen kommen. Vielleicht sind seine Leute schon auf dem Weg hierher.«

Tom riss den Kopf herum und starrte in die finsteren Gassen zwischen den Häusern.

»Es wird Zeit, dass ich selbst tätig werde«, sagte Maggie. »Allerhöchste Zeit! Ich werde zum Satan's Circus gehen, denn dort sitzen Mandelbaum und Dolan. Ich werde sie suchen und finden. Und die beiden werden mich zu dem Mann führen, der hinter dem Ganzen steckt.«

»Und dann?«, stieß Tom aufgebracht aus. »Selbst wenn du deinem Geheimnis auf die Schliche kommst. Was bringt dir das? Du solltest endlich türmen. Weg von hier«, er ließ den Arm über den Platz kreisen, »und raus aus dieser Stadt. Irgendwohin, wo du sicher bist.«

Maggie lächelte müde. »Das kann ich nicht. Gerade du müsstest das eigentlich verstehen. Du bist doch auch deiner Vergangenheit auf der Spur. Oder etwa nicht?«

Tom wich ihrem Blick aus und starrte wieder auf den Paradise Square.

»Ich muss es herausfinden«, sagte Maggie und nun legte sie ihm eine Hand auf die Schulter. »Ich muss wissen, was damals passiert ist und was meinen Eltern zugestoßen ist.«

Für einen Augenblick sah es aus, als wollte ihr Freund protestieren, aber dann nickte er schwach mit niedergeschlagenen Augen.

Als er sie wieder anschaute, war seine Miene ernst und fordernd. »Wann brechen wir auf?«

»Tom, du bist ein Idiot! *Ich* gehe dahin!«

»Zufällig habe ich aber dasselbe Ziel, Maggie. Ich habe viel zu lange hier ausgeharrt und gehofft, der Zufall würde mich zu Lew Bake führen, obwohl ich nur zu genau weiß, wo einer seiner Sorte zu finden ist. Nirgendwo anders als im Satan's Circus!«

»Wer ist das, Tom?«, fragte Maggie aufgeregt.

Nun erschienen verschmitzte Grübchen in Toms Wangen. »Ich werde dir alles erzählen. Sobald ich Lew Bake gefunden habe. Ich bin Ire, weißt du? Und wir Iren sind von Natur aus ein abergläubisches Völkchen. Deshalb musst du dich noch ein wenig gedulden.«

Maggie presste die Lippen aufeinander und überlegte. Dann kämpfte sie sich hoch auf ihre Beine, die immer noch schmerzten und sich wackelig anfühlten.

»Na dann. Auf geht's«, sagte sie und lief vorsichtig die Stufen hinunter.

»Jetzt gleich?«, fragte Tom.

»Ja. Wir gehen. Komm!«

Beschienen von den wärmenden Strahlen der Morgensonne überquerten sie Seite an Seite den Paradise Square, vorbei an den Frauen und Kindern vor der Pumpe und an einem Maismädchen, das ihnen mit einem leeren Zedernholzkörbchen entgegenkam.

Maggie blickte nicht mehr zurück. Ihre Augen brannten und in Gedanken sagte sie Silence, Shylock, Coffee und Bismarck Lebewohl.

Dritter Teil: Satan's Circus

Es war spät am Vormittag, als sie die 20th Street, die südliche Grenze des Satan's Circus, überschritten.

Sie hatten sich Zeit gelassen und waren auf abseitigen Wegen in den Norden der Insel geschlendert, schweigsam und ein jeder in seine Gedanken vertieft, so wie auch sonst in den frühen Stunden des Tages vor dem Gates of Hell.

Keiner von beiden war je in dem Vergnügungsviertel gewesen. Maggie hatte es sich immer schmutzstarrend und düster vorgestellt.

So war sie einigermaßen verwundert, als sie den Satan's Circus betraten. Im klaren Licht der Septembersonne wirkte die verruchte Gegend beinahe freundlich. Die Straßen waren regelrecht verwaist und so sauber, dass man sogar das Pflaster sehen konnte. Die Fassaden der Häuser waren von keiner Ruß- oder Schlammschicht überzogen. Sie waren mit bunten Farben bestrichen und erstrahlten geradezu im Sonnenlicht. Die Gebäude schienen für die unterschiedlichsten Zwecke genutzt zu werden. Beinahe über jeder Tür und jedem Kellereingang hingen Schilder, auf denen der Name der jeweiligen Lasterhöhle stand. Noch waren die Kneipen, Tanzlokale,

Kellerspelunken, Saloons und Spielcasinos alle geschlossen, aber Maggie konnte sich denken, was hier los sein musste, sobald die Nacht anbrach.

Tom und sie liefen immer dicht an den Fassaden entlang, versteckten sich hinter so manchem Hindernis und behielten die Gegend genau im Auge, während sie tiefer in den Satan's Circus drangen, dem angestammten Territorium der Whyos. Sie wollten sich schnellstmöglich ein sicheres Versteck suchen und dort ausharren, bis die Sonne untergegangen war, um sich dann im Schutz der Dunkelheit und der Menschenmassen auf die Suche nach ihren Feinden zu begeben.

In der Sister's Row, einer engen Straße voller zwielichtiger Etablissements mit roten, im Wind schaukelnden Papierlaternen über den Eingängen, wurden sie fündig.

Tom lief zu einem maroden Holzzaun und warf einen Blick dahinter. Dann winkte er Maggie herbei. »Was meinst du?«

Da Maggie zu klein war, um drüberschauen zu können, spähte sie durch die Bretter und das Buschwerk auf das Grundstück. Hinter einem verwilderten Streifen stand ein verlassenes Häuschen mit zerbrochenen Fenstern, zerbröckelnder Fassade und undichtem Schindeldach.

»Schauen wir es uns an!«, schlug sie vor und suchte schon nach einem Weg auf die andere Seite.

Sie fand eine lose Latte, klappte sie zur Seite und kroch durch die entstandene Lücke. Tom zwängte sich hinterher. Sie kämpften sich durch dornige Sträucher und erklommen das Überbleibsel einer Veranda, zwischen deren Planken hohes Gras spross. Tom ging vorsichtig über die morschen Bohlen zur windschief in den Angeln hängenden Tür und drückte sie auf.

Nachdem sie alle Zimmer begutachtet hatten, stand fest: Sie hatten ihr Versteck gefunden. Das Haus stand offenbar schon lange Zeit leer, denn auf dem schmutzigen Boden waren keinerlei Fußspuren zu sehen. Auf den Fliesen der ehemaligen Küche entdeckten sie die verkohlten, staubbedeckten Reste eines Lagerfeuers, das von einem Landstreicher stammen musste, der die Ruine als Obdach genutzt hatte.

Neben der alten Feuerstelle hockten sie sich hin und verzehrten still das Maisbrot, den Käse und die Sardinen, die sie von ihrer kargen Barschaft bei einem Krämer in der Orange Street erworben hatten.

Maggies Stimmung hatte sich um keinen Deut gebessert. Der Abschied von den kleinen Dieben und ihrem lieb gewonnenen Zuhause drückte ihr aufs Gemüt. Sie fühlte sich nach der überstandenen Krankheit noch angeschlagen. Und die Aussicht auf die bevorstehenden Stunden verursachte ein flaues Gefühl in ihrem Bauch.

Auch Tom wirkte angespannt. Mürrisch kaute er auf dem Essen herum und wich dabei ihrem Blick aus. Schließlich streckte er die Beine von sich und verschränkte die Arme vor der Brust.

»Was ist denn dein Plan?«, fragte er in einem unterkühlten Tonfall.

Maggie schluckte den letzten Bissen mühsam hinunter. Das Essen lag plötzlich bleischwer in ihrem Magen.

Von Bismarck hatte sie schon vor Längerem in Erfahrung gebracht, dass Marm Mandelbaum im Haus mit der Nummer 79 in der 23rd Street ihr Geschäft betrieb und Dolan im Haymarket logierte, einer berüchtigten Spelunke in der Sixth Avenue, in deren Keller die Whyos, unbehelligt von der geschmierten Polizei, ihre Versammlungen abhielten. Ihr Plan war denkbar simpel.

»Wir legen uns einfach vor dem Haus von Mandelbaum oder Dolan auf die Lauer und beobachten, was dort vor sich geht«, erklärte Maggie. »Früher oder später werden uns Mandelbaum oder Dolan zu dem Mann führen, für den sie tätig sind.«

»Und dann?«, fragte Tom gereizt.

»Dann sehen wir weiter«, erwiderte Maggie mit einem Achselzucken. »Das wird sich schon ergeben.«

»Was für ein grandioser Plan!«, sagte Tom mit einem Gesichtsausdruck, als hätte er in eine Zitrone gebissen.

Maggie spürte, wie ihr Blut in Wallung geriet. »Wenn dir was Besseres einfällt, lass es mich wissen«, bemerkte sie schroff und streckte herausfordernd das Kinn vor. »Du kannst jederzeit umkehren. Ich wäre dir nicht böse. Du würdest mir sogar einen Gefallen tun. Ehrlich.«

»Das könnte dir so passen!« Tom machte eine wegwerfende Handbewegung und begann an seinen Nägeln zu kauen.

Maggie schielte ihn boshaft an. »Wie möchtest du denn deinen Lew Bake finden?«

Tom ließ seine Hände in den Schoß sinken. »Mein Plan ist auch nicht besser. Ich werde die Augen offen halten und beten, dass er mir über den Weg läuft.«

Maggie streckte sich auf den Fliesen aus, bettete den Kopf auf den Kapuzenmantel und starrte zur schimmligen Zimmerdecke.

»Entschuldige«, sagte Tom.

»Schon gut«, murmelte Maggie.

Beide verfielen in unbehagliches Schweigen. Sonnenstrahlen wanderten über den verstaubten Boden. Die Zeit wollte nicht verrinnen.

Da kam Maggie die Idee, Tom an ein Versprechen zu erinnern, das er ihr einmal gegeben hatte.

»Erzähl mir endlich von dir, Tom«, sagte sie in die Stille der Kammer hinein und lauschte darauf gespannt seinem Schweigen.

Nach langen Sekunden begann Tom einfach so und ohne jeden Widerspruch zu erzählen, als hätte er auf ihre Aufforderung nur gewartet.

Tom war das Kind armer irischer Bauern und wurde in einem kargen Kalksteingebiet geboren, das man den Burren nennt. Seine zwei älteren Brüder waren im Jahr des großen Hungers gestorben. Er hatte nur noch eine kleine Schwester. Lile war ihr Name.

Tom erzählte Maggie von Lile, seinem Vater, seiner Mutter, dem Leben in der aus Torf, Lehm und Stroh gebauten Hütte, die sie mit einem Schwein und den Hühnern teilten, von der harten Feldarbeit auf den acht Morgen Land und von den langen Abenden, wenn die Familie gemeinsam in der verräucherten, fensterlosen Kammer am Torffeuer saß.

Anschließend berichtete er ihr von dem Unglück, das die Killeens und andere Bauern in dem Jahr ereilte, als Tom neun Jahre alt war. Wegen eines verregneten Sommers war die Getreideernte magerer als sonst ausgefallen, dann war auch noch die Kartoffelfäule zurückgekehrt und hatte das wichtigste Grundnahrungsmittel der Bauern vernichtet. So kam der Hunger wieder über die Landbevölkerung.

Weil sein Vater ein sparsamer und vorausschauender Mann war, ging es Toms Familie besser als den meisten in ihrem County. Trotz der entgangenen Ernteeinnahmen ereilte sie nicht das Schicksal vieler Nachbarn. Sie konnten die Pachtabgaben für den englischen Großgrundbesitzer weiterhin bezahlen, sodass zu den Killeens keine Soldaten geschickt wurden, die das Reetdach ihres Zuhauses abdeckten, die Torfmauern einrissen und ihre Bewohner von dem gemieteten Land verjagten. Toms Familie litt Hunger, aber als der Winter kam, waren alle noch gesund und bei Kräften. In einem Loch unter dem Herdstein lagerte ein ausreichender Vorrat an Steckrüben und Maismehl, der sie über die kalte Jahreszeit und zur nächsten Ernte bringen würde.

Ende Februar waren das Schwein und die meisten Hennen verzehrt und der Gemüsevorrat ging langsam zur Neige, aber das Frühjahr war nicht mehr fern. Außerdem gab es noch einen Notgroschen, den Toms Vater in einem Lederbeutel in demselben Erdloch wie die Rüben und das Mehl verwahrte.

Als der März anbrach, bäumte sich der Winter noch einmal mit ganzer Kraft auf. Es wurde so kalt, dass Toms Mutter und die Kinder auch tagsüber in der Hütte bleiben mussten, während ihr Vater loszog, um Igel zu fangen, die sie abends im Feuer brieten.

Am fünften Abend des Monats blies ein eiskalter Nordwind über die Ödnis, der an dem Reetdach zerrte. Da klopfte es an der Tür ihres Zuhauses. Toms Vater sprang sofort auf und bewaffnete sich mit dem Schürhaken, denn ihm waren Geschichten über ausgehungerte Lumpengestalten zu Ohren gekommen, die im Burren umherstreiften und für einen Kanten Brot auch vor einer Bluttat nicht zurückschreckten.

Aber als Toms Vater die Tür aufzog, stand vor dieser kein ausgezehrter Mensch, sondern ein junger Mann, der den Killeens wie eine Glück verheißende Sinnestäuschung aus besseren Zeiten vorkam. Er hatte rosige Wangen und statt farbloser Lumpen trug er einen sorgsam geflickten, halbwegs sauberen Wintermantel und einen bunten Schal. Weil der junge Mann höflich und mit gewählten Worten um Zuflucht in ihrer Hütte bat, solange der Wintersturm tobte, ließ Toms Vater ihn herein. Obwohl er nicht danach fragte, teilten sie an diesem Abend bereitwillig ihr Essen mit dem Fremden, der die Familie im Gegenzug mit Erzählungen seiner abenteuerlichen Reise beschenkte.

Der Jüngling, mit dem die Killeens in dieser Nacht ihr Heim teilten, hieß Lew Bake. Er stammte aus Kilkee an der Westküste der Insel und war auf dem Weg nach Dublin, wo er ein Schiff nach New York besteigen wollte. Er beschrieb die Neue Welt in den prächtigsten Farben, als wäre er selbst schon einmal dort gewesen, und Toms Vater, Mutter und die kleine Lile lauschten gebannt seinen Worten, schilderte er doch einen paradiesischen Ort, der so anders war als ihre graue Einsamkeit.

Nur Tom betrachtete den Fremden argwöhnisch. Ihm war das verrückte Blitzen in seinen gelblichen Wolfsaugen nicht geheuer. Außerdem gefiel ihm sein Lächeln nicht. Er glaubte, hinter dessen Leutseligkeit etwas Dunkles und Unergründliches durchschimmern zu sehen.

Als die Nacht anbrach, pfiff der Wind noch immer um das Haus. So kam es, dass Toms Vater Lew Bake ein Nachtlager auf dem Lehmboden neben dem Herd herrichtete. Bald schlummerten alle auf ihren Strohsäcken. Nur Tom konnte lange nicht einschlafen. Misstrauisch blickte er zu dem reglosen Körper des Fremden, bis er endlich in einen unruhigen Schlaf fiel.

Ein Geräusch schreckte ihn auf. Angestrengt spähte er ins Halbdunkel der Hütte, in der nur die Feuerglut ein wenig Licht spendete. Lew Bake war von seinem Platz aufgestanden. Er kniete neben dem Herdstein und machte sich an diesem zu schaffen. Da bemerkte Tom, wie sich sein Vater aufrichtete und leise zu dem Gast schlich. Doch als er hinter ihm stand, um ihn am Kragen zu packen und aus der Hütte zu werfen, wirbelte der gemeine Dieb herum. Tom sah etwas in dessen Hand aufblitzen und einen Augenblick später kippte sein Vater röchelnd auf die Knie, fiel vornüber und blieb zuckend auf dem Lehmboden liegen.

Tom lag erstarrt unter seiner Decke. Mit angehaltenem Atem beobachtete er, wie der Mörder den Beutel mit dem Geld in seinen Mantel stopfte und den Sack mit ihren Vorräten schulterte, während Toms Mutter und seine Schwester ruhig weiterschliefen.

»Bevor sich Lew Bake aus dem Haus stahl, blieb er neben meinem Schlafplatz stehen und blickte mit seinen wahnsinnigen Augen direkt zu mir, als wüsste er, dass ich alles mit angesehen hatte«, sagte Tom in derselben monotonen Stimmlage, in der er alles andere vorgetragen hatte. »Er hat mich nur angegrinst und das blutverschmierte Messer in seiner Hand hochgehalten, damit ich es erkennen konnte.«

»Herr im Himmel«, flüsterte Maggie mit erstickter Stimme.

»Was, glaubst du, habe ich getan?«, wollte Tom von ihr wissen.

Maggie dachte angestrengt nach. Sie wollte keinesfalls etwas Falsches sagen und Toms Gefühle verletzen. Sie wünschte sich, der Junge, der er damals war, wäre aufgesprungen, um dem gemeinen Mörder mit dem Schürhaken den Schädel zu spalten. Aber wenn er es versucht hätte, säße Tom jetzt nicht bei ihr.

»Du musstest ihn gehen lassen«, sagte sie in einem mitfühlenden Tonfall.

»Weil ich ein jämmerlicher Feigling bin! Meinst du das?«

Maggie schüttelte traurig den Kopf. »Wenn du Alarm geschlagen hättest, hätte er euch alle umgebracht.«

»Ich war erst neun, Maggie«, wisperte Tom und vergrub das Gesicht in seinen Händen.

Maggie stand auf und setzte sich neben ihren Freund, den Arm tröstend auf seinen Rücken gelegt. »Was ist dann geschehen?«, fragte sie.

Sie erfuhr, wie die Familie den Vater zu Grabe getragen und ihr Heim verloren hatte, weil ihr Ernährer nicht mehr da und ihr Erspartes gestohlen war. Gemeinsam errichteten sie aus den Resten des Hauses im Schutz eines Hügels eine Hütte. Wie zuvor sein Vater zog nun Tom los, um in der Gegend Essbares aufzutreiben. Doch sosehr er sich auch abmühte, er konnte nicht verhindern, dass zuerst seine Mutter und dann seine geliebte Schwester, vom Hunger geschwächt, am Fleckfieber erkrankten und starben, noch ehe der Winter vorüber war.

Maggie erfuhr auch, wie Tom überlebt hatte. Nachdem er mit eigenen Händen Mutter und Schwester beerdigt hatte, war er einfach losgelaufen, getrieben von seinen Schuldgefühlen und einem unbändigem Verlangen nach Rache. Irgendwie hatten ihn seine Füße zur nächstgelegenen Stadt geführt, wo es eine Suppenküche für Bedürftige gab.

Es dauerte Wochen, bis Tom wieder ausreichend bei Kräften war, um weiter gen Osten wandern zu können. Er wollte Lew Bakes Spuren folgen. Sein Ziel war Dublin. Es sollte Jahre dauern, bis er dort durch Arbeit in Fabriken das nötige Geld für ein Ticket nach New York zusammengespart hatte und dem gewissenlosen Mörder an den Ort nachfolgen konnte, den jener in der verhängnisvollen Nacht als Ziel seiner Bestimmung genannt hatte.

»Die Stadt ungeahnter Möglichkeiten, in der ein Mann seines Schlags seinen Weg machen könne. Ich erinnere mich noch genau an seine Worte«, sagte Tom. »Deshalb bin ich überzeugt, er ist irgendwo da draußen. Im Satan's Circus.« Er stand auf. »Jetzt kennst du meine Geschichte«, sagte er und blickte durch das scheibenlose Fenster in der Wand. »Es dämmert, Maggie. Wir müssen los!«

Er reichte ihr die Hand und zog sie auf die Beine. Dann folgten sie dem Ruf ihres Schicksals.

Als sie sich durch das Gestrüpp gekämpft hatten und wieder auf die Sister's Row traten, lag die Straße komplett im Schatten. Das Blau am Himmel war verblasst. Die Dunkelheit hielt Einzug in den Satan's Circus.

»Wohin zuerst?«, fragte Tom.

»Zu Mandelbaum«, entschied Maggie.

Sie bogen links ab, liefen vorbei an Kneipen und Vergnügungsstätten, die nach und nach geöffnet wurden. Bald waren sämtliche Fensterläden hochgezogen und die Räumlichkeiten hinter den Scheiben hell erleuchtet.

Mit der Abenddämmerung kamen auch die Menschen. Schnell füllten sich die Straßen mit Besuchern des Satan's Circus und allerlei lichtscheuem Gesindel.

Maggie und Tom tauchten in das Gewimmel ein und machten sich auf die Suche nach Mandelbaums Haus in der 23rd Street. Doch als sie es gefunden hatten, erwartete sie eine unangenehme Überraschung. Das Haus war unbewohnt, die Fenster vernagelt und an der Eingangspforte hing ein großes Vorhängeschloss.

»Und du bist dir ganz sicher, dass es die Nummer 79 war?«, fragte Tom.

»Absolut sicher«, sagte Maggie. »Mandelbaum muss ihre Zelte abgebrochen haben. Lass uns schnell zum Haymarket gehen«, forderte sie Tom eilig auf, von Furcht ergriffen.

Still liefen sie nebeneinanderher. Maggie war in Gedanken versunken. Waren die Whyos nach ihrem Zusammentreffen mit Dandy Dolan womöglich abgetaucht, weil in der Zwischenzeit etwas geschehen war? Etwas, das Mandelbaum und Dolan dazu bewogen hatte, ihren Stützpunkt aufzugeben?

Wieder musste Maggie an Goblins ominöse Prophezeiung eines nahenden Sturms denken. Waren ihre Feinde etwa geflohen und hatten sie mit ihren Fragen einfach zurückgelassen?

In der Sixth Avenue herrschte bereits dichtes Gedränge. Aus den Kaschemmen zu beiden Seiten drangen Gejohle, Würfelklappern und Gesprächsfetzen, unterlegt von den Tönen eines verstimmten Klaviers. Alle Eingänge wurden von Laternen beleuchtet. Alle, bis auf einen! Ein dreistöckiges, schwefelgelbes Gebäude aus Ziegelfachwerk stand finster und mit geschlossenen Fensterläden.

Maggie verließ aller Mut, als sie die Aufschrift auf dem Schild las, das an einem gewaltigen Haken über der verrammelten Pforte hing: *Haymarket – Grande Soirée Dansante.*

»He, Maggie«, sagte Tom aufmunternd. »Die werden schon nicht ausgeflogen sein.«

Sie saßen nebeneinander in einem Hauseingang, dem

Haymarket gegenüber. Tom klopfte Maggie aufmunternd auf den Rücken und beugte sich vor, um ihr ins Gesicht zu sehen.

»Ich kapier das nicht«, murmelte sie frustriert, den Blick immer noch starr auf die geschlossene Schänke gerichtet.

»Die stecken hier irgendwo«, sagte Tom. »Wo sollten Mandelbaum und Dolan denn hin? Es muss irgendetwas passiert sein. Vielleicht hängt das mit diesem Committee of Seventy zusammen. Bismarck hat uns doch erzählt, dass diese neue Behörde gegen Korruption ganz schön aufgeräumt hat bei der Polizei und es den Schmiergeldempfängern endlich an den Kragen geht. Ich wette, Mandelbaum und die Whyos haben ihre bekannten Adressen aufgegeben, weil sie nicht länger Schutz genießen und eine Polizeiaktion befürchten.«

»Dann finden wir die nie«, jammerte Maggie.

»Doch! Werden wir! Wir müssen halt woanders suchen. Hör zu! Wir klappern jetzt so lange die Läden ab, bis wir einen Whyo aufgestöbert haben. An den roten Halstüchern können wir sie ja gut erkennen. Und dann heften wir uns dem an die Fersen.«

Maggie biss sich widerborstig auf die Unterlippe und dachte über Toms Vorschlag nach.

Plötzlich stand ein verlauster Junge vor ihnen.

»Was guckt ihr zwei denn so traurig aus der Wäsche?«, fragte er.

Toms Augen verengten sich. »Zieh Leine! Sonst setzt es was!«

»Immer mit der Ruhe, Kumpel. Ich dacht nur, ihr seht aus, als würdet ihr was suchen.«

Tom musterte den Knirps eingehend. »Wie heißt du?«

»Man nennt mich Crazy Butch.«

»Also, Crazy Butch, welcher Bande gehörst du an?«

»Ich bin von der Fourth-Avenue-Tunnel-Gang. Und ihr?«

»Little Plug Uglies«, log Tom. »Du kommst demnach aus der Gegend. Wir würden gern was von dir wissen.«

»Schieß los!«

»Kannst du uns verraten, wo die Whyos rumlungern?«

»Für 'nen Nickel könnt ich mich wohl erinnern«, sagte der Kleine und grinste frech.

Tom blickte Maggie fragend an, die mit einem Kopfnicken zustimmte. Tom langte in seine Hosentasche und schnippte dem Burschen ein Fünf-Cent-Stück zu, das der geschickt auffing. Er biss einmal drauf und ließ es dann flink in seine Hemdtasche gleiten.

»Hinter der Armory Hall gibt's 'nen Schuppen, in dem früher Hahnenkämpfe stattgefunden ham«, sagte er und senkte verschwörerisch die Stimme. »Den ham die Whyos von Billy McGlory gemietet. Da drin treffen sich die Halunken neuerdings.«

»Und wie kommen wir dahin?«, wollte Tom wissen.

»Für 'nen Dime denk ich mal drüber nach«, gab der Dreikäsehoch zur Antwort.

»Du spinnst wohl. Du bekommst höchstens noch einen Nickel.«

»Her mit dem Fünfer!«

Tom warf ihm noch eine Münze zu.

»Die Whyos kommen über 'nen Tunnel rein. Und über die Höfe gelangt man auch hin. Aber da muss man ganz schön klettern und will man verduften, hat man schlechte Karten. Am besten, ihr geht durch die Armory Hall. Erst muss man durch die Bierhalle und dann bis zum Ende von dem Pokerraum dahinter. Da gibt's 'nen Hinterausgang. Über den kann man sich heimlich von hinten an den Schuppen ranschleichen.«

»Gut. Danke auch!«, sagte Tom und winkte den Jungen weg.

»Ich hab zu danken«, sagte Crazy Butch.

»Moment noch!« Tom hielt ihn auf. »Du bist uns nie begegnet. Kapiert?«

Der Junge kratzte so heftig die Kopfhaut unter seinem filzigen Haar, dass der abgeschabte Schmutz nur so an ihm hinabregnete. »Hab euch nie gesehn.«

Als er verschwunden war, blickten sich Tom und Maggie fragend an.

»Tom?«, sagte Maggie mit bittender Stimme.

»Also gut«, seufzte Tom. »Auf zur Armory Hall.«

Sie kauerten hinter einem mit Bierfässern beladenen Fuhrwerk und spähten zu der grau getünchten Halle in der 31st Street.

»Wir bleiben immer dicht beieinander und mischen uns unauffällig ins Publikum«, schärfte Tom Maggie zum wiederholten Mal ein. »Wir gehen nur dann – ich betone: nur dann! – in den Hinterhof, wenn die Luft auch wirklich rein ist. Sollte uns was verdächtig vorkommen, machen wir sofort die Fliege und suchen das Weite.«

Maggie hörte ihm nur mit einem Ohr zu. »Können wir endlich rein?« Begierig starrte sie auf die schäbige Doppeltür auf der anderen Straßenseite.

»Okay«, sagte Tom und atmete einmal tief durch. »Und vergiss nicht! Du bleibst immer dicht hinter mir. Wenn wir uns verlieren, treffen wir uns in unserem Versteck in der Sister's Row.«

Sie kamen hinter ihrer Deckung hervor, eilten über die 31st Street und folgten einer Gruppe Männer in mausgrauen Röcken in das Gebäude.

Hinter der Doppeltür erwartete sie eine riesige Bierhalle, das reinste Chaos und ein infernalischer Lärm. Unter der Decke hingen dichte Rauchschwaden und kerzenbespickte Kronleuchter. Die meisten Gäste saßen an langen Tischen oder standen dicht gedrängt in der Menschenmenge, durch die sich Kellnerinnen mit überladenen Servierbrettern kämpften. Hie und da sah man Betrunkene unter den Tischen liegen, Rausschmeißer, die unliebsame Störenfriede an den Haaren hinter sich herschleiften, und nicht wenige Langfinger, die nach Geldbörsen fischten. Linker Hand gab es eine Tanzfläche, auf der einige Paare das Tanzbein schwangen. An den Bars entlang der Wände saßen etliche Männer, aufgereiht wie Hühner auf der Stange, und tranken Fusel, den sie über dünne Gummischläuche direkt aus den Fässern unter der Theke bezogen.

Tom wies auf eine Schwingtür am Ende der Halle. Sie hefteten sich an die Fersen einer Kellnerin, bis diese zu einem Tisch abbog. Danach nahm Tom Maggie an der Hand und zog sie weiter bis zur Tür. Er blickte noch einmal kontrollierend in den Trubel und ging dann voraus. Sie mussten nun durch einen Korridor, so eng und finster wie eine Gruft.

Eine weitere Schwingtür führte Tom und Maggie in den dahinter liegenden Saal. Dieser musste früher ein Theater beherbergt haben, denn das Parkett war auf drei Seiten von Rängen und Logen umgeben und es gab eine Galerie mit kleinen, von schweren Vorhängen abgeteilten Kabinen.

In der Mitte des Saals standen rund zwanzig Tische. Dort hockten finstere Gesellen, die nicht wie im vorderen Bereich von leicht bekleideten Mädchen, sondern von dickbäuchigen Kellnern bedient wurden. Sämtliche Männer spielten entweder Karten oder hatten verschwörerisch die Köpfe zusammengesteckt. Im Gegensatz zum Gegröle in der Bierhalle war hier nur gedämpftes Murmeln zu vernehmen. Das Licht war schummrig und stammte allein von den Kerzen auf den Tischen.

Maggie und Tom drückten sich ins Dunkel neben der Tür und beobachteten die Männer, von denen kein einziger aufblickte oder irgendeine Notiz von ihnen nahm. Ohne Zweifel war der Pokersaal der Armory Hall ein Treffpunkt von Gaunern und Verbrechern, die hier ihre Geschäfte machten. Allerdings war kein Whyo darunter, denn keine dieser zwielichtigen Gestalten trug ein rotes Halstuch.

Maggie schaute Tom fragend an, der skeptisch dreinblickte und dann widerwillig mit dem Kopf nickte. Begleitet von dem unheimlichen Murmeln der Männerstimmen schlichen sie an der Wand entlang zum Bereich hinter der Tribüne.

Maggie entdeckte die eisenbeschlagene Tür zuerst und lief sofort darauf zu. Sie war nicht verschlossen. Vorsichtig zog sie die Tür auf. Ein Strahl Mondlicht fiel auf den Dielenboden und ein Windhauch strich über ihre Fesseln.

Maggie atmete erleichtert aus. Sie waren tatsächlich ungesehen zum Hinterausgang der Armory Hall gelangt. Jetzt mussten sie sich nur irgendwo dort verstecken und auf die Whyos warten.

Doch als sie sich zu Tom umwandte, überlief es sie eiskalt. Schrecken und Furcht standen in seinem Gesicht. Und da merkte auch Maggie, dass etwas nicht stimmte. Das Murmeln im Saal war verstummt und jetzt war das Rücken zahlreicher Stuhlbeine zu hören. Gleich darauf drang ihnen das Hämmern genagelter Stiefelsohlen entgegen.

»Gott verflucht«, stieß Tom aus. »Das ist eine Falle!«

Er packte Maggie fest am Arm und stieß sie durch die Öffnung.

Sie strauchelte nach draußen und wirbelte herum. Tom stand noch an der Türschwelle und versuchte, den Schlüssel aus dem Schloss zu ziehen. Da stürzten schon die Verfolger auf ihn zu. Tom wandte sich um, warf Maggie einen seltsamen, fast wehmütigen Blick zu, dann fiel die Tür ins Schloss.

»Tom!«, kreischte Maggie auf und hechtete zum Ausgang.

Sie zog und rüttelte an der Klinke, aber die Tür war nun verschlossen. Wie rasend hämmerte sie dagegen.

»Tom! Tom! Tom!«, schrie sie aus Leibeskräften und erschrak fürchterlich, als das Holz erbebte, weil etwas auf der anderen Seite heftig dagegenkrachte.

Lautes Gebrüll war zu hören und eine tiefe Männerstimme, die schrie: »Wo ist der verdammte Schlüssel?«

Voller Entsetzen stolperte Maggie von der Tür zurück.

Ich kann ihm nicht mehr helfen. Er ist verloren.

Die Erkenntnis traf sie wie ein Messerhieb. Tom hatte sich geopfert, damit sie fliehen konnte.

Ich muss fort von hier. Hilfe holen, redete sich Maggie zu und zwang sich, den Blick von der Armory Hall abzuwenden. Sie drehte sich um und ihr blieb das Herz stehen.

Vor ihr lag ein verwinkelter, von hohen Mauern umgebener Innenhof, in den kaltes Mondlicht flutete. Er sah völlig anders aus, als Crazy Butch ihn beschrieben hatte. Nirgends konnte sie einen Fluchtweg ausmachen. Es gab keinen! Ein kutschenbreites Doppeltor war verschlossen und mit einer Kette von innen gesichert. Von einem Schuppen war weit und breit nichts zu sehen.

Plötzlich hallte ein abgehacktes Kichern von den Mauern wider und ein Mann trat aus einem Hausschatten hervor. Auf seinem Kopf saß ein Zylinder und auf seiner Stirn lag eine geschwungene Locke. Über seinen Lippen wuchs ein schmales Bärtchen. Seine karamellbraunen Augen leuchteten boshaft.

»Nett von dir, meine Einladung anzunehmen, Wildcat Mag«, sagte Johnny Dolan und ein derbes Lächeln erschien auf seinen Lippen. »Oder darf ich dich Margaret nennen?«

Verzweiflung überwältigte Maggie, denn mit einem Mal verstand sie, was Tom gemeint hatte. Dolan hatte ihnen eine Falle gestellt. Sie hatten seit ihrem Eintreffen im Satan's Circus nirgends einen Whyo entdeckt, weil die Bande ihr Erkennungszeichen abgelegt hatte. Wahrscheinlich waren die Mitglieder der Gang die ganze Zeit durch Five Points gestreift, ohne dass sie oder die kleinen Diebe davon etwas mitbekommen hatten. Es war wohl pures Glück gewesen, dass sie von diesen nicht schon früher aufgespürt worden war.

Irgendwann in der heutigen Nacht musste man sie und Tom entdeckt haben. Crazy Butch war ein Lockvogel, der sie für ein paar Cent ans Messer geliefert hatte. Sein Ammenmärchen hatte sie geradewegs in die Höhle des Löwen geführt. Die finsteren Gesellen in dem Pokerraum gehörten allesamt Dolans Bande an und hatten nur auf die beiden nichts ahnenden Besucher gewartet. Und dann war die Falle zugeschnappt.

Dandy Dolans Grinsen wurde breiter, als sich Maggies Augen mit Tränen der Wut und Enttäuschung füllten. Seine bandagierte Rechte hob den Stock in die Höhe und das Metall an dessen Ende blitzte im Mondlicht auf. Langsam ging er auf Maggie zu, die tödliche Klinge auf sie gerichtet.

»Ich muss dir jetzt leider wehtun, Kleines.«

Panikschauer jagten über Maggies Körper, während sie vor dem Mörder zurückwich. Als sie mit dem Rücken gegen die Ziegelwand der Armory Hall stieß, starrte sie wie gelähmt auf die spitze Klinge, die wie der tödliche Stachel eines entsetzlichen Insekts auf sie zuschwebte.

Plötzlich geschah etwas Unerwartetes.

Zuerst sah Maggie den Schatten, der über das mondbeschienene Pflaster auf den Gangsterboss zuwanderte und sich über ihn ergoss. Das gehässige Grinsen in dessen Miene erstarrte. Verunsichert hob er den Kopf und suchte auf den Dächern der umstehenden Gebäude nach der Ursache des Schattenwurfs.

Dann gab es einen jähen, lauten Knall. Und während er

noch in dem Hof widerhallte, schoss etwas in unglaublicher Geschwindigkeit aus der Dunkelheit, wickelte sich um Dolans Handgelenk und riss mit einem heftigen Ruck den dazugehörigen Arm in die Höhe. Nur Sekundenbruchteile später knallte es wieder und ein zweiter Lederriemen schlang sich um den Hals des Mörders.

Maggies Augen fuhren an den Lederriemen entlang zur Dachkante. Dort war im Licht des Vollmonds eine schwarz gekleidete Gestalt zu sehen. Der Wind hatte sich in ihrem langen Umhang verfangen, blähte ihn auf und brachte ihn zum Flattern. In jeder Hand hielt die Gestalt einen Peitschenstiel umklammert. Sie vollführte mit den Armen eine wellenartige Bewegung, die sich auf die Riemen übertrug, und der Gangsterboss wurde wie ein aufgezogener Kreisel um die eigene Achse gewirbelt. Mit einem dumpfen Geräusch prallte Dandy Dolan gegen eine Wand und landete mitten in einem dampfenden Abfallhaufen.

Gleichzeitig sprang der schwarz gekleidete Mann mit wehendem Umhang in den Hof. Verwirrt und erschrocken starrte Maggie auf den Fremden, dessen Gesicht sie nicht erkennen konnte.

Urplötzlich gab es direkt neben ihr ein ohrenbetäubendes Krachen und die massive Tür zum Hinterausgang flog auf.

Maggie fühlte sich von einer Faust am Kragen gepackt und von der Wand weggerissen. Schon hatte sich der Fremde schützend vor sie gestellt. Er ließ beide Peitschen über seinem Kopf kreisen und die Lederriemen auf den Hinterausgang niederfahren. Die Männer, die dort mit lautem Gebrüll erschienen waren, blieben abrupt stehen, hoben schützend die Arme vor die Gesichter und wurden wieder zurück in das Gebäude getrieben.

Während der Fremde seine Peitschen schwang, drängte er Maggie von der Armory Hall weg zu einem verschatteten Winkel. Ohne sich zu ihr umzudrehen, deutete er zu einer Kellerluke.

»Da lang!«, sagte er mit gedämpfter Stimme, als spräche er durch ein um den Mund gebundenes Tuch zu ihr.

Maggie blieb unschlüssig stehen. Sie sah zu den Verbrechern, die sich wieder aus der Armory Hall heraustrauten und mit erhobenen Dolchen auf den peitschenden Widersacher zuliefen. Sie sah mit brennendem Herzen auf die Tür zum Hinterausgang, hinter der sie Tom zurückgelassen hatte. Sie sah zu Dandy Dolan, dem Auftraggeber ihrer Entführung aus dem Waisenhaus, der besinnungslos in einem Müllberg lag. Am Ende betrachtete sie den Fremden, der mit wallendem Umhang und erhobenen Lederriemen vor ihr stand.

»Wer sind Sie?«, fragte sie.

Der Klang ihrer Stimme ließ ihn zusammenzucken.

»Geh!« Der Befehl schnitt scharf wie ein Messer durch die Luft.

Dann ließ der Mann wieder seine Peitschen knallen und rückte mit tänzelnden Schritten und wilden Armschwüngen von ihr ab und auf die Angreifer zu, die vor den zischenden Hieben der Lederriemen zurückwichen.

Mit zitternden Knien ließ sich Maggie vor der Kellerluke niedersinken. Dahinter war es so dunkel, dass sie nicht bis auf den Boden sehen konnte. Allerdings konnte sie eine Blechwanne erkennen, die direkt unter dem kleinen Fenster angebracht war. Sie hatte keine Wahl! Sie musste dem Befehl des Mannes folgen, wollte sie vor Dolan und seiner Bande Reißaus nehmen. Mit den Beinen voraus kroch sie in die Öffnung und schlitterte gleich darauf in halsbrecherischem Tempo auf der ranzigen und fettigen Rutsche in die bodenlose Tiefe.

Sie landete in einer weichen Masse, und auf der Stelle stieg ihr der metallische Geruch von Blut in die Nase. Maggie kämpfte sich aus dem Behälter unterhalb der Rutsche, der mit einem glibberigen, ekelhaften Gallert gefüllt war. Mit erhobenen Händen tastete sie sich von der Luke über ihrem Kopf in die Tiefe des verdunkelten Raums. Immer wieder stießen ihre Hände auf kalte, weiche Hindernisse, die von der Decke baumelten. Endlich ertasteten ihre Finger eine gekachelte Wand und daneben einen Türrahmen. Die dazugehörige Tür ließ sich ohne Widerstand öffnen.

Hinter der Schwelle erwartete Maggie ein Gang mit gekalkten Steinwänden, in dem durch Lücken in der Dielendecke

Licht strömte. Ehe sie weiterging, blickte sie sich angewidert um zu den an Deckenhaken hängenden Schweinehälften und den Schlachterabfällen in dem Trog, in dem sie gelandet war.

Noch einmal sah sie zu dem Kellerfenster, hinter dem wilde Schatten umherirrten, und fragte sich abermals, wer ihr geheimnisvoller Beschützer war und ob er ihr nachfolgen würde.

Benommen torkelte Maggie weiter in den von Lärm erfüllten höhlenartigen Kellergang. Der Lärm drang ebenso wie das Licht durch die Lücken in der Bretterdecke. Maggie spähte nach oben und erkannte zwischen den Ritzen Beinkleider, Rocksäume und Stuhlbeine. Sie befand sich unter der Bierhalle in der Armory Hall.

Nach etwa fünfzig Schritten machte der Gang eine Biegung, hinter der das Licht zurückblieb. Maggie lief vorbei an Rundbögen, die zu anderen Korridoren und Tunnels führten. Bald stolperte sie wieder durch absolute Finsternis, die erst Minuten später von einem weißen Quadrat gebannt wurde, welches das Mondlicht auf den unebenen Steinboden zeichnete.

Als sie in dem Quadrat stand und hochblickte, sah sie den vollen Mond senkrecht über sich am sternenklaren Himmel stehen. Auf einer gegen die Ziegelsteine gelehnten Leiter stieg sie hinauf, steckte den Kopf aus der Öffnung und blickte sich um.

Dann stemmte sie sich aus dem Kellerzugang, huschte über den dazugehörigen Hof zu einem offenen Tor und spähte an einer der Sandsteinsäulen vorbei auf die Straße. Vor ihr stand das Fuhrwerk voller Bierfässer, das sie und Tom zuvor als Deckung genutzt hatten. Maggie kam es vor, als wäre es eine Ewigkeit her, seit sie dort mit ihrem Freund gestanden hatte. Dabei konnte seither keine Stunde verstrichen sein.

Plötzlich fühlte sich Maggie verloren und allein gelassen wie ein Kind in einem finsteren Wald. Tieftraurig und voller Schuldgefühle sah sie zur Doppeltür in der Ziegelhalle, durch die sie Tom in sein Unglück geführt hatte.

Die Vorstellung, was Tom inzwischen zugestoßen sein mochte, raubte ihr beinahe den Verstand. Wurde er irgendwo hinter diesen Mauern gefangen gehalten und von den Whyos in die Mangel genommen? Oder hatten ihn diese Unmenschen schon umgebracht?

Sie erwog, einfach zurückzugehen und das Schicksal mit ihm zu teilen.

Aber dann war sein Opfer umsonst, mahnte sie eine innere Stimme.

Sie musste sich in Sicherheit bringen. Das war sie Tom schuldig. Um sich anzutreiben, versuchte Maggie sich vorzustellen, dass ihm irgendwie die Flucht gelungen war und er in der Sister's Row auf sie wartete.

Nun sah sie sich genauer um. Sofort fielen ihr die Männer ins Auge, die vor und neben der Armory Hall herumstanden. Rasch huschte sie hinter das Fuhrwerk. Mit angespannten Beinmuskeln machte sie sich bereit, die Straße hinabzuspurten, um sich unter die Passanten zu mischen. Aber als sie das

Klappern von Pferdehufen und das Rattern von Kutschenrädern auf dem Straßenpflaster herannahen hörte, kam ihr ein besserer Einfall. Sie wartete, bis die Karosse an ihr vorüberfuhr, kam dann hinter dem Fuhrwerk hervor und sprang auf das Trittbrett.

An den Haltegriff neben der Kutschentür geklammert, entfernte sie sich von der Halle. Zwei Straßenkreuzungen weiter bog die Kutsche ab und Maggie sprang von dem Trittbrett. Dann hastete sie weiter durch die Straßen. Sie wollte so schnell wie möglich zu ihrem Versteck im Satan's Circus.

Völlig außer Atem bog sie in die Sister's Row. Vor dem morschen Holzzaun verlangsamte sie ihre Schritte. Immer noch wie betäubt von den schrecklichen Erlebnissen und dem Verlust des Freundes, ging sie auf die Umgrenzung zu.

Sie sah durch die Finsternis zu der Hausruine und hielt die Luft an. Hinter einem der Fenster flackerte Licht. Jemand hatte im dahinter liegenden Raum ein Feuer entfacht.

»Tom!«, hauchte Maggie in die kalte Nachtluft und unbeschreibliche Erleichterung breitete sich in ihrem Herzen aus.

Eilig suchte sie das lose Brett in dem Zaun, kämpfte sich durch das Dickicht, stieß die Haustür auf und stürmte in die ehemalige Küche des Hauses.

Ihre Enttäuschung war grenzenlos. Neben dem Feuer saß nicht ihr bester Freund, sondern ein alter, graubärtiger Mann, der in die Glut starrte. Tränen liefen Maggie übers Gesicht, während sie den Alten betrachtete und langsam wieder aus dem Zimmer schlich.

»Wer da?«, hörte sie eine heisere Stimme in ihrem Rücken, aber sie wandte sich nicht um.

Sie fühlte sich mit einem Mal unendlich leer. Die vergangenen Stunden im Satan's Circus erschienen ihr wie ein schrecklicher Albtraum, aus dem es kein Entrinnen gab.

Auf zitternden Beinen schleppte sie sich zur Haustür. Sie wusste nicht, wohin sie gehen sollte. Sie wollte nur fort von hier und einen Platz suchen, wo sie mit ihrer Verzweiflung allein sein konnte.

»Bist du Maggie?«

Wie vom Donner gerührt blieb Maggie stehen. Dann machte sie auf dem Absatz kehrt und stürmte zurück in die Küche.

»Was? Was haben Sie eben gesagt?«, fragte sie den Alten mit sich überschlagender Stimme.

»Bist du Maggie?«, wiederholte dieser, ohne seine Augen von dem Feuerschein abzuwenden.

»Woher kennen Sie meinen Namen?«

Jetzt hob der Greis den Blick über das Feuer hinweg. Maggie sah ihm in die Augen, in denen sich die tanzenden Flammen spiegelten. Sie waren von einem milchig weißen Film überzogen und gehörten zweifelsfrei einem Blinden.

»Setz dich«, schlug der Alte vor und deutete neben sich.

Sie nahm ihm entgegengesetzt Platz. »Ja, ich bin Maggie«, sagte sie und blickte ihr Gegenüber erwartungsvoll an.

Der Mann richtete die blinden Augen wieder zu den Flammen. »Soll dir was mitteilen. Dein Freund war hier.«

»Tom?«, rief Maggie aus.

»So heißt er«, sagte der Mann und grinste dabei von einem Ohr zum anderen, sodass sich die Falten in seinem schmutzigen Gesicht tief in die ledrige Haut gruben.

»Was ist mit ihm?«, wisperte Maggie mit zittriger Stimme.

»Er ist wohlauf. Hat mir erzählt, er hatte Ärger mit den Whyos, diesem nichtsnutzigen Lumpenpack, und musste sich aus dem Staub machen. Hat sich ein hübsches Veilchen dabei eingefangen. Er lässt ausrichten, er sucht nach dir und du sollst hier bei mir auf ihn warten, bis er zurück ist.«

Maggie schloss glückselig die Augen. Tom war in Sicherheit! Irgendwie war er den Whyos entwischt und war umgehend zu ihrem vereinbarten Treffpunkt geeilt. Und da er in ihrem Versteck den Stadtstreicher vorgefunden hatte, hatte er sich gleich noch mal aufgemacht, um nach ihr zu suchen.

Sie öffnete die Augen und rückte näher an die wohlige Wärme. Sie betrachtete eingehend den Alten auf der anderen Seite der Feuerstelle. Er war in einen verschlissenen Mantel gehüllt, um seine Füße waren Lumpen gewickelt und unter der von Wind und Wetter ausgeblichenen Mütze quoll dichtes weißes Haar hervor. Der verfilzte Bart wallte ihm bis runter zum Bauch.

»Ist kein schöner Anblick, den ich biete«, sagte der Blinde. »Aber ich war mal ein fescher Bursche.«

»Tut mir leid«, sagte Maggie und fühlte sich ertappt.

Der Stadtstreicher lächelte. »Bin Slobbery Jim. Gehörte früher den Swamp Angels an. Hab die große Zeit der New Yorker Gangs noch selbst miterlebt. Aber das ist lange her.«

»Ach, wirklich?« Sehnsüchtig blickte Maggie durch das scheibenlose Fenster in die Nacht. Sie hoffte so sehr, dass Tom bald zurückkam und sie ihn in die Arme schließen konnte.

Eine Zeit lang herrschte Schweigen, was Maggie sehr recht war. Sie fühlte sich viel zu ausgelaugt für ein Gespräch und verspürte überhaupt keine Lust, sich irgendwelche Räubergeschichten anzuhören.

Deshalb rollte sie genervt mit den Augen, als der Alte wie im Selbstgespräch weitersprach. »Hab sämtliche Hurensöhne noch persönlich gekannt. Patsy the Barber, Snatchem, Butcher Bill Poole und wie sie alle hießen.«

Maggie wandte sich vom Fenster ab und betrachtete den Fremden nachdenklich. »Sie kannten nicht zufällig auch einen Albert Hicks?«, fragte sie auf gut Glück.

»Hicks?«, murmelte er. »Bin dem nie begegnet.«

Maggie blickte schon frustriert zur Seite, da fügte Slobbery Jim zu ihrer Überraschung hinzu: »Natürlich ist mir seine Geschichte bekannt.«

»Wirklich?«, fragte Maggie und versuchte, sich ihre Aufgeregtheit nicht anmerken zu lassen.

»Allerdings! Jedem Gauner von echtem Schrot und Korn dürfte die geläufig sein.«

»Würden Sie mir von ihm erzählen?«

»Warum nicht? Ist aber keine schöne Geschichte.«

Maggie wartete gebannt darauf, was der alte Kauz zu erzählen hatte.

»Zehn Jahre ist das alles nun schon her«, begann der blinde Greis. »In einer Märznacht ist die Slup E. A. Johnson am East River in See gestochen. Kapitän Burr und zwei Matrosen hielten Kurs auf Deep Creek in Virginia. Nur kamen die da nie an. Das herrenlos umhertreibende Schiff wurde von einem Schoner vor Staten Island entdeckt. Ein Schleppdampfer hat die Slup zu einem Pier an der Südspitze Manhattans gebracht. Dort ist sie von der Polizei in Augenschein genommen worden. Das Beiboot war weg und an Bord herrschte ein wüstes Durcheinander. Die Kajüten und die Deckplanken waren blutverschmiert. Es war nicht zu übersehen, dass dort ein heftiger Kampf stattgefunden haben musste. Von der Mannschaft fehlte jede Spur. Am Tag darauf haben Bewohner eines Hauses in der Cedar Street auf der Polizeiwache Meldung gemacht. Sie haben ausgesagt, einer ihrer Nachbarn wäre Stunden zuvor blutbesudelt und mit einem Sack voller Geld nach Hause gekommen. Captain Weed von der Metropolitan Police hat gleich die Ermittlungen übernommen und nach Albert W. Hicks, so hieß der Mann, fahnden lassen. Bei ihm zu Hause haben sie ihn allerdings nicht angetroffen. Aber in einer Pension in Providence, Rhode Island, haben sie ihn schließlich aufgespürt. Was, glaubst du, hat man in seinen Habseligkeiten gefunden?«

Maggie wollte gerade ahnungslos die Schultern heben, da plapperte der Alte schon weiter. »Eine Uhr, die Kapitän Burr gehörte, sowie die Schnupftabakdose des Matrosen Oliver Watts. Dieser Hicks stritt alles ab, aber die Beweislage war eindeutig. Deshalb wurde ihm der Prozess gemacht und die Geschworenen haben ihn wegen Piraterie und Mordes schuldig gesprochen. Der arme Teufel wurde zum Tode verurteilt. Wenn ich mich recht entsinne, wurde Albert Hicks am dreizehnten Juli desselben Jahres aufgeknüpft.«

Maggie fror plötzlich trotz des wärmenden Feuers. Endlich kannte sie die genauen Umstände seiner Verurteilung. Dahinter stand ein hinterhältiger Raubmord aus Habgier. Ihr Vater war demnach ein gewissenloser Meuchler gewesen.

»Was ist mit dem Sack voller Geld passiert?«, fragte sie.

»Wurde nie gefunden.«

»Und dieser Kapitän Burr und seine Matrosen?«

»Ihre Leichen sind bis heute verschollen«, antwortete Slobbery Jim, während er ein paar trockene Äste ins Feuer legte. Er begann, mit seinem Stock in der Glut zu stochern. Funken stoben auf und verglühten wie Sternschnuppen in der Finsternis über ihren Köpfen.

»Das war die Version der Ereignisse, die man der Öffentlichkeit als Wahrheit verkauft hat«, sprach der Blinde nun.

Maggie horchte auf. »So?«

Slobbery Jim schwieg und legte seinen Stock beiseite.

Dann holte er etwas hinter seinem Rücken hervor. Er hielt jetzt eine Blechkanne und zwei Zinnbecher in den Händen. Er befüllte beide Becher und hielt einen in die Höhe.

»Trink! Der Tee dürfte noch warm sein.«

Maggie nahm ihm das Gefäß ab. Sie nippte an dem Inhalt und war überrascht, dass es sich um gesüßten Tee handelte, den ihr leerer Magen dankbar aufnahm.

»Was glauben Sie denn, was wirklich passiert ist?«, fragte sie mit dünner Stimme.

Der Blinde lächelte geheimnisvoll. »Hicks' Hinrichtung glich einem Volksfest. An diesem Freitag, dem dreizehnten, wurde er von einer Abordnung in schwarzen Röcken und Zylindern auf die Straße vor dem Tombs hinausgeleitet. Unter Trommelwirbel und Fanfarenstößen wurde er zum Hafen geführt und mit dem Dampfer Red Jacket auf Bedloe's Island gebracht. Hunderte Boote und Ausflugsschiffe aus Manhattan, Staten Island, New Jersey und Brooklyn ankerten vor der Insel. Auf ihnen drängten sich die Schaulustigen. Fliegende Händler boten Bier, heißen Mais und Süßigkeiten feil. Als der Delinquent pünktlich um zwölf Uhr das Gerüst betrat und durch die Falltür plumpste, haben tausend Kehlen ihrem Jubel freien Lauf gelassen. Für New Yorks Bürger hatte einen Mörder seine gerechte Strafe ereilt.« Er machte eine spannungsgeladene Pause, die vernebelten Augen wieder starr auf den flackernden Feuerschein gerichtet. Endlich fuhr er fort: »Aber für alle Verbrecher in Manhattan war das Spektakel ein warnendes Beispiel.«

Maggie trank ein paar Schlucke von dem warmen Tee und blickte über das züngelnde Feuer hinweg zu dem Greis, über dessen unergründliche Miene Schatten tanzten. Sie rätselte, worauf er hinauswollte. Ungeduldig rutschte sie hin und her.

»Ein warnendes Beispiel wofür?«, fragte sie, als sie es vor Spannung nicht mehr aushielt.

»Sie hatten gesehen, was demjenigen blüht, der den Zorn des Bowery Boy auf sich zieht.«

Maggies Herz machte einen Satz. »D-der Bowery Boy?«, stotterte sie.

»Er hat viele Namen. Den meisten Ganoven ist er als König der Unterwelt oder Gebieter über das Verbrechen geläufig. Für seine Spießgesellen ist er der Herr und Meister. Und die Gören nennen ihn Herr der Ratten.«

Mit zitternder Hand führte Maggie den Zinnbecher an die Lippen und trank den Rest des Tees aus. Sie wusste nun, für wen Mandelbaum und Dolan arbeiteten. Sie kannte die Identität des Mannes, der ihre Entführung befohlen hatte. Der große Unbekannte im Hintergrund war kein Geringerer als die mystische Sagengestalt, von der ihr Bismarck und Coffee erzählt hatten.

Maggie ließ das rotbärtige Riesengesicht vor sich aufsteigen, das ihr seltsamerweise schon vor den Schilderungen der kleinen Diebe seltsam vertraut gewesen war. Sie musste an den Besucher im Keller des Gates of Hell während ihres Fiebers denken. Sie fragte sich, ob die Beschreibungen des Bowery Boy nur auf haltlosen Übertreibungen beruhten. Oder vielleicht war ihre Annahme, dass er hinter ihrer Verschleppung aus Bath steckte, falsch. Denn der Fremde, der Goblin ihretwegen aufgesucht hatte, war kein Riese gewesen. Hatte er nicht vielmehr Ähnlichkeit mit ihrem mysteriösen Retter?

Sie verstand rein gar nichts mehr und mit einem Mal fühlte sich Maggie entsetzlich müde. Die Anstrengungen der letzten Stunden forderten offenbar ihren Preis. Ihr wurde ganz schummrig, sodass sie sich auf die Seite legen und den Kopf auf ihren angewinkelten Arm betten musste.

»Der Bowery Boy hat Hicks reingelegt?«, fragte sie in die Stille hinein.

Die Antwort von Slobbery Jim drang merkwürdig gedämpft zu ihr vor. »Es gibt Gerüchte. Hicks soll ein erfolgreicher Einbrecher gewesen sein, der reichlich Beute machte und seine wahre Identität hinter einer Kostümierung verbarg, sodass ihm schwer beizukommen war. Angeblich hat Hicks geglaubt, er könne auf diese Weise seine Abgaben schuldig bleiben, die jeder Gauner an den König der Unterwelt zu entrichten hatte. Hielt sich wohl für was Besseres. Schenkt man dem Gemunkel Glauben, dann könnte wahr sein, was mir zu Ohren gekommen ist.«

»Was könnte wahr sein?«, fragte Maggie. Ihr kam die Frage nur mit schwerer Zunge über die tauben Lippen und sie musste blinzeln, weil sie das Gesicht hinter den Flammen plötzlich nur noch verschwommen sah.

»Dass Hicks verraten wurde. Von jemandem, der sein Vertrauen genoss und wusste, wer sich hinter Chung Ling verbarg«, sagte der Bettler mit veränderter Stimme, in der etwas mitschwang, das wie unterdrückte Wut klang.

Maggies Kopf rutschte von ihrer Hand und ihre Gedanken wurden schwer und träge.

»Und dann?«, nuschelte sie nur noch.

»Die Handlanger des Unterweltkönigs haben ihn aufgespürt und geradewegs in die Falle laufen lassen«, sagte Slobbery Jim mit fester Stimme, die auf einmal gar nicht mehr heiser und brüchig klang.

Plötzlich fühlte sich Maggie unwohl in ihrer Haut. Mehr noch: Eine unbestimmte Angst kroch in ihr hoch. Trotzdem fiel diese seltsame Müdigkeit nicht von ihr ab. Angestrengt starrte sie auf den Bettler, der die milchigen Augen von der Feuerstelle abgewendet hatte. Sie waren jetzt direkt auf sie gerichtet.

»Vor zehn Jahren, Margaret, wurde der erste Akt eines Dramas aufgeführt, das jetzt seine Fortsetzung erlebt.«

Maggie starrte den Alten weiter an, dann fielen ihre Lider endgültig zu. Ihr Arm sackte kraftlos unter ihr weg und ihr Kopf kippte auf die Fliesen.

»Was geschehen ist, ist geschehen«, hörte sie Slobbery Jim sagen.

Sie vernahm das Zischen eines Zündholzes. Und Sekunden später wehte ihr ein wiederentdeckter Geruch entgegen. Maggie kannte ihn aus der Kammer in der Lagerhalle am Hudson River und aus einer vergessenen Zeit in ihrem Leben.

Und mit diesem Geruch drängte sich ein greller Schrecken in ihre Gedanken, denn jäh erinnerte sie sich an die Worte des Blinden am Anfang ihres Gesprächs.

Hat sich ein hübsches Veilchen dabei eingefangen.

Woher konnte er das wissen?, fragte sich Maggie. Er ist doch blind!

Da erst verstand sie. Der Bettler war ein Lügner. Und erst jetzt ging ihr auf, wie sehr sie sich hatte täuschen lassen. Wie hätte es Tom gelingen sollen, aus der Armory Hall zu fliehen und noch vor ihr am Treffpunkt aufzutauchen? Das war nicht möglich. Tom war gar nicht da gewesen. Er war auch nirgends unterwegs, um nach ihr zu suchen, denn sie hatten ja vereinbart, hier aufeinander zu warten. Ihr bester Freund war gar nicht gerettet. Er war verloren. Und sie? Sie war allein mit diesem unheimlichen Alten und würde es auch bleiben.

Mit letzter Kraft versuchte sich Maggie hochzustemmen, aber Arme und Beine gehorchten ihr nicht mehr. Die Welt war ein wirbelnder Sog, der sie in eine schwarze Traumlosigkeit zerrte. Der Ohnmacht nahe, lag sie regungslos da.

Sie spürte eine Hand, die über ihren Kopf strich, und hörte eine leise Stimme sanft und beruhigend flüstern: »Ruhig, Margaret. Hab keine Angst. Dir geschieht nichts. Du wirst nur schlafen. Es musste sein. Zu deiner eigenen Sicherheit.«

Vierter Teil: Der Fabelhafte Chung Ling

Das Erste, was in ihrem geräuschlosen, nachtschwarzen Zustand zu ihr vordrang, war eine Ahnung von Licht. Alsdann wurde sie wie auf einer sanft wogenden Welle getragen. Maggie glaubte, eine morgendliche Kühle auf Gesicht und Händen zu spüren und das Rascheln herbstlicher Blätter, das Schnauben von Pferden und ein Murmeln von Stimmen zu hören.

Später fuhr ein Ruck durch ihren Körper und das Rattern beschlagener Räder drang an ihre Ohren. Sie fühlte sich wie auf unruhiger See hin und her geworfen und wieder verlor sie das Bewusstsein.

Als Maggie das erste Mal die Augen öffnete, bot sich ihr ein vertrauter Anblick. Verunsichert betrachtete sie die Kellerdecke über ihrem Schlafplatz. Sie glaubte, aus einem Albtraum zu erwachen, in dem sie mit Tom den Satan's Circus besucht hatte, wo ihnen Fürchterliches widerfahren war.

Es kostete sie einige Mühe, den Brummschädel anzuheben und sich umzuschauen. Sie betrachtete die verlassenen Schlafplätze der kleinen Diebe, die Schaufensterpuppen und die aufgeklappte Seemannskiste.

Als sie zu Goblins Liege blickte und den Zwerg sah, legte sich eine kalte Hand um ihr Herz. Auf der Stelle wusste sie, dass ihr Abenteuer am Satan's Circus kein grässlicher Traum gewesen war, denn in diesem Augenblick kehrten alle Erinnerungen zurück.

Tom war im Satan's Circus verschollen, sie selbst war ihren Todfeinden nur mithilfe eines mysteriösen Fremden entkommen und ein angeblich Blinder hatte sie mit irgendeiner Substanz in seinem Tee betäubt.

Ungeachtet ihrer Kopfschmerzen fuhr Maggie hoch und starrte zu Goblin. Der Zwerg stand, ähnlich wie während ihres Fiebers, vor der Liege und blickte in den Spiegel. Goblin trug weder seine seltsame karierte Mütze noch die Pluderhose oder das fleckige Hemd. Sein kleiner, krummer Körper steckte in einer marineblauen Schuluniform. Er war frisch rasiert, sein lichtes, weißes Haar sorgsam gekämmt und der Schmutz von seinem Gesicht gewaschen. Goblin sah aus wie ein uralter dämonischer Junge, den jemand für die Sonntagspredigt herausgeputzt hatte. Vor ihr stand der Mann der Fotografie in der Lagerhalle – nur um hundert Jahre gealtert.

»Wo ist Tom?«, sprudelte es aus Maggie heraus. »Wie bin ich hergekommen? Was ist passiert?«

Ein Schauder durchfuhr Goblins Körper. Er drehte sich

nicht zu ihr um. Mit aufgerissenen Augen starrte er Maggie lange durch den Spiegel an.

Schließlich sagte er: »Warum hast du nicht auf mich gehört? Bist du von allen guten Geistern verlassen? Was um Himmels willen ist in dich gefahren? Wieso musstest du zum Satan's Circus?«

»Wieso?« Maggie lachte trocken auf. »Tun Sie doch nicht so unschuldig!«

Goblin blickte sie erschrocken durch den Spiegel an. »Wegen *ihm* bist du fort? Du dachtest ...« Seine Stimme versagte. Nach langen Sekunden fragte er mit dünner Stimme: »Du hast also mitbekommen, dass *er* hier war. Nicht wahr?«

»Wer war er? Was wollte der Mann von mir?«

»Das kann ich dir nicht sagen.« Goblins Stimme war plötzlich voller Angst. »Ich darf es dir nicht sagen. Du würdest es ohnehin nicht glauben.«

Der Zwerg wandte sich jetzt von dem Spiegel ab und eilte zu seiner Kiste. Er holte etwas aus dieser hervor und steckte sich den Gegenstand hinten in den Hosenbund. Danach blickte er zu ihr.

»Margaret, ich würde dir gern alles erklären. Ich habe mich viel zu lange selbst belogen. Im Grunde meines Herzens wusste ich vom ersten Moment an, wer du bist.«

Vergeblich versuchte sich Maggie auf die Beine zu kämpfen. »Dann sagen Sie es mir endlich!«, forderte sie mit sich überschlagender Stimme. »Sagen Sie mir meinen Namen! Ich will ihn aus Ihrem Mund hören! Sie erbärmlicher Feigling!«

Goblin blickte verlegen zu Boden. »Du sollst später alles erfahren. Dafür habe ich gesorgt. Ich muss gehen. *Er* braucht meine Hilfe.«

»Verflucht noch mal!«, fauchte Maggie. Endlich schaffte sie es, hochzukommen. Schwindlig stand sie neben ihrem Schlafplatz. »Von wem reden Sie?«

Aber Goblin begann mit zusammengepressten Lippen vor ihr zurückzuweichen.

Maggies Augen verengten sich. Schnaubend stieß sie die Luft aus. »Es war Chung Ling, nicht wahr?« Sie war selbst überrascht über ihre Frage.

Goblins Gesicht verwandelte sich in eine bestürzte Fratze, während er weiter von ihr abrückte. Seine Reaktion war ihr Antwort genug.

Maggie ging mit geballten Fäusten auf Goblin zu. »Wieso haben Sie sich so herausgeputzt? Wo wollen Sie hin?«, fragte sie.

Aber Goblin sagte nur »Leb wohl!« und stürzte einen Augenblick später auf den Ausgang zu, riss die Tür auf und schlug sie hinter sich zu.

Maggie stolperte zur Tür und hörte auf der anderen Seite das Drehen eines Schlüssels. Sie fluchte und machte gar nicht erst den Versuch, sie zu öffnen. Stattdessen strauchelte sie durch den Raum zur verborgenen Tür auf der anderen Kellerseite. Jemand – Goblin! – hatte diese vom Tunnel aus blockiert. Maggie schrie vor Wut auf und schlug und trat mit Fäusten und Schuhen dagegen.

Kurz darauf sank sie entkräftet vor dem Ausgang nieder. Sie war gefangen und allein. Allein in ihrer Verwirrung und mit ihren unbeantworteten Fragen.

Irgendwann hörte Maggie das typische Kratzen, mit dem der Geheimgang in der Kellerwand aufgezogen wurde. Sie hatte auf ihrer Matratze geschlummert und war sofort hellwach.

Nacheinander drängten Shylock, Bismarck, Coffee und Silence in das Diebesnest. Maggie sprang auf und rannte zu ihnen. Silence umarmte sie fest, Shylock hüpfte freudig an ihr hoch, Coffee schlug ihr auf den Rücken und Bismarck knuffte sie an der Schulter.

Dann blickten sich die 40 Little Thieves um und bemerkten, dass Tom nicht da war. Ihre fragenden Blicke beantwortete Maggie mit einem Kopfschütteln und niedergeschlagenen Augen.

Sie saßen auf ihren Plätzen im gelben Schein der Lampe in ihrer Mitte. Maggie erzählte den Freunden von Toms selbstlosem Handeln, von ihrem Peitsche schwingenden Retter im Hof hinter der Armory Hall, von Slobbery Jim und von Goblins Verschwinden kurz nach ihrem Erwachen aus der Ohnmacht.

Coffee, Bismarck und Silence hörten still zu, keiner stellte während ihres Berichts irgendwelche Fragen, als gebe es eine stille Übereinkunft zwischen ihnen, die Dinge hinzunehmen, so unvorstellbar sie auch sein mochten.

Erst als Maggie zum Ende gekommen war, meldeten sich die anderen zu Wort.

»Kill'em is' also in der Hand der Whyos«, brummte Bismarck betroffen. »Schöne Scheiße aber auch.«

»Wir müssen ihm helfen!«, sagte Coffee, und Silence nickte dazu heftig mit dem Lockenkopf.

»Das werden wir«, stimmte Maggie ihnen zu und klammerte sich insgeheim an die Hoffnung, dass Tom noch lebte. »Aber jetzt lasst uns erst mal versuchen, Ordnung in dieses Durcheinander zu bringen.«

»Wer kann das bloß gewesen sein, der dir geholfen hat?« Coffee kratzte sich am Kopf. »Wieso hat dich dieser Slobbery Jim betäubt? Und wie bist du hergekommen? Da soll mal einer draus schlau werden.«

»Das is' doch zum Mäusemelken!«, schimpfte Bismarck. »Mal ehrlich, Wildkatze, wenn du's nicht wärst, dann würd ich denken, du bist aus der Klapsmühle getürmt und gibst wirres Zeugs von dir.«

»Könnte ich dir nicht verübeln«, seufzte Maggie matt.

»Ich habe selbst schon an meinem Verstand gezweifelt. Aber ich glaube, Goblin weiß, wer mich aus dem Haus in der Sister's Row getragen und hierherkutschiert hat. Und er kennt wohl auch den Mann mit der Peitsche. Ich vermute mal, mein Retter und der Kerl, der hier im Keller aufgetaucht ist, als ich mit Fieber flachlag, sind ein und dieselbe Person.« Maggie machte eine Pause, um ihre Worte wirken zu lassen. »Ich hatte eine Menge Zeit nachzudenken, während ich vorhin auf euch gewartet habe. Mein Schutzengel muss dieser Chung Ling sein.«

Die kleinen Diebe machten große Augen.

»Wer sollte es sonst sein?«, fragte Maggie aufgewühlt. »Er ist doch der Einzige, der infrage kommt. Mein Beschützer ist der mysteriöse Verbrecherjäger. Der Erzfeind von Dolan, Mandelbaum und ihrem Herrn und Meister. Das Phantom, vor dem die Unterwelt erzittert.«

Einige Minuten herrschte Schweigen. Bismarck stocherte gedankenverloren in seiner Nase herum. Coffee hatte die Stirn in Falten gelegt. Silence streichelte Shylock über den Kopf und blickte Maggie mit großen Augen an.

»Meine Fresse!«, sagte Bismarck schließlich. »Das hieße ja, Goblin und Chung Ling stecken unter einer Decke. Oder?«

Maggie zupfte an ihrem Ohrläppchen und überlegte. Sie dachte an Goblins Reaktion, als er dem Fremden im Keller gegenübergestanden hatte. »Weiß nicht. Dieser Chung Ling hat ihm einen mächtigen Schrecken eingejagt. Goblin hatte keinesfalls damit gerechnet, dass der hier auftauchen würde.«

»Wohin ist Goblin nur abgezischt?«, murmelte Coffee nun.

»Er hat dich wirklich eingesperrt?«, fragte Bismarck.

»Die Tür zur Mietskaserne hat er abgeschlossen. Und die zum Tunnel habe ich beim besten Willen nicht aufbekommen«, antwortete Maggie.

»Unter die Klinke hatte jemand eine Latte geklemmt«, bestätigte Coffee ihren Verdacht. »Die mussten wir erst zur Seite schaffen, um reinzukommen.«

»*Jemand* ist gut«, sagte Maggie. »Goblin hat den Ausgang verbarrikadiert, als ich geschlafen habe. Er dachte, er bekommt genug Vorsprung, wenn er mich so lange hier festsetzt, bis ihr von eurer Tour zurückgekehrt seid. Er denkt, ich habe keine Ahnung, wohin er gegangen ist. Aber da hat er sich getäuscht!«

»Du weißt, wo er steckt?«, rief Bismarck aus.

»Allerdings!« Maggie beugte sich verschwörerisch vor. »Goblin will eine alte Schuld begleichen. Ich wette, er ist zum Bowery Boy gegangen. Beim König der Unterwelt laufen alle Fäden zusammen.«

Die Diebe machten erschrockene Gesichter.

»Goblin möchte zu Ende bringen, was er vor langer Zeit ins Rollen gebracht hat«, fügte Maggie hinzu. »In dieser Nacht bricht der Sturm los, den Goblin angekündigt hat.« Sie stand auf. »Ich muss ihm folgen.«

»Aber niemand weiß, wo der Bowery Boy sich versteckt hält, Wildcat«, sagte Coffee.

»Goblin weiß es. Vermutlich hat Chung Ling es ihm verraten. Und ich weiß es auch. Ich habe es die ganze Zeit gewusst, aber das ist mir erst jetzt klar geworden.«

Dann erzählte sie ihnen von ihrer Beobachtung am East River, als sie mit Tom zur Rattenjagd geschickt worden war. An Bord der alten Fregatte am James Slip hatte sie damals den Schattenriss eines riesigen Mannes gesehen. Sie glaubte zu wissen, wem er gehörte. Ihr Gefühl sagte ihr untrüglich, dort würde sie den Bowery Boy und dessen Handlanger finden.

Bismarck und Coffee standen reglos da und sahen sie erstaunt an. Silence hingegen rieb sich tatendurstig die Hände.

»Wildcat, du möchtest doch nicht wirklich dorthin?«, fragte Coffee mit ängstlicher Stimme.

»Mach keinen Scheiß!«, schloss sich Bismarck an.

Doch Maggie schnappte sich schon ihren Mantel.

»Kapiert ihr denn nicht?«, sagte sie, während sie ihn überzog. »Diese Verbrecherbande ist gerade dabei abzuhauen. Deshalb waren ihre Stützpunkte im Satan's Circus verlassen. Mandelbaum, Dolan und dem Bowery Boy wird der Boden hier zu heiß. Chung Ling sitzt ihnen im Nacken und ihr langjähriger Schutz durch den bestochenen Polizeiapparat beginnt wegen dem Committee of Seventy langsam, aber sicher zu bröckeln. Sie bringen wahrscheinlich gerade ihre Schätze zum Schiff und brechen bald auf. Wenn ich mich nicht beeile, sind sie weg. Und dann werde ich nie erfahren, was ich noch wissen muss.« Jetzt ließ Maggie ihre Augen über die Runde wandern. »Außerdem hoffe ich, Tom dort zu finden.«

Wie auf Kommando sprangen ihre drei Freunde auf die Beine.

»Wir kommen mit!«, beschloss Bismarck.

Maggie sah den Jungs und Silence nacheinander fest in die Augen. »Nein, das werdet ihr nicht. Wir brauchen Hilfe. Wisst ihr, wo sich Sheppard gewöhnlich um diese Uhrzeit aufhält?«

»Normalerweise hockt er jetzt im *Hell's Kitchen*, 'ne Kaschemme an der East Side beim Corlean's Hook«, erklärte Bismarck. »Dort macht er seine Geschäfte. Außerdem bedient da seine Herzdame.«

»Okay. Dann geht ihr jetzt dahin und erzählt ihm alles. Ich hege nicht den geringsten Zweifel, dass er mitkommt, wenn er hört, in welcher Klemme Tom steckt und was sein alter Lehrmeister vorhat. Ich erwarte euch später am James Slip.«

Bismarck und Coffee schauten misstrauisch drein, gaben aber mit erhobenen Daumen ihre Zustimmung. Silence jedoch taxierte Maggie mit glitzernden Augen, die keinen Widerspruch duldeten. Demonstrativ stellte sich die Kleine neben sie hin.

Maggie blickte das Mädchen ergriffen an. »Nun gut«, sagte sie. »Silence kommt mit mir.«

Silence lächelte in sich hinein. Sie schnappte sich ein Seil und stopfte sich ihre Ahle in die Hosentasche. Darauf schnippte sie einmal mit den Fingern, ging mit Shylock an der Seite voraus zur verborgenen Tür in der Ziegelsteinwand und blickte die anderen ungeduldig an.

»Auf geht's!«, sagte Maggie stellvertretend für Silence.

Dann brachen die Freunde auf und zogen in den Kampf gegen ihre übermächtigen Gegner.

Als Maggie, Silence und Shylock aus dem Kanalschacht am East River stiegen, brachten die letzten Sonnenstrahlen den dunstigen Abendhimmel zum Erglühen. Das scharf gezackte Giebelrelief der Stadt im Rücken machten sich die drei auf zum Ufer des East River. Sie gingen dicht an den Warenspeichern, Hallen und Werften entlang, die Augen auf die Scherenschnitte der Schiffe vor dem blutroten Horizont gerichtet.

Als sie in Sichtweite des James Slips kamen, schlichen sie zu einem kastenförmigen Depot, neben dessen Eingang sich die Ladungen der Schiffe auftürmten. Silence gab Shylock mit einem Fingerschnippen den Befehl, sich hinzulegen, und die Mädchen kletterten einen unter Segeltuch verschnürten Berg aus Fässern und Kisten hinauf. Von hier oben hatten sie eine passable Sicht auf die Fregatte, die am Ende des Piers vor Anker lag.

Maggie beschirmte die Augen mit einer Hand und beobachtete das Treiben auf dem betagten Segler. Etwa zwei Dutzend Whyos waren damit beschäftigt, vernagelte Kisten über eine Rampe in den Schiffsbauch zu schleppen. Maggie nahm das Schiff genauer in Augenschein und sah sofort ihre Vermutung bestätigt. Die Fregatte war aufgetakelt und die zerschlissenen Segel waren durch neue ersetzt worden. Zwischenzeitlich hatte man auch den Muschelbelag am Rumpf abgekratzt.

Während sie den Whyos bei der Arbeit zusah, wuchs Maggies Unruhe stetig. Sie hatte das Gefühl, unnütz Zeit verstreichen zu lassen, denn das Schiff war bereit, mit unbekanntem Ziel in See zu stechen. Wie lange mochte es noch dauern, bis Bismarck und Coffee mit Sheppard auftauchten?

Eine halbe Stunde später war das Glühen am Horizont zu einem schwachen Glimmen verblasst und Dunkelheit senkte sich über den Hafen. Ein kalter Wind war aufgekommen, der das Flusswasser aufpeitschte und die vertäuten Schiffe auf den Wellen tanzen ließ.

Die Kisten waren inzwischen verladen, die Whyos lungerten an Deck herum und weder die kleinen Diebe noch Sheppard waren aufgetaucht. Da zupfte Silence Maggie am Ärmel und deutete die South Street hinunter. Auf der Straße näherte sich eine schwarze Kutsche. Vor dem Pier hielt sie an. Maggie und Silence pressten sich flach auf die Kisten und spähten nach unten.

Maggies Herz klopfte schneller, als sie sah, wer aus der Kutsche stieg. Es war Dandy Dolan. Unter seinem Zylinder war ein Verband zu erkennen, der um seine Stirn gewickelt war.

Maggie konnte sich ein schadenfrohes Lächeln nicht verkneifen, als sie sich an Dolans schmerzhafte Begegnung mit der Mauer im Hof der Armory Hall erinnerte. Dem Gangsterboss folgte schwerfällig ein massiger Körper, den Maggie sofort wiedererkannte. Er gehörte Marm Mandelbaum. Nach ihrer Mutter stiegen Julius und Heinrich aus der Kutsche. Maggie zog zischend die Luft ein, als einer der Zwillinge den Arm in die Kabine streckte und jemanden nach draußen zerrte.

Es war … *Tom!*

Um ein Haar wäre Maggie aufgesprungen, als sie den Freund sah. Tom war am Leben! Doch ihr Hochgefühl wurde auf der Stelle getrübt. Obwohl es inzwischen zu dunkel war, um den Ausdruck in seiner Miene zu erkennen, erfasste Maggie sofort, wie übel Tom mitgespielt worden war. Er wirkte unsicher auf den Beinen, sein Oberkörper war wie unter Schmerzen gebeugt und seine Hände waren straff auf den Rücken gefesselt. Tatenlos musste sie mit ansehen, wie ihn die Zwillinge zum Pier stießen und Dolan und Mandelbaum hinterherliefen.

Als die Gruppe an Bord ging, hielt es Maggie nicht mehr aus. Sie blickte Silence fragend ins Gesicht. Deren zornsprühende Augen waren Antwort genug. Es bedurfte keiner Worte, um den Entschluss zu fassen, ihren Plan zu ändern.

Schon waren sie von dem Frachtgut hinuntergeklettert. Silence packte Shylock an der Schnauze und sah ihm fest in die Augen. Sie tätschelte ihrem Hund den Kopf und winkte dann Maggie hinter sich her. Zu zweit huschten sie den Weg zurück, überquerten die South Street und liefen suchend am Wasser entlang, bis Silence stehen blieb und auf ein Ruderboot deutete, das unter einer Eisenleiter an der Hafenmauer angebunden war.

Sie mussten sich ganz schön in die Riemen legen, um das Boot gegen den Wind auf den Fluss hinauszumanövrieren. Kalte Gischt sprühte über das Dollbord und binnen kürzester Zeit waren Maggie und Silence nass bis auf die Haut. Doch trotz ihrer klammen Finger führten sie die Ruder gleichmäßig durch das aufgewühlte Wasser und bald hielten sie auf das Heck der Fregatte zu.

Mit bangen Blicken hinauf zur Brüstung paddelten sie an dem Schiffskörper entlang, bis sie an ein kleines Fenster gelangten, das über ihren Köpfen im Holzrumpf klaffte. Unter diesem hielten die Mädchen das Boot an. Dann schoben sie leise die Ruder an Bord, hielten sich gegenseitig an den Armen fest und standen wankend auf.

Maggie versuchte, auf den feuchten und glitschigen Planken Halt zu finden, indem sie sich breitbeinig hinstellte und die Schuhe gegen die Bordwände presste. Anschließend verschränkte sie die Finger. Silence stellte eilig einen Fuß in ihre verkeilten Hände und stemmte sich hoch. Während die Kleine mit ihrer Ahle das Fenster aufhebelte, stöhnte Maggie vor Anstrengung, denn sie musste nicht nur das Gewicht von Silence halten, sondern in dem hin und her schaukelnden Boot auch noch das Gleichgewicht bewahren.

Endlich hörte Maggie ein Knirschen und anschließend das

leise Jaulen der Angeln, als Silence das Fenster aufdrückte. Maggie biss die Zähne zusammen und hob mit einem gequälten Ächzen Silence noch weiter in die Höhe. Dann verschwand Silence durch die Öffnung ins Schiffsinnere.

Maggie atmete erlöst aus und massierte ihre verkrampften Hände. Der Moment der Unkonzentriertheit wäre ihr um ein Haar zum Verhängnis geworden, denn plötzlich strauchelte sie vorwärts zur Stirnseite des Bootes. Mit rudernden Armen starrte sie über die Bordwand in das schäumende Wasser, dann stolperte sie wieder zurück und plumpste auf den Hosenboden.

Kopfschüttelnd rappelte sich Maggie wieder hoch und wandte sich zu dem Fenster, in dem Silences Lockenschopf herauslugte. Silence zwinkerte und ließ das Seil nach unten. Maggie nahm es auf und band das Ende an einer Öse auf dem Dollbord fest. Dann zog sie sich an dem Strick hoch. Unter dem Fenster wurde sie von Silence am Mantel gepackt und durch die Luke gezogen.

Sie standen in einer schmalen Koje mit Stockbetten zu beiden Seiten. Maggie blickte noch einmal zu ihrem Boot hinaus, das von den Wellen heftig hin und her gerissen wurde. Sie bezweifelte, dass sie es heil vorfanden, wenn sie wieder zurückkamen.

Silence war schon an der Tür, zog diese leise auf und streckte den Kopf durch den Türspalt. Sie winkte Maggie in einen dunklen Gang, der sich rechts im Finstern verlor und links vor einer Treppe endete. Silence blickte sie fragend an.

Maggie kniff die Lippen aufeinander und spähte noch einmal in beide Richtungen.

Dann legte sie den Mund an das Ohr von Silence und wisperte: »Geh du nach unten. Ich lauf den Gang lang. Wer von uns beiden Tom findet, schafft ihn erst mal auf das Boot. Okay?«

Silence blickte ernst drein. Schließlich nickte sie und die Mädchen umarmten sich kurz zum Abschied.

Vorsichtig setzte Maggie einen Fuß nach dem anderen auf die blank gewetzten Bohlen. Während sie sich im Dunkeln vorantastete, vernahm sie das Platschen des Wassers gegen den Schiffsbug, das Pfeifen des Windes an Deck und ein hohles Knarren und Knarzen aus allen Ecken und Winkeln des uralten Seglers. Die abgestandene Luft roch nach Eichenholz, Tabak und Schweiß. Doch weder sah noch hörte Maggie eine Menschenseele, als wäre sie an Bord eines Gespensterschiffs gelandet.

Sie musste ihren ganzen Mut zusammennehmen, um nicht umzukehren und Silence nachzufolgen. Es war ihr, als wäre die Dunkelheit von dem bösen Geist durchdrungen, der hier hauste. Sie konnte die Nähe des Bowery Boy spüren und mit jedem Schritt wurde das Gefühl stärker.

Und dann gesellte sich mit einem Mal eine Stimme zu den unheimlichen Geräuschen. Wie ein unheilverheißendes Donnergrollen brauste sie durch den Schiffsleib. Maggie starrte angestrengt in den finsteren Schlauch und glaubte, an dessen Ende eine Tür zu erahnen. Erst jetzt merkte sie, wie kalt ihr war. Schlotternd schlang sie die Arme um sich und schlich auf leisen Sohlen weiter, der Stimme entgegen. Und mit jedem Schritt, den sie tat, wurde der Widerhall des gruseligen Singsangs lauter, der vor vielen Monaten an ihr Ohr gedrungen war und sich für immer in ihr Gedächtnis gegraben hatte.

»Schaut nur, mondlos ist die Nacht,
Kinder, er ist aufgewacht!
In finstren Gassen und den Schatten,
erwartet euch der Herr der Ratten.
Nadelspitz sind seine Zähne,
feuerrot ist seine Mähne.
Fängt er euch, ist's euer Verderben,
verlasst euch drauf, ihr müsst bald sterben.
Der Bowery Boy leidet niemals Not,
sein Geschäft, das ist der Tod.«

Maggie war an der Tür angelangt. Sacht legte sie die Handflächen auf das Holz und schmiegte eine Ohrmuschel dagegen. Sie schloss die Augen und lauschte der Stimme des Mannes, der ihren Vater an den Galgen geliefert und ihr eigenes Leben auf einen Irrweg geführt hatte. Ein Irrweg, der an seinem Ausgangspunkt ein Ende fand.

»Du bist ein Narr«, dröhnte die Stimme auf der anderen Seite. »Ich hätte dich gern verschont. Den Freund vergangener Tage. Aber nun …«

Auf einmal wurde Maggie an den Armen gepackt und von der Tür fortgerissen. Sie kreischte auf, strampelte mit den Füßen und presste den Kopf in den Nacken. Es waren die Zwillinge, die sie am Wickel hatten und von beiden Seiten umklammerten. Einer stieß nun die Tür auf, hinter welcher der tiefe Bass urplötzlich verstummte, und Maggie wurde in den dahinter liegenden Raum geschleift.

Mit aufgerissenen Augen starrte sie auf den Mann, der wie ein Donnergott auf einem thronähnlichen Stuhl saß und sie mit einem überraschten Ausdruck anschaute.

Es war der Bowery Boy.

Der König der Unterwelt sah haargenau so aus, wie sie ihn sich vorgestellt hatte. Der Mann war riesengroß, hatte einen gewaltigen Bauch und seine Oberarme waren dick wie Schinkenschwarten. Das flammend rote Haar auf seinem mächtigen Schädel war lang und verfilzt. Sein Gesicht war von einem ebenso roten Bart bedeckt, aus dem zwei gierige

Augen herausstachen. Der enorme Oberkörper des Giganten steckte in einem schmierigen, ärmellosen Hemd. Die Haut auf Brust und Armen war von einem dichten Pelz überzogen, unter dem farbenprächtige Tätowierungen von Ankern, Meerjungfrauen, Schlangen und Totenköpfen durchschienen.

Julius und Heinrich zwangen Maggie vor dem Thron auf die Knie und stellten sich wortlos neben ihr auf. Ängstlich wanderten Maggies Augen an dem großen Mann hinauf, über die klobigen Lederstiefel, die breiten Beine entlang, hin zu den gesplitterten Fingernägeln einer Pranke, die den Stiel eines Beils umklammerte.

Erschrocken starrte sie auf die spitzen gelben Zähne in dem struppigen Bartdickicht und wusste endgültig: Vor ihr saß der Mann, der sie als Kind aus dem Haus ihrer Eltern entführt hatte.

Ein abgrundtiefes Hassgefühl machte sich in ihr breit.

Der Bowery Boy begegnete ihrem finsteren Blick mit einem Lächeln, das beinahe mild wirkte und Maggie erst recht rasend machte. Ihr Herz pochte so laut, dass ihr die Ohren dröhnten. Sie ballte die Fäuste und spannte die Muskeln an. Flink wie eine Katze sprang sie vor, um sich auf den Riesen zu stürzen, auf ihn einzuprügeln und ihm das hässliche Gesicht zu zerkratzen.

Doch ihre Wächter waren schon bei ihr. Sie wurde von kräftigen Händen auf den Bretterboden gepresst und mit Schnüren an Armen und Beinen gefesselt. Begleitet vom

Hohnlachen des Riesen schleppten die Zwillinge sie zu einem rubinroten Kanapee, das dem Thron gegenüberstand und auf dem schon jemand saß.

»Goblin!«, rief Maggie aus, als sie neben dem Zwerg abgesetzt wurde, der ebenfalls gefesselt war und sie mit erschütterter Miene anstarrte.

»Herr im Himmel, Margaret«, flüsterte er bestürzt. »Was suchst du denn hier?«

Maggie blitzte den Zwerg aufgebracht an. »Antworten!«, zischte sie. »Ich möchte *verflixt noch mal* endlich wissen, was damals geschehen ist.« Dann riss sie den Kopf zu dem Hünen herum. »Und Sie werden mir jetzt gefälligst erzählen, was Sie von mir wollen.«

Erst da sah Maggie die Frau, die links neben dem Stuhl des Bowery Boy stand und sie mit spöttisch belustigter Miene musterte. Die Matrone hatte die Hände über ihrem mächtigen Bauch gefaltet. An einem Finger funkelte ihr goldener Ring im Licht der Petroleumlampen. Es war Marm Mandelbaum.

Der Riese hatte unterdessen aufgehört zu lachen. Träge lehnte er sich auf seinem Sitz zurück, winkte die Zwillinge aus dem Raum und verschränkte die Arme vor der Brust.

Dann wandte er sich zu der Frau an seiner Seite. »Marm, ist das das Mädel?«

»Oh ja, das ist sie«, erwiderte Mandelbaum.

Neugierig musterte der Bowery Boy seine Gefangene. »Goblin hat recht! Du bist deiner Mutter wie aus dem Gesicht geschnitten«, grölte er und ein heißes Brennen breitete sich in Maggie aus.

Sie richtete den tränenblinden Blick auf den Zwerg, der rasch die Augen niederschlug und betrübt zu Boden schaute.

»Marm, was machen wir denn jetzt?«, fragte der Hüne und linste Mandelbaum an.

»Wir heißen dich willkommen, Margaret«, sagte diese, die listigen Augen unverwandt auf Maggie gerichtet. »Wir hatten nicht mehr damit gerechnet, dich kennenlernen zu dürfen. Wir glaubten, du seist nicht mehr in der Stadt, nachdem Johnny Dolan und seine Whyos so lange erfolglos nach dir gesucht haben. Leider kommst du zu spät. Nun haben wir keinerlei Verwendung mehr für dich. Weiß der Himmel, wie du unser Versteck gefunden hast. Für deine Unbesonnenheit wirst du bestraft werden. Dein Wagemut verdient es jedoch, dass wir dir deine letzte Bitte erfüllen, ehe wir deinen Freund, der sich ebenfalls in unserem Gewahrsam befindet, den törichten Winzling an deiner Seite und dich den Fischen zum Fraß vorwerfen. Wir haben Zeit. Mephisto und ich erwarten Besuch. Er verspätet sich oder er ist klüger, als ich denke, und geht uns nicht länger auf die Nerven. Wir werden sehen und können uns getrost die Zeit mit einer Geschichte aus der Vergangenheit vertreiben.« Jetzt sah sie zu dem Bowery Boy auf. »Mephisto, erzähl dem Mädchen, was es wissen will. Fang damit an, wie ihr euch kennengelernt habt.«

»*Nichts da!*«, rief plötzlich Goblin aus.

Maggie drehte überrascht den Kopf zu ihrem Fagin, der Mandelbaum zornig anstierte.

»Ich werde Margaret die Geschichte erzählen!«, sagte er mit fester Stimme. »Auch mir steht ein letzter Wunsch zu und Ihr werdet ihn akzeptieren, wenn auch nur ein Funken Anstand in Eurem verdorbenen Herzen überlebt hat. Ich muss eine Schuld einlösen. Margaret soll aus meinem Mund erfahren, wie ihre Eltern getäuscht und verraten wurden.«

Marm Mandelbaum fixierte Goblin mit abfälliger Miene, in die sich allmählich ein boshaftes Lächeln schlich. »Wer hätte das gedacht«, sagte sie amüsiert »Auf seine alten Tage bringt unser tragischer Clown einen Mut auf, den er zeitlebens vermissen ließ. Dein Wunsch soll erfüllt werden, Zwerg. Erzähl du dem Mädchen, wie sich alles zugetragen hat!«

Goblin sah Maggie zum allerersten Mal direkt in die Augen. Und so hörte Maggie die Geschichte ihrer Eltern. Von Faszination, Wehmut und Kummer durchdrungen lauschte sie einer gemarterten Seele.

»Vor mehr als zwanzig Jahren kreuzten sich erstmals unsere Wege«, begann Goblin und seine blutunterlaufenen Augen hafteten weiter auf Maggies Gesicht, als würde er aus ihrem Anblick Kraft schöpfen. »Mephisto Mose, Albert Hicks und ich sind uns beim Wanderzirkus Barnum begegnet, der in den 40ern und 50ern quer durch das Land reiste und meist in der Provinz, abseits der großen Städte, seine Zelte aufschlug. Wir drei waren Kameraden, aus denen trotz ihrer Gegensätze eine verschworene Gemeinschaft wurde. Albert und ich mochten den treuherzigen und sanftmütigen Burschen, mit dem wir unseren Zirkuswagen teilten. Keiner von uns beiden ahnte, welchen Unmenschen die späteren Umstände aus Mose machen sollten.« Der Zwerg warf einen kurzen und beinahe mitleidigen Blick zu dem Riesen, ehe er wieder Maggies Antlitz suchte und weitersprach. »Ich war in unserer Zirkusschau der Pausenclown. Allabendlich verwandelte ich mich in *Arrabbiato Piccoletto – Der böse Winzling*, der sich zwischen den Auftritten in einer Schuluniform unters Publikum mischte, feine Herrschaften befingerte, auf Damenschöße sprang und den Besuchern Brieftaschen, Uhren und Schmuck entwendete, die ihm von unserem Zirkusdirektor Phineas T. Barnum gleich wieder abgenommen und ihren Besitzern zurückgegeben wurden. Die Leute liebten den drolligen Langfinger, den ich abgab, und sie schütteten sich vor Lachen aus, wenn Barnum mir auf der Bühne den Hintern versohlte. Mose war bei Barnum als Kraftmensch angestellt. Er trat in der Manege als …«

»Ich war *der Goliath*«, übertönte ihn plötzlich die Donnerstimme des Riesen, der sich wie ein Pfau aufplusterte und stolz seine gewaltigen Bizepse zeigte. »Barnum hat mich immer als stärksten Mann der Welt angepriesen. Ich habe in unserer Show Anker hochgestemmt, Ketten auseinandergerissen und abgefeuerte Kanonenkugeln aufgefangen. Meine Spezialität war …«

»Mephisto, lassen wir den Zwerg erzählen«, ermahnte Mandelbaum ihren Partner, der auf der Stelle verstummte und Goblin aufmunternd zunickte.

»Albert war unser Zauberer«, fuhr dieser fort. »Er war damals noch ein junger Mann, aber wer ihn auf der Bühne gesehen hat, wusste, dass er einen der talentiertesten Illusionisten vor sich hatte, die die Welt je gesehen hat. Albert war seiner Zeit weit voraus. Er war einer der ersten Zauberkünstler, die Entfesselungstricks und Hypnose in ihre Bühnenschau integrierten und sich dem Publikum in einer vollendeten Verkleidung präsentierten.«

»Der Fabelhafte Chung Ling«, murmelte Maggie vor sich hin und Goblin lächelte sie unglücklich an.

»Richtig, Margaret. Für seine Show hat Albert unterschiedliche Rollen ausprobiert. Am Ende hat er sich auf die Figur des chinesischen Magiers festgelegt, weil die beim Volk am besten ankam. So wurde Der Fabelhafte Chung Ling geboren, eine Rolle, die Albert so perfekt beherrschte, dass niemand, der es nicht wusste, auf die Idee kam, keinen echten Chinesen vor sich zu haben. In jener Zeit verliebte sich Albert in eine junge Frau. Sie hieß Maarah und war die Tochter der Halbindianerin Martyia, die als Wahrsagerin bei Barnum in Lohn und Brot stand. Maarah wurde den Zuschauern als Tochter eines echten Indianerhäuptlings angepriesen und kam in unserer Wildwest-Show als Amazone zum Einsatz.«

»Das Mädel ritt wie der Teufel«, lachte der Riese auf. »Hab mein Lebtag keinen Kerl gesehen, der besser und tollkühner im Sattel saß. Und wenn sie mit dem Lasso unsere wilden Bullen in der Manege einfing, sind die hartgesottensten Cowboys vor Neid erblasst. War ein hübsches Ding. Hat den Männern ganz schön den Kopf verdreht. Nur hat sie jeden, der's bei ihr versucht hat, abblitzen lassen. War zu allen Artisten, Akrobaten und Dompteuren, die sie angeschmachtet haben, kalt wie ein Fisch und wenn man ihr zu nah kam, konnte sie richtig stachlig werden. Erst Albert hat den Wildfang gezähmt. Weißt du noch, Goblin?«

Der Zwerg erwiderte nichts auf die Frage, sondern blickte wutentbrannt zu dem erheiterten Riesen und Mandelbaum, die ihn mit schadenfroher Miene taxierte.

»Was Mose uns sagen möchte, Margaret«, erklärte Goblin, als er sich wieder Maggie zugewendet hatte, »ist, dass Maarah etwas ganz Besonderes war. Albert war einer von vielen, die sie begehrten. Aber bei ihm war es etwas anderes als bei seinen Nebenbuhlern. Man brauchte die beiden nur miteinander zu sehen und wusste auf der Stelle, sie waren wie füreinander geschaffen. Trotzdem hat Maarah Albert eine ganze Weile hingehalten. Sie wollte ihn wohl auf die Probe stellen und erst einmal sehen, ob er es ernst mit ihr meinte. Monate lang fand Maarah an jedem Morgen vor ihrem Wagen eine rote Rose. Weiß der Teufel, wo Albert die immer aufgetrieben hat. Es dauerte ein ganzes Jahr, bis Maarah sein Werben erhörte und die beiden ein Paar wurden.«

Goblin sog laut die Luft ein und blickte mit glasigem Blick durch sie hindurch. Maggie betrachtete ihn eingehend. Ihr blieb nicht verborgen, wie viel Anstrengung ihn seine Beichte kostete. Sein Gesicht war aschgrau und seine Mundwinkel zitterten.

»Eines Morgens lag Martyia tot in ihrem Wagen«, fuhr Goblin fort. »Albert hat Maarah an ihre Geburtsstätte an der Westküste begleitet. Sie wollten ihrer Mutter den letzten Wunsch erfüllen, in der Heimaterde begraben zu werden. Nachdem sie Martyia zu Grabe getragen hatten, heirateten die beiden in Maarahs Heimatdorf. Erst nach Monaten reiste das frisch getraute Paar zum Zirkus zurück. Maarah muss da schon schwanger gewesen sein. Die zwei sind hierher nach New York gekommen, wohin sie ein Telegramm von Barnum beordert hatte. Albert und Maarah hatten noch keine Ahnung, dass unser Zirkus Wochen zuvor in dieser Stadt sein letztes Gastspiel gegeben hatte. Barnum hatte nämlich beschlossen, seinen Wanderzirkus aufzugeben. Er wollte sich einen lang gehegten Traum erfüllen und in der Metropole sein *American Museum* eröffnen. Deshalb hat er die Angestellten, für die er keine Verwendung mehr hatte, von heute auf morgen auf die Straße gesetzt.« Goblin machte eine Pause. »Damals haben sich unsere Wege getrennt«, schob er noch murmelnd hinterher, dann verebbte seine Stimme.

Maggie wartete darauf, dass er fortfuhr, aber ihr Fagin

wirkte mit einem Mal völlig abwesend. Deshalb ließ Maggie ihre Augen nun zwischen Mandelbaum und dem Riesen hin- und herspringen. Der Koloss blickte gespannt zu Marm Mandelbaum. Die betrachtete den Zwerg mit einem Ausdruck von Genugtuung.

Maggie kam plötzlich der Verdacht, dass sie der eigentliche Kopf der Verbrecherbande war. Sie war die Strippenzieherin des perfiden Spiels, in das Maggie hineingeraten war.

Maggie nahm Mandelbaum ins Visier. »Sie verkommenes Weibsstück! Sie haben diesen Muskelprotz aufgegriffen und ihn für Ihre Zwecke benutzt.«

»He, wie sprichst du denn …«, hob der Riese empört an, aber Mandelbaum gebot ihm mit einer erhobenen Hand Einhalt.

»Lass sie weiterreden, Mephisto«, sagte die Frau mit ruhiger Stimme und sah Maggie mit erhobenen Augenbrauen an.

»Als Sie diesen Herkules gesehen haben, ist Ihnen die Idee gekommen, den Bowery Boy wiederauferstehen zu lassen!«

»An dir ist ein Detektiv verloren gegangen, Kleines.« Mandelbaum grinste gehässig. »Zu schade aber auch, dass dich ein baldiges Ende erwartet. – Mephisto, berichte dem Mädchen, wie wir uns seinerzeit begegnet sind.«

Der Hüne wackelte gehorsam mit dem Kopf. »Nachdem uns der Direktor rausgeschmissen hat, hab ich mich allein aus dem Staub gemacht. So ein Zwerg ist ja auf die Dauer nur ein Klotz am Bein. Ich dachte mir, ein kräftiges Mannsbild wie ich kann's in dieser Stadt auf eigene Faust zu was bringen. Im *French Madame's* an der 31st Street hab ich erst mal als Rausschmeißer angeheuert. Da hat mich eines schönen Tages Marm angequatscht.« Die Brust des Riesen schwoll vor Stolz an, während er sein Handgelenk hochhielt, um Maggie den daraufttätowierten Stern zu zeigen. »So sind wir ein Team geworden.«

»Und Sie haben dann gleich noch ein paar andere gewissenlose Mörder um sich versammelt. So entstand ihr kleiner Zirkel eingeweihter Handlanger, die an diesem Stern zu erkennen sind, den sie sich als Zeichen ihres Treueschwurs tätowieren lassen. Nicht wahr?« Maggie blinzelte zu Mandelbaums Ring. »Nur jene wissen, dass der König der Unterwelt, der allwissende Herr und Meister, Ihre Schöpfung ist. Eine Legende, die Sie ins Leben gerufen haben.«

»So in etwa trug es sich zu«, antwortete Marm Mandelbaum. »Der ehemalige Boss der Bowery Boys war in den zehn Jahren seit seinem angeblichen Verschwinden eine Legende geworden, über die die abstrusesten und furchterregendsten Geschichten kursierten. Als ich diesen Bären von einem Mann das erste Mal sah, kam mir eine geniale Idee. Mephisto ließ sich das Haar wachsen und hörte auf, sich zu rasieren. Derweil kaufte ich klammheimlich dieses Schiff und setzte das Gerücht in Umlauf, der Bowery Boy sei aus der Versenkung aufgetaucht und fordere von allen Verbrechern eine Beteiligung.«

»Ihre treuen Vasallen hatten die Aufgabe, jeden aufmüpfigen Ganoven einzufangen und mit verbundenen Augen zum

Schiff zu bringen. Und der«, Maggie deutete in Richtung des Riesen, »hat ihnen mit seiner hässlichen Visage einen gehörigen Schrecken eingejagt, damit die Geschichten vom fürchterlichen Bowery Boy in Verbrecherkreisen auch schön die Runde machten.«

»Es war ganz einfach«, sagte Mandelbaum und lächelte süffisant. »Wenn du mich fragst, hat es nie einen Bowery Boy gegeben. Die gleichnamige Bande hat ihren angeblichen Anführer sicher ebenfalls erfunden, um ihre Gegner einzuschüchtern. Aber das spielte überhaupt keine Rolle. Die damaligen Mitglieder waren längst von der Bildfläche verschwunden. Und sämtliche Unholde in der Stadt lehrte schon allein das Gerücht vom neuerlichen Erscheinen des Bowery Boy das Fürchten. Wenn die wenigen Zweifler schlotternd und wimmernd vor Mephisto standen, brauchte der nur böse dreinzuschauen und sein Hackebeil zu schwingen und schon war die Sache geritzt. Meine Wenigkeit musste bloß noch die Hand aufhalten. Seither verdienen wir an jeder kriminellen Unternehmung auf der Insel kräftig mit.«

Maggie zappelte unter ihren Fesseln. Sie glaubte vor Wut zu platzen. »Das habe ich jetzt kapiert. Aber wie ging es weiter?«

»Goblin und der Riese wurden vom Zirkus vor die Tür gesetzt«, sagte Mandelbaum. »Albert war zu diesem Zeitpunkt mit seiner Maarah irgendwo im Land unterwegs. Der Kraftmensch hat sich von Goblin getrennt und fortan für mich gearbeitet. Goblin blieb nichts anderes übrig, als sich als Bettler und Dieb durchzuschlagen. Im Keller des Gates of Hell hat er eine neue Bleibe gefunden. Und weil er allmählich in die Jahre gekommen war, hat er eine Handvoll Straßenkinder aufgelesen und sie als Diebe für sich arbeiten lassen.« Mandelbaum lächelte boshaft.

Maggie betrachtete ihren Fagin, der wie ein Häuflein Elend neben ihr saß und abwesend vor sich hin starrte.

»Aber Albert und Maarah, was wurde aus ihnen?«, fragte sie nun und konnte nicht verhindern, dass ihre Stimme flehentlich klang. Ihr Herz drohte vor Aufregung zu zerspringen. Sie musste endlich wissen, was ihren Eltern widerfahren war.

Die Matrone begann, in aller Seelenruhe an dem Ring um ihren Finger zu spielen. Offensichtlich bereitete es ihr das allergrößte Vergnügen, ihre Gefangene auf die Folter zu spannen.

»Das Folgende hat mir Maarah damals erzählt, im Gegenzug für das Versprechen, dass wir ihre Tochter am Leben lassen«, sagte Mandelbaum, nachdem sie sich an Maggies Ungeduld ausreichend geweidet hatte. »Als Albert Hicks mit ihr in New York eintraf und feststellen musste, dass es den Zirkus nicht mehr gab, überwarf er sich mit Phineas T. Barnum. Er konnte dem Direktor nicht verzeihen, dass er die Zirkustruppe einfach so ihrem Schicksal überlassen hatte. Von heute auf morgen stand Hicks auf der Straße. – Was glaubst du, Margaret, auf welche glorreiche Idee er kam?«

»Er nutzte seine Fähigkeiten, um sich als Dieb und Betrüger durchzuschlagen«, sagte Maggie, die allmählich zu verstehen begann, wie alles zusammenpasste.

»Richtig«, entgegnete Mandelbaum. »Hicks benötigte dringend Geld, um das Überleben seiner kleinen Familie zu sichern. Rasch erkannte er, dass New York unerwartete Chancen für ihn bereithielt. Denn seine Tricks qualifizierten ihn auf beispiellose Weise für einen einträglichen Werdegang in der hiesigen Unterwelt. Er war ein Meister der Verkleidung und für seine Ausbildung zum Taschendieb hatte er mit dem Zwerg dort«, sie deutete mit dem Wurstfinger auf Goblin, »den denkbar besten Lehrer. Die Slums waren ein ideales Versteck und der reiche Norden der Insel war nicht weit entfernt. Mit kleinen Trickdiebstählen verschaffte er sich zunächst das notwendige Startkapital, um für seine Frau und sich noch vor der Niederkunft des Kindes eine Dachgeschosswohnung in der Cedar Street unweit der Trinity Church anzumieten. Darauf widmete er sich dem Knacken von Geldschränken. Als er sein Können perfektioniert hatte, hielt er die Zeit für reif, Chung Ling wieder auftreten zu lassen.« Mandelbaum lächelte kalt. »Dieser schlaue Fuchs hat die Unterwelt gehörig aufgemischt, ohne dass irgendjemand seine wahre Identität kannte. Als Chung Ling machte sich Hicks rasch einen Namen. Er bot seine Künste an, wenn kriminelle Unternehmungen reiche Beute versprachen. Schon bald arbeitete der vermeintliche Chinese für viele der hiesigen Banden und Einbrecher. Seine Beteiligung an diversen Bankeinbrüchen bescherte ihm einen wahren Geldsegen.

1860 hatte Hicks so viele Banknoten in dem Versteck in seiner Wohnung angehäuft, dass er nach Europa auswandern und dort wieder seiner Berufung als Magier nachgehen wollte.«

Jetzt drehte sich Mother Mandelbaum zu dem Riesen um und legte ihm eine Hand auf die Schulter. »Es gab allerdings noch einen weiteren, um vieles gewichtigeren Grund, warum er sich davonstehlen wollte. Nicht wahr, mein Großer?«, sagte sie und klang dabei höchst amüsiert.

»Der Bowery Boy war hinter ihm her?«, sagte Maggie. »Warum?«

»Weil Hicks ein Sturkopf war. Deshalb!« Mandelbaums Stimme zitterte plötzlich vor Wut. »Natürlich hatte auch er die Halunken und Ganoven vom Bowery Boy munkeln hören. Hicks wusste sehr genau, dass der Unterweltkönig wieder aufgetaucht war und von allen verbrecherischen Machenschaften einen Anteil einforderte. Aber unser Meisterdieb dachte gar nicht daran, seiner Schuldigkeit nachzukommen. Hicks war überzeugt, dass seine Verkleidung ihm ausreichend Schutz bot. Denn nach jedem Husarenstück verwandelte er sich umgehend wieder in einen unauffälligen Bürger und Chung Ling verschwand von der Bildfläche. Doch inzwischen war Chung Ling in kriminellen Kreisen längst kein Unbekannter mehr. Auch wir hatten von ihm gehört und beschlossen, ihn für seine Unfolgsamkeit bluten zu lassen.«

Maggie hatte plötzlich das Gefühl, als läge ein schwerer

Stein auf ihrer Brust. »Wieso haben Sie ihn nicht laufen lassen?« Sie sah zu dem Riesen. »Mephisto hatte Ihnen doch sicher von Albert erzählt und deshalb müssen Sie gewusst haben, dass sich sein ehemaliger Freund aus Zirkustagen hinter Chung Lings Maske versteckt hat!«

Der Riese zog ein bekümmertes Gesicht und betrachtete die Axt in seiner Hand. »Ach, Kind, wir mussten ihn doch bestrafen.«

Die Frau bedachte ihn mit einem tröstenden Lächeln. »Richtig, Mephisto. Uns blieb keine andere Wahl.« Und zu Maggie gewandt, erklärte sie: »Mit ihm konnten wir allerdings nicht wie mit allen anderen verfahren und ihn hierherführen. Hicks hätte unser Verwirrspiel sofort durchschaut, weil er Mephisto wiedererkannt hätte. Und so kam uns die Idee, an ihm ein Exempel zu statuieren, das allen Verbrechern der New Yorker Unterwelt im Gedächtnis bleiben sollte. Wir bestachen die Mannschaft der Slup E. A. Johnson, verwandelten das Schiff in den Schauplatz eines blutigen Verbrechens und schickten gedungene Zeugen zur Metropolitan Police, die dort das Märchen von Hicks und dem Sack voll Geld erzählten. Die Polizisten, die ihn aufgriffen, arbeiteten in unserem Auftrag. Sie jubelten ihm die Beweisstücke unter, die ihn eines Mordes überführten, der nie begangen worden war.« Mandelbaum kicherte böse. »Und wir gingen in der Zwischenzeit in seine Wohnung, wo wir neben seinem Ersparten und seiner Frau auch sein Kind vorfanden. Obwohl die Kleine kaum drei Jahre alt war, zeigte sich schon damals, wie gerissen sie war. Sie hatte sich doch tatsächlich vor uns unter ihrem Bettchen versteckt.«

Mandelbaum zwinkerte ihr zu und Maggie erschauerte. Sie drehte den Kopf weg zu Goblin, der noch immer wie eine leblose Puppe neben ihr saß. Der Fagin schien ihren Blick auf sich zu spüren, denn er hob jetzt den Kopf und sah sie an. Maggie ahnte, dass die Geschichte nun an den Punkt gekommen war, an dem es um seine Schuld ging.

»Goblin, wie hat diese Mörderbande Albert aufgespürt?«, fragte sie. »Ich möchte das von Ihnen hören und nicht von denen!«

»Albert war vorsichtig«, sagte Goblin, ohne die Augen von ihr abzuwenden. »Er hatte sich wohlweislich unter einem falschen Namen in der Cedar Street eingemietet. Das Haus betrat und verließ er immer in einer seiner vielen Verkleidungen. Niemand hätte je die Spuren Chung Lings zurückverfolgen können. Aber Albert war nicht vorsichtig genug. Es gab einen Menschen in Manhattan, der wusste, wo Albert Hicks wohnte.«

»Sie wussten es! Sein bester Freund«, sagte Maggie leise.

Goblins Kopf lief rot an und die Adern an seinen Schläfen traten beängstigend hervor. »Ich habe ihn verraten! Ich war es, der ihn an den Galgen gebracht hat! Ich habe sein Glück und das Leben Maarahs zerstört! – Und auch das Schicksal der kleinen Margaret Selina besiegelt!«

Maggies Herz verkrampfte sich. »Margaret Selina Hicks«, wisperte sie. »Das ist mein Name?«

»Ja, so heißt du«, sagte Goblin.

Er wartete, bis seine Worte verklungen waren. Dann berichtete er ihr, was sich vor zehn Jahren zugetragen hatte.

»Mehr als ein Jahr nach meinem Rauswurf beim Zirkus klopfte es eines Tages an meiner Tür. Als ich aufgemacht habe, stand vor mir ein Vagabund und grinste mich frech an. Es hat eine Weile gedauert, bis ich ihn unter der Maskerade erkannt habe. Albert hatte nach mir gesucht und mich gefunden. Wir schlossen uns in die Arme. Er erzählte mir, wie es ihm ergangen war und welchen Weg er zwischenzeitlich eingeschlagen hatte. Von da an kam er mich alle paar Wochen über die verborgenen Wege unter der Erde besuchen.«

»Es gibt also einen zweiten Zugang in euer Nest!«, rief Mandelbaum empört aus. Dann fügte sie wieder milder gestimmt hinzu: »Eines muss man diesem scheinheiligen Zwerg lassen. Er hat mir nie etwas verraten, wenn ich meine Abgaben bei ihm eingetrieben habe, obgleich ich ihm oft auf den Zahn gefühlt habe. Goblin gab sich ahnungslos und hat mich glauben lassen, er habe zu Albert seit der Auflösung des Zirkus Barnum keinen Kontakt mehr.«

Goblin beachtete die Frau gar nicht. Wie gehetzt redete er weiter. »Eines Abends im März 1860 kam Albert wieder mal bei mir vorbeigeschneit. Doch diesmal war er nicht allein. Er brachte Maarah und sein Töchterchen in meine Höhle mit. Albert erzählte mir, dass er wegfahren wolle, und überreichte mir ein Ticket für die Überfahrt in die Alte Welt. Er wollte mich mitnehmen. Ich hätte mich eigentlich freuen müssen, hielt ich doch die Eintrittskarte für eine hoffnungsvolle Zukunft in Händen. In wenigen Tagen würde ich an Alberts Seite in irgendeinem Zirkus in Europa wieder unter meinesgleichen leben und arbeiten. Doch nachdem die kleine Familie gegangen war, spürte ich nichts als Neid und Zorn über mein Los. Schuld daran war meine neuerliche und unerwartete Begegnung mit Maarah. Sie hatte mir vor Augen geführt, wie einsam ich war und wie einsam ich bleiben würde. Ich, die Missgeburt, der Zwerg, über den die Leute lachten. Albert hatte alles, was mir fehlte. Talent, Glück, Geschick, eine eigene Familie und Maarah, das Sinnbild meiner Träume.«

Maggie riss schockiert die Augen auf, weil sie endlich verstand, warum ihr Anblick für den Zwerg eine unerträgliche Pein war.

»Sie haben Maarah geliebt!«, stieß sie atemlos hervor.

Goblin senkte die Augen. »Ja, das habe ich«, sagte er mit gebrochener Stimme. »Als Albert und Maarah ein Paar wurden, hat mich die Eifersucht fast zerrissen. Ausgerechnet mein bester Freund hatte das Herz der Frau erobert, die das Schönste auf Erden war, dem ich je begegnet bin. Das Glück der beiden zu sehen, brachte mich schier um den Verstand. Nachdem Barnum seinen Zirkus aufgegeben hatte, hoffte ich inständig, Albert nie wieder zu sehen, obgleich ich seine Gesellschaft jeden Tag vermisste.«

Maggie blinzelte die Tränen weg, die ihr in die Augen traten. »Sagen Sie mir, was Sie getan haben!«

Goblin sah Maggie lange an. Dann nickte er. »Als sie mich

an jenem Abend verließen, war da nichts in mir außer Selbstmitleid und Hass auf die ungerechte Welt, in die ich hineingeboren worden war. Ich beschloss, meinen Schmerz über die heimliche und aussichtslose Liebe eines Zwergs zu einer unerreichbaren Frau zu ersäufen. In dieser finsteren Nacht habe ich es getan.«

»Was?«, flüsterte Maggie und beugte sich zu Goblin vor, damit sie ihm direkt ins Gesicht sehen konnte. »*Was?*«

»Ich habe Alberts Versteck preisgegeben und sein Vertrauen aufs Schändlichste missbraucht. Ich schrieb alles nieder, was ich wusste. Dann ging ich mit dem anonymen Brief hinaus in die finstere Nacht. Ich lief schnurstracks zum Satan's Circus und schob den Umschlag unter die Tür von Mandelbaums Haus.«

»Warum, Goblin? Warum? Wie konnten Sie das tun?«, fragte Maggie.

»Ich wünschte, ich könnte dir sagen, ich sei so betrunken gewesen, dass ich nicht mehr wusste, was ich tat. Aber tief in meinem Herzen weiß ich, das wäre eine Lüge. Meine Sehnsüchte, mein Schmerz und meine Eifersucht hatten meine Seele verdunkelt. Ich hätte die Welt in Schutt und Asche legen können und meine Seele an den Teufel verkauft, um ein einziges Mal nur Maarahs Haar berühren zu dürfen. Deshalb habe ich Albert in dieser gottverlassenen Nacht verraten. Ich wollte sein Glück zerstören.«

»Und … und dann?«, drängte Maggie ihn stammelnd zum Weiterreden.

»Als ich spät am Nachmittag verkatert aufgewacht bin, war da zuerst nur ein unbehagliches Gefühl in mir. Am Abend wusste ich wieder, was ich angestellt hatte. Aber anstatt umgehend zu Alberts Wohnung zu eilen, ließ ich wertvolle Zeit verstreichen und vergab meine letzte Chance, meinen Verrat wiedergutzumachen. Ich war so entsetzt über meine schreckliche Tat. Ich schämte mich bis auf die Knochen. Und ich war feige. Ich hatte solche Angst nachzusehen, was ich in seiner Wohnung vorfinden würde. Erst in der Nacht bin ich in die Cedar Street. Doch es war schon zu spät. Ich traf niemanden an. Mehr noch: Die Wohnungstür stand offen und in Alberts Heim herrschte die größte Unordnung. Die Möbel waren umgestürzt und die Schränke und Schubladen durchwühlt.«

Ein lautes Patschen vertrieb die eingetretene Stille. Es stammte von Mandelbaum, die mit den Händen Applaus spendete. »Was für eine rührende Geschichte«, sagte sie mit falschem Mitleid in der Stimme. »Komm endlich zum Ende, du tragischer Clown. Die Fische warten auf euch!«

Mandelbaum deutete mit dem Zeigefinger wie beiläufig zum Fenster und Maggie bemerkte voller Bestürzung, dass die Silhouetten der Hafengebäude verschwunden waren. So weit das Auge reichte, war nichts als Wasser zu sehen, auf dem das bleiche Licht des Monds glitzerte. Das Schiff war ausgelaufen und sie hatte es nicht einmal gemerkt. Die vergangene Stunde hatte sie in der Vergangenheit ihrer Eltern verbracht und alles um sich herum vergessen.

Voller Sorge dachte sie an Tom und Silence. War ihnen die Flucht gelungen oder befanden sie sich noch an Bord dieses verfluchten Schiffes?

Goblins Stimme zog wieder ihre Aufmerksamkeit auf sich. »Wenige Tage später hörte ich von der absurden Geschichte, die sich angeblich auf der Slup E. A. Johnson abgespielt haben soll, und davon, welches Verbrechen man Albert zur Last legte. Nachdem man ihn geschnappt hatte, bemühte ich mich vergeblich, zu ihm gelassen zu werden. Und ebenso vergeblich und unermüdlich habe ich nach Maarah und dem Kind gesucht. Am 13. Juli, dem Tag von Alberts Hinrichtung, war ich auf Bedloe's Island. Es war meine vermaledeite Pflicht mit anzusehen, was ich angerichtet hatte. Als Albert tot am Galgen baumelte, ist auch etwas in mir mit ihm gestorben.«

Goblins Stimme brach ab und nun weinte er leise vor sich hin.

Maggie sah stumm zu, wie der Zwerg von seinem Leid durchgeschüttelt wurde. Sie verspürte keinen Zorn, sondern nur Anteilnahme und unendliche Traurigkeit.

»Jahre dachte ich, auch Maarah und Margaret seien tot«, zwang sich Goblin weiterzureden. »Bis eines Tages ein Mädchen vor dem Gates of Hell erschienen ist, das Maarah auf unglaubliche Weise ähnelte. Das Mädchen warst du, Margaret. Lange habe ich mir eingeredet, das Schicksal drehe mir eine Nase und ich sähe Gespenster. Aber schließlich konnte ich es nicht länger verleugnen. – Tief in meinem Herzen wusste ich, wer du bist.«

Das darauffolgende Schweigen schien eine Ewigkeit anzudauern. Es war alles gesagt. Beinahe alles.

»Julius! Heinrich!«, rief Mandelbaum mit gebieterischer Stimme und blickte zur Tür.

Maggie wunderte sich, warum sie nicht geöffnet wurde. Mandelbaum musste es ähnlich ergehen, denn eine tiefe Zornesfalte erschien auf ihrer Stirn.

»*Julius! Heinrich!*«, schrie sie nun förmlich die Tür an.

Als noch immer keiner der beiden eintrat, eilte sie mit stampfenden Schritten zum Eingang, riss die Tür auf und stierte in den dunklen Gang.

Kopfschüttelnd wandte sie sich zu dem Riesen um. »Wo stecken diese verzogenen Bengel schon wieder? Ich hatte ihnen ausdrücklich untersagt, ihren Wachposten ohne meine Zustimmung zu verlassen. Elende Nichtsnutze!«

Der Riese stemmte sich aus seinem Stuhl und streckte die Glieder. »Marm, was soll's?«, brummte er. »Wir sind auf offener See. Der Chinese taucht eh nicht mehr auf. Wir sind ihn ein für alle Mal los.«

Mandelbaum presste wütend die Fäuste in die Hüften und betrachtete die beiden Gefangenen auf dem Kanapee. »Bring du sie nach oben!«, befahl sie.

Der Riese blickte unglücklich zwischen Maggie und Goblin hin und her. »Marm, müssen wir die beiden wirklich ins Wasser schmeißen? Goblin hat uns damals mit seinem Brief den entscheidenden Tipp gegeben. Und das Mädel kann doch nix für seinen Vater. Wir könnten den Zwerg und die Kleine einfach …«

»Mephisto!«, keifte Mandelbaum und deutete mit dem Zeigefinger auf die Gefesselten. »Der zu kurz geratene Clown ist nur hier, weil er dich töten wollte. Und die vorlaute Göre ist die Brut eines Umstürzlers. Vergiss das nicht!«

»Ja, Marm«, murrte der Riese und sah seine Gefangenen mit entschuldigender Miene an. Er legte sein Beil auf den Stuhl und stapfte auf die beiden zu.

»Eines noch!«, stieß Maggie rasch hervor, ehe sie von einer der tellergroßen Hände hochgehoben wurde.

»Was denn noch?«, schimpfte die Frau. Sie wirkte plötzlich nervös, denn sie starrte argwöhnisch auf den Ausgang, als befürchte sie, dort etwas Unangenehmes zu entdecken.

Maggie blickte zu dem Riesen auf. »Bevor ich sterben muss, verraten Sie mir bitte, was mit meiner Mutter geschehen ist.«

Auf einmal bereitete es dem Hünen größte Schwierigkeiten, sie weiter anzusehen. »Kindchen«, murmelte er. »Das brauchst du doch nicht zu wissen.«

Maggie hätte am liebsten losgeheult, denn seine schuldbewusste Reaktion war ihr Beweis genug, dass auch das Leben ihrer Mutter ein schlimmes Ende genommen hatte. »Bitte, sagen Sie es mir«, flehte sie.

Der Riese verkrampfte die Arme vor der Brust und klemmte seine Pranken unter die Achseln. Fragend schaute er zu Mandelbaum, die Maggie verärgert fixierte.

»Du möchtest wirklich wissen, was mit deiner Mutter passiert ist?«, fragte Mandelbaum aufgebracht. »Ich werde es dir verraten.« Sie ging auf Maggie zu und beugte sich so dicht zu ihr vor, dass sich ihre Nasen beinahe berührten. »Vielleicht hätten wir sie außer Landes gebracht und ihr weit weg von hier ein freies Leben zugebilligt, wenn sie sich einsichtig gezeigt hätte. Aber deine Mutter war ein störrisches und uneinsichtiges Weib. Sie hat uns bei ihrem Leben geschworen, keine Ruhe zu geben, bis sie den Tod ihres Mannes gesühnt hat. So war das!«

Maggie zitterte vor Wut und Verzweiflung. »Was haben Sie mit ihr gemacht, Sie mieses Schwein?«

Jeder Ausdruck erlosch in Mandelbaums Zügen. Nur ihre Augen glänzten wie zwei schwarze Kristalle. »Wir haben Sie nicht umgebracht, wenn du das denkst. Wir haben ihr unnützes Leben verschont. Allerdings fand dieses auf Blackwell's Island, der Insel der Unerwünschten, seine Fortsetzung. Dort, mitten im East River, gibt es eine schaurige Anstalt, die als Hölle auf Erden verschrien ist. Ein Irrenhaus voller Wahnsinniger und Verstoßener, die da vor sich hin vegetieren und über kurz oder lang verrecken. Für niemanden gibt es aus diesem Ort der Verdammnis ein Entrinnen. Auch nicht für die Witwe Albert Hicks'. Dafür haben wir gesorgt.« Mandelbaum bleckte triumphierend die Zähne. »Du hast es also deiner eigenen Mutter zu verdanken, dass wir dich in ein Waisenhaus schaffen mussten.«

»Warum haben Sie Ihre Leute nach Bath geschickt und mich entführen lassen?« Maggie brachte die Worte kaum heraus, so sehr bebte sie vor Zorn.

Mandelbaum zögerte mit der Antwort. Für einen flüchtigen Moment bröckelte ihre selbstgefällige Fassade und sie wirkte zerknirscht. »Wir wussten uns nicht anders zu helfen«, sagte sie schulterzuckend. »Wir kamen Chung Ling einfach nicht bei und er rückte uns immer dichter auf die Pelle. Also griffen wir nach einem Strohhalm. Wir hofften, ihm Einhalt gebieten zu können, wenn wir Hicks' Tochter in die Finger bekamen und drohten, ihr wehzutun, sollte er fortfahren, unsere Kreise zu stören. Du solltest unser Faustpfand sein und uns diesen Störenfried vom Hals halten, der mit seinen Mätzchen unseren Geschäften in die Quere kam.«

»Wer ist er? Wer ist der Mann, der sich heute als Chung Ling verkleidet?«, stellte Maggie die letzte aller Fragen.

»Genug jetzt!«, sagte die Hehlerin mit harscher Stimme. »Ich will diesen Namen nicht mehr hören! Kleines, es ist an der Zeit, Abschied von dieser Welt zu nehmen.«

Maggie war alles gleich. Ob sie hier starb durch die Hand dieser entsetzlichen Frau oder draußen in den Fluten, spielte für sie keine Rolle mehr.

Sie fixierte ihre Todfeindin voller Abscheu. »Sie werden dafür in der Hölle schmoren«, sagte sie und spuckte ihr mitten ins Gesicht.

Mandelbaum schrie vor Empörung auf und stürzte vor. Ihre Hände packten Maggies Hals.

Maggie spürte einen unerbittlichen Druck auf ihrer Kehle und rang vergeblich nach Luft. Da sah sie über Mandelbaums Schulter das erschrockene Gesicht des Riesen auftauchen.

»He, Marm, nicht!«, protestierte er und drängte Mandelbaum mit seinem dicken Bauch von Maggie weg. »Das ist doch ein wehrloses Kind, Herrgott noch mal!«

Die Hände glitten von ihr ab und in diesem Moment hörte Maggie Goblins Krächzstimme: »Weg von ihr, Mother, oder ich mache Hackfleisch aus euch!«

Mandelbaum und Mose erstarrten mitten in der Bewegung und blickten baff zu dem Platz neben Maggie. Er war leer! Dort lag nur ein Seil.

Die Frau und der Riese drehten sich um und gaben so Maggies Sicht auf den Thron frei. Vor diesem stand Goblin, mit beiden Fäusten das schwere Beil des Bowery Boy umklammernd.

»Goblin, was soll das?«, raunte der Riese.

»Mose, du Idiot!«, knurrte Mandelbaum, die Augen auf die Waffe in Goblins Händen gerichtet.

Der Zwerg hingegen lachte wie verrückt geworden und rollte mit den Augen. »Albert hat mir seinerzeit den einen oder anderen Entfesselungstrick beigebracht. Hatte ich das nie erwähnt?«, stieß er gackernd hervor.

Darauf wurde er wieder ernst. Seine Miene nahm einen feierlichen Ausdruck an. Er richtete seinen verkrümmten

Körper auf und machte anschließend einen demütigen Kratzfuß.

»Hochverehrtes Publikum, meine Damen und Herren, es ist so weit«, sagte er mit dramatischer Stimme. »Vorhang auf im Zirkus des Grauens! Manege frei für den Fabelhaften Chung Ling!«

Mit einer ausholenden Armbewegung deutete er zur Tür und Mandelbaum, der Riese und Maggie wandten abrupt die Köpfe.

Auf der Schwelle stand jemand. Eine schlanke Gestalt. Sie war in einen langen schwarzen Mantel gehüllt und auf ihrem Kopf saß ein breitkrempiger Hut. Ihr Gesicht war eine dämonisch grinsende Teufelsfratze. Erst auf den zweiten Blick sah Maggie, dass dieses fürchterliche Antlitz eine Maske war. Sie kam ihr irgendwie bekannt vor. Dann wusste sie es plötzlich wieder: Dieselbe Maske hatte in der Kiste in der Lagerhalle am Hudson gelegen.

Der Fremde betrat nun den Raum und ging mit federnden Schritten auf den Riesen und Marm Mandelbaum zu, die ihrerseits vor dem schauerlichen Gast zurückwichen.

»W-w-wer s-sind Sie?«, stotterte Mandelbaum, die Augen furchtsam auf das lange Stilett in der Hand des Fremden gerichtet.

Der Riese fing zeitgleich an zu wimmern. Sein Gesicht war ein Spiegel nackter Angst. »Es ist ein Geist, Marm!«, jaulte er. »Albert ist von den Toten wiedergekehrt!«

»Halt den Mund«, befahl Mandelbaum und suchte hinter

ihrem Kumpanen Schutz. »Wir sind reich«, sagte sie zu dem Fremden. »Unermesslich reich. All unsere Schätze befinden sich auf diesem Schiff. Wir könnten Sie beteiligen.«

Aber der Fremde schüttelte langsam und bedächtig den Kopf. Er schlug die Seiten seines Mantels auf und gab die Sicht auf silbern glänzende Werkzeuge frei, die in den aufgenähten Schlaufen seiner Weste steckten.

Entgeistert starrten Mandelbaum und Mose auf die Klemmen, Zangen, Scheren, Skalpelle und kleinen Sägen, die im Licht der Lampen funkelten.

»Mose, auf ihn!«, kreischte Mandelbaum mit sich überschlagender Stimme.

Aber dem Riesen war alle Selbstbeherrschung abhandengekommen. Er schlug die Hände vors Gesicht und brabbelte etwas Unverständliches.

»Bitte verschonen Sie uns«, flehte nun auch Marm Mandelbaum. »Es soll alles Ihnen gehören. Nur lassen Sie uns am Leben. Bitte!«

Der unheimliche Eindringling schüttelte wieder den Kopf und gab Goblin ein Zeichen. Der Zwerg sprang unverzüglich zu Maggie. Hastig begann er, ihre Fesseln zu lösen. Danach packte er sie am Ärmel des Mantels und zog sie hoch.

Maggie stand auf, völlig perplex. Abwechselnd sah sie zu Chung Ling und dem Mörderpärchen und allmählich dämmerte ihr, wie es sich verhielt. Goblin und der Verbrecherjäger trieben ein gemeinsames Spiel. Der Zwerg war allein zu dem Zweck hergekommen, Mandelbaum und den Riesen abzulenken und seinem Komplizen Zeit zu verschaffen, unbemerkt auf das Schiff zu gelangen und die Zwillinge außer Gefecht zu setzen. Und sie verstand noch etwas: Mandelbaum und der Riese waren ebenso ahnungslos wie sie, wer sich hinter dem Phantom verbarg, das als Chung Ling für das Unrecht Rache nahm, das Albert Hicks widerfahren war.

Sie fixierte den Mann und erkannte an dem Glitzern hinter den Augenlöchern, dass er sie gleichfalls ansah.

»Wer sind Sie?«, fragte sie.

»Später!«, hörte sie eine gedämpfte Stimme.

Dann wurde sie von ihrem Fagin weggezerrt. Maggie wehrte sich mit Händen und Füßen. Als sie jedoch Goblins flehenden Augen begegnete, ließ sie sich widerstandslos zum Ausgang führen.

Unter dem Türsturz blieb sie noch einmal stehen und blickte zu Mandelbaum und dem Riesen. Trotz allem, was jene angerichtet hatten, verspürte sie einen Anflug von Mitleid für die zu Tode geängstigten Menschen.

»Was hat Chung Ling mit den beiden vor?«, fragte Maggie den Zwerg an ihrer Seite.

»Die beiden haben die längste Zeit Unglück über ihre Mitmenschen gebracht«, sagte Goblin so laut, dass Mandelbaum und der Riese es hören mussten. Er nahm ihre Hand in die seine. »Jetzt mach schon! Raus hier! Ein Blutbad ist nichts für Kinderaugen!«

Er schob Maggie aus dem Raum und schlug die Tür mit einer unbarmherzigen Wucht zu.

Goblin humpelte durch den dunklen Gang. Maggie folgte ihm unschlüssig ein paar Schritte nach und blieb dann stehen.

»Goblin!«, rief sie ihm zu. »Wir können das doch nicht zulassen!«

Der Zwerg blickte über die Schulter zu ihr. »Was nicht zulassen?«

»Na, dass Chung Ling die beiden massakriert.«

Trotz der Düsternis sah sie, wie sich ein Lächeln in die ledrigen Wangen des Fagins grub. »Mach dir keine Sorgen«, sagte er, »denen passiert nichts.«

Maggie zog eine skeptische Miene. »Aber er wird ihnen die Haut bei lebendigem Leibe …«

Goblin stakste zurück und blieb vor ihr stehen. »Margaret, ich schwöre dir, ihnen wird kein Haar gekrümmt. Chung Ling will den beiden Halsabschneidern nur zeigen, was es heißt, nackte Angst zu erleiden. Mandelbaum und Mose sollen am eigenen Leib erfahren, was sie viele Male anderen angetan haben. Danach werden sie sich vor einer irdischen Instanz für ihre Verbrechen verantworten müssen. – Hör doch! Sie kommen!«

Maggi legte den Kopf schief und lauschte. Tatsächlich glaubte sie, das Stampfen und Rattern von Dampfmaschinen zu hören. Goblin winkte sie derweil ungeduldig weiter. Als sie in einen breiteren Schiffsgang gebogen waren, drang das grelle Heulen einer Sirene an Maggies Ohren und kurz darauf ein Knall, dem eine ganze Salve nachfolgte.

Draußen wurde geschossen!

Endlich kamen sie zu einem Niedergang, der auf das Schiffsdeck führen musste. Goblin gebot ihr anzuhalten und erklomm die Sprossen der Treppe. Vorsichtig öffnete er die Luke einen Spalt und spähte nach draußen.

Maggie konnte nun ganz deutlich weitere Schüsse hören, sowie Getrampel und das harsche Brüllen von Befehlen. Es dauerte eine halbe Ewigkeit, bis das Kampfgetümmel schwächer wurde und schließlich von einem Augenblick auf den anderen verstummte.

Goblin schlug die Luke auf und stieg in die mondhelle Nacht hinaus. Jetzt nahm auch Maggie die Sprossen in Angriff und folgte dem Zwerg nach oben an die frische Meeresbrise. Der Niedergang hatte sie auf das erhöhte, menschenverlassene Poopdeck am Hinterschiff geführt. Gemeinsam gingen sie zur Brüstung des Aufbaus und schauten auf das Hauptdeck hinunter.

Maggie rieb sich die Augen, weil sie nicht glauben konnte, was sie sah. Backbord standen die Whyos, entwaffnet und in

Handschellen, aufgereiht an der Reling und in Schach gehalten von den Revolvern und Gewehren der zahlreichen Polizisten und Soldaten, die sich auf dem Mittelschiff versammelt hatten. Die Fregatte war umzingelt von einem halben Dutzend Polizeibarkassen und einem Kriegsschiff der Marine.

»Goblin, hat *er* die Polizei alarmiert?«, fragte Maggie den Zwerg, der auf den Zehenspitzen stand, um über das Geländer sehen und das Treiben unter ihnen beobachten zu können.

»Chung Ling hat sich an Edwards Pierrepont gewandt.« Der Fagin deutete auf einen Mann auf dem Vordeck, der einen Tweedanzug und einen Bowler trug und mit hinter dem Rücken verschränkten Armen die Aktion gegen die Verbrecherbande überwachte. »Er ist der Vorsitzende des Committee of Seventy, das sich auf die Fahnen geschrieben hat, gegen die Korruption und das Bandenwesen in der Stadt vorzugehen. Pierrepont heißt zwar die Aktionen Chung Lings nicht gut, aber er hat seinen Tipp dankend angenommen. Um sicherzustellen, dass der Justiz kein einziger dieser Gauner durch die Lappen geht, hat er seinen Vorschlag befolgt, das Schiff ungehindert auslaufen zu lassen und den Einsatz auf offener See durchzuführen. Dies gab Chung Ling und mir die Möglichkeit, Mandelbaum und ihrem Riesen vorher noch einen Denkzettel zu verpassen. Du hättest uns um ein Haar die Tour vermasselt. Aber so hast du am Ende wenigstens aus erster Hand erfahren, was mit dir und deinen Eltern geschehen ist.«

Goblin blickte unsicher zu ihr auf und Maggie schenkte dem Zwerg das erste aufrichtige Lächeln, seit sie sich kannten.

»Wildcat, meine alten Knochen haben heute Morgen schlimmer gezwickt und gezwackt denn je, als wollten sie die letzte Gelegenheit auskosten, mich zu piesacken. Denn ich habe in jeder Faser meines Leibes gespürt, dass es bald vorbei sein wird mit mir. Ich bin in der Überzeugung hergekommen, ich würde meinen Besuch in dieser Wolfsgrube mit dem Leben bezahlen. Es fühlt sich unwirklich an, jetzt hier zu stehen.« Goblin stockte und fügte kaum hörbar hinzu: »Neben dir.«

Maggie erwiderte nichts. Ihr Schweigen und ihre Hand, die sich auf die Schulter des Zwergs legte, waren Antwort genug.

Sprachlos beobachtete sie, wie Polizeibeamte aus einer Ladeluke mittschiffs Kisten aus dem Rumpf des Seglers trugen. Maggie grinste vor Schadenfreude, als mehrere Beamte zwei gefesselte Männer aus dem Schiffsbauch herausführten. Mandelbaums Söhne waren so leichenblass, als wären sie dem Leibhaftigen begegnet.

Maggie wusste, jetzt war der Moment gekommen, um von Goblin die letzte Antwort zu erhalten, die er ihr schuldig geblieben war. Nun musste er ihr die Identität des wiedergekehrten Chung Ling preisgeben.

Sie öffnete den Mund, doch statt ihrer Frage drang ein erschrockenes Stöhnen aus ihrem Mund. Wie aus dem Nichts war eine Hand in ihr Haar gefahren und hatte sich unerbittlich in ihrem Schopf verkrallt. Gleichzeitig hatte sich eine kalte Klinge auf ihre Kehle gelegt.

»Rühr dich nicht von der Stelle«, zischte ihr eine bekannte Stimme ins Ohr, so nah, dass der warme Atem ihre Haut streifte. »Eine falsche Bewegung und ich schlitze dich auf.«

Ängstlich schielte Maggie hinunter auf das scharfe Metall, das zwischen Kinn und Adamsapfel auf ihre Haut drückte. Hilfe suchend blickte sie zu Goblin, der entgeistert hinter sie sah.

»Dolan, lass das Mädchen frei!«, rief er.

Maggies Kopf wurde mit einem schmerzhaften Ruck in den Nacken gerissen. Sie sah nun Dandy Dolans Gesicht über sich schweben.

»Nur ein Schritt, Gnom, und ich steche die Kleine ab!«, sagte der Gangsterboss und schob Maggie von der Brüstung weg, ohne den Druck auf ihre Kehle auch nur um einen Deut zu verringern.

Maggie gab sich alle Mühe, das Zittern in ihrem Körper zu unterdrücken, während sie mitgezogen wurde. Panisch rollten ihre Augen umher und fanden unerwartet ein Ziel. Hinter einem Stapel aus Segeltüchern war jemand hervorgetreten und hielt auf sie und Dolan zu.

Tom!

Auch Dolan hatte Tom gesehen und schrie ihm entgegen: »Aus dem Weg! Oder soll deine kleine Freundin in ihrem Blut ertrinken?«

Aber Tom ging unbeeindruckt weiter und hielt Maggie mit seinem Blick fest. Er ließ sich auch nicht aufhalten, als Dolan die Klinge tiefer in Maggies Haut grub, sodass diese ein wenig aufgeritzt wurde und Maggie vor Schmerz zusammenfuhr.

»Junge, bleib stehen!«, knurrte Dolan. »Das ist meine letzte Warnung!«

Tom war nur noch wenige Meter entfernt, als er doch noch anhielt. Maggie sah jetzt, dass seine Lippe aufgeschlagen, sein linkes Auge geschwollen und die Haut drumherum blau und rot angelaufen war.

Tom taxierte den Gangsterboss.

»Ich weiß, wer Sie sind!«, sagte er laut und deutlich.

»Was redest du da?«

»Ich weiß, wer Sie sind!«, wiederholte Tom.

»Na, gratuliere! Ich verrate dir was: Das ist kein Geheimnis. Wenn du weißt, wer ich bin, weißt du sicher auch, dass ich keinen Spaß mache. Wenn dir am Leben des Mädchens was gelegen ist, dann geh mir aus den Augen.«

Tom starrte Dandy Dolan unverwandt an. »Ich weiß, wer Sie sind!«, sagte er noch einmal. »Ich bin wegen Ihnen hier, *Lew Bake*.«

Maggie zuckte vor Schreck zusammen, als Tom den Namen des Mörders seiner Familie aussprach. Dolan musste es ebenso ergehen, denn sie spürte, wie die Schneide an ihrem Hals erzitterte.

In diesem Moment flog in unglaublicher Geschwindigkeit ein Schatten über das Poopdeck hinweg und Maggie sah aus den Augenwinkeln, wie jemand mit ausgestreckten Beinen auf sie und Dolan zuschoss. Mit voller Wucht trafen dessen Sohlen den Körper in ihrem Rücken und katapultierten ihn von ihr weg. Mit ihm verschwanden die Klinge an ihrem Hals und die Hand in ihren Haaren. Maggie hörte hinter sich einen lauten Rums und wirbelte auf dem Absatz herum.

Dolan lag mit dem Rücken auf den Bordplanken und starrte entgeistert auf die Dolchspitze, die nur wenige Millimeter über seinem linken Auge schwebte. Die Waffe gehörte Silence. Mit mordlüsterner Miene beugte sie sich über den geschlagenen Gegner.

Derjenige, der Maggie mit der waghalsigen Aktion gerettet hatte, war Sheppard. Ein paar Meter weiter richtete er sich auf, schob sich den Dreispitz auf dem Kopf gerade und schritt mit schelmischer Miene und einem Krummsäbel bewaffnet auf Dolan zu. Tom war bereits bei diesem angelangt und baute sich breitbeinig vor ihm auf. Lange betrachtete er den Mörder zu seinen Füßen. Schließlich bückte er sich, nahm dessen Stock vom Boden auf und gab Silence ein Zeichen, von Dolan abzurücken. Mühsam kam Dandy Dolan auf die Beine, von den Spitzen dreier Klingen verfolgt.

Der Gangsterboss spuckte blutigen Speichel und einen ausgeschlagenen Schneidezahn auf die Planken. Anschließend wischte er sich mit dem Ärmel seines Jacketts über den Mund und nahm Tom ins Visier.

»Woher kennst du mich?«

»Aus Ihrem anderen Leben«, antwortete Tom. »Sie haben meine Familie auf dem Gewissen und werden jetzt dafür bezahlen.«

Dolan blickte unsicher umher und wich dabei vor ihnen zurück. Tom, Silence und Sheppard folgten ihm mit erhobenen Waffen.

»Jetzt erinnere ich mich!«, sagte der Anführer der Whyos und bewegte sich weiter Richtung Reling. »Wie geht es deinem niedlichen Schwesterchen, Milchgesicht?«

Maggie sah voller Schrecken, wie Tom die Spitze am Ende des Stocks hochriss und damit auf die Brust des Mörders zielte. Aber Dolan beäugte ihn nur abfällig und rückte weiter von ihm ab, bis er mit dem Rücken gegen die Brüstung stieß. Er saß in der Falle, denn links und rechts nahmen ihn Sheppard und Silence ins Visier.

Maggie war ihnen nachgegangen und wenige Schritte hinter ihrem Freund stehen geblieben. Da hörte sie neben sich ein kurzatmiges Keuchen.

Aufgeregt zupfte Goblin sie am Ärmel. »Margaret, unternimm etwas! Um Himmels willen, bring Tom zur Vernunft!«

Sie nickte knapp und trat neben den Freund. Sacht legte sie ihm die Hand auf den Rücken.

»Tom!«, wisperte sie ihm ins Ohr. »Tu das nicht! Er ist es nicht wert. Ich weiß, was er getan hat. Aber auch wenn du ihn umbringst, du kannst es nicht ungeschehen machen. Werde du nicht auch noch zum Mörder.«

Die Schneide am Ende der Waffe begann zu zittern und

Tom wandte sich zu ihr um. Tränen liefen über seine Wangen.

»Ich muss, Maggie! Sonst war alles umsonst.«

»War es nicht. Schau dich um! Die Verbrecherbande ist am Ende. Ihnen ist nichts geblieben als das Blut an ihren Händen und die Schuld in ihren Herzen. Dolan wird im lausigsten Loch im Tombs vermodern.«

Tom drehte widerwillig den Kopf von ihr weg und sah zu Dolan, der ihn herausfordernd anschaute und belächelte. Lange Sekunden verstrichen.

»Pfoten über den Kopf!«, befahl Tom plötzlich und Maggie atmete erleichtert auf. Der Klang seiner Stimme verriet ihr, dass der Freund wieder bei Sinnen war.

Der Gangsterboss gehorchte und faltete die Hände im Nacken. Obwohl sie ihn in die Enge getrieben hatten und seine Lage aussichtslos war, umspielte weiter ein unpassendes Grinsen seine Mundwinkel.

Mit einem mulmigen Gefühl in den Eingeweiden beobachtete Maggie, wie Dolan seine Wolfsaugen zwischen Silence, Sheppard, Tom, Goblin und ihr hin und her springen ließ, als wäre er ein Raubtier, das unter ihnen die schmackhafteste Beute wählte. Schließlich blieben seine gelben Augen auf ihr haften.

»Du kleines Miststück«, zischte Dolan und sein Gesicht verwandelte sich in eine hassverzerrte Grimasse.

Keine Sekunde darauf wirbelte seine Rechte hinter seinem Nacken hervor und Maggie wurde zur Seite gestoßen. Sie stolperte und stürzte. Ehe sie bäuchlings auf dem Boden aufschlug, meinte sie noch ein Geräusch zu hören, das sirrend die Nachtluft spaltete. Hart krachte sie mit Stirn und Nase auf die Bohlen und sah für Momente nichts als Sterne.

Benommen hob sie den Kopf und richtete sich auf. Das Erste, was sie erblickte, waren Sheppard, Silence und Tom, die auf Dandy Dolan zustürzten, der nach seinem heimtückischen Manöver auf die Reling geklettert war. Noch ehe die drei ihn erreicht hatten, sprang er von der Brüstung.

Während sich ihre Freunde über das Geländer beugten und runter ins Wasser starrten, blickte Maggie dorthin, wo sie eben noch gestanden hatte. Ihr wurde eiskalt ums Herz.

Dort lag Goblin, sich krümmend. Aus seiner Brust ragte der Schaft des Messers, das Dolan nach ihr geworfen hatte. Und Maggie verstand, was geschehen war: Der Zwerg hatte sich geistesgegenwärtig vor sie geworfen. Er hatte ihr das Leben gerettet und war dadurch selbst von der tödlichen Klinge getroffen worden.

Maggie stürzte vor ihm auf die Knie. Röchelnd streckte ihr der Zwerg seine flatternden Hände entgegen. Maggie ergriff sie behutsam. Während Goblin sie betrachtete, verlangsamten sich seine Atemzüge, ein entrücktes Lächeln erschien auf seinem Gesicht und die trüben Augen begannen zu leuchten. In ihre Augen versunken, hauchte er ein einziges Wort und ein kaum wahrnehmbares Vibrieren ging durch seinen Körper.

Dann rollten seine Augen in den Schädel zurück und ein erlöstes Seufzen drang aus seiner Brust. Im nächsten Moment bäumte sich der Zwergenkörper auf und als er zurück auf die Schiffsplanken sank, war kein Leben mehr in ihm.

Mit zitternden Händen schloss Maggie Goblins Augen und betrachtete sein Gesicht, in dem noch die Reste des Lächelns standen, das er ihr zum Abschied geschenkt hatte. Im Tode wirkte seine Miene friedvoller als je zu Lebzeiten.

Maggie merkte kaum, wie sich Silence, Tom und Sheppard gleichfalls vor dem Toten niederknieten. Weinend umklammerte sie den Leichnam und in ihrem Kopf hörte sie immer wieder das letzte Wort, das über seine Lippen gekommen war.

Es war ein Name. *Maarah.*

Was in den folgenden Stunden um sie herum geschah, erlebte Maggie wie unter trübem Wasser. Sie nahm kaum wahr, wie Sheppard die Leiche seines väterlichen Freundes hochhob und ihn hinunter zum Hauptdeck trug. Wie sie,

Tom und Silence ihm schockiert folgten. Wie Soldaten und Polizisten die Whyos über eine Bohle auf das Kriegsschiff trieben. Wie Coffee und Bismarck plötzlich auf das Schiff stürmten und mit fassungslosen Mienen ihren toten Fagin betrachteten. Wie Mandelbaum und ihr riesenhaftes Geschöpf in Handschellen aus dem Bauch der Fregatte geführt wurden. Wie das Kriegsschiff die Fregatte ins Schlepptau nahm und die Polizeibarkassen unterdessen in weiten Kreisen das Wasser abfuhren, um nach dem Anführer der Whyos zu suchen.

Während die kleinen Diebe auf der Rückfahrt nach Manhattan an Goblins Seite wachten und ihn beweinten, blickte Maggie mit Sheppards Fernrohr hinaus auf die See, bis sie endlich zu entdecken glaubte, wonach sie Ausschau gehalten hatte. In weiter Ferne meinte sie, ein kleines Boot auf den Wellen hüpfen zu sehen. Mit einem einzigen Menschen an Bord. Sie hätte wetten können, es war eine Gestalt in schwarzer Kleidung, die einen großen Hut auf dem Kopf trug.

Danach senkte sie den Kopf und ließ ihren Tränen freien Lauf, bis das Kriegsschiff in den Hafen des East Rivers einlief.

An die 40 Little Thieves!

Wenn Sheppard Euch diese Zeilen vorliest, bin ich die längste Zeit Euer Fagin gewesen. Ich habe das Ende meines Wegs erreicht und das ist gut so! Denn ich bin hoffentlich an einem Ort angelangt, an dem meine alten Knochen und ich endlich Ruhe finden.
Glaubt ja nicht, dass nun der Schlendrian bei uns einkehrt! Selbstverständlich trete ich nicht ab, ohne meine Nachfolge geregelt zu haben! Von heute an wird Sheppard Euer neues Oberhaupt sein. Er soll Euch künftig unterrichten und wird dafür sorgen, dass jeder Einzelne von Euch den 40 Little Thieves weiterhin alle Ehre macht.
Unsere Gemeinschaft kann Euch nicht viel mehr als ein Dach über dem Kopf und regelmäßiges Essen bieten. Aber vergesst niemals: In diesem Teil der Welt ist dies für viele Menschen keine Selbstverständlichkeit!
Sheppard hat mir sein Wort gegeben, auf Euch aufzupassen und Euch alles beizubringen, was er von mir gelernt hat. Erfüllt mir den letzten Wunsch, ihm wie mir zu folgen und die Regeln unseres Bundes auch nach meinem Abschied zu beherzigen!
Bevor ich den Brief beende und aufbreche, möchte ich Euch noch mitteilen, wie stolz Ihr mich gemacht habt. Ohne Euch, meine Schüler, wäre mein Dasein um vieles trostloser gewesen.
Gebt auf Euch acht und haltet mich, den schrecklichen Winzling, in Eurem Gedenken!

Euer Fagin Goblin

Sheppard faltete das Blatt zusammen und betrachtete die kleinen Diebe, die mit betrübten Mienen auf ihren Matratzen saßen und dabei verstohlene Blicke zu Goblins Liege warfen.

Bismarck war der Erste, der seine Stimme wiederfand.

»Menschenskind noch mal! Da hat sich unser Alter einfach mir nichts, dir nichts vom Acker gemacht«, murmelte er traurig.

»Und dir hat er nichts gesagt?« Coffee blickte Sheppard fragend an.

»Er hat mit keinem Wort erwähnt, was er vorhatte. Es war eine Angelegenheit zwischen ihm und Chung Ling. Er wollte mich wohl nicht in die Sache mit reinziehen. Maggie hat euch ja die ganze Geschichte erzählt.«

Die Diebe nickten und verstummten wieder. Maggie blickte unterdessen zu Goblins angestammtem Platz hinüber, auf dem der zugenähte Sack aus Segeltuch lag, den Sheppard nach seiner Ankunft dort abgelegt hatte.

Ein Tag war seit der Nacht auf der Fregatte vergangen. Noch immer fühlte sie sich leer und ausgebrannt. Die lange Suche nach ihrer Vergangenheit hatte auf dem Schiff des Bowery Boy ein Ende gefunden. Doch lagen weder Trost noch Erleichterung darin. Was blieb, war die schreckliche Gewissheit von dem Unglück ihrer Eltern und der Kummer über Goblins Tod. Überdies würde sie nie mehr eine Antwort auf die letzte ihrer Fragen erhalten. Denn der einzige Mensch, der ihr hätte verraten können, wer sich hinter der Maske Chung Lings verbarg, war nicht mehr.

So spürte Maggie nach den bizarren Stunden an Bord des Seglers nichts als Verlust und Hoffnungslosigkeit, obgleich ihre Todfeinde hinter Gittern waren und sie nicht länger eine Getriebene war, die sich verstecken musste.

Den Blick starr auf das ausgebeulte Segeltuch gerichtet, ließ sie noch einmal die Ereignisse der letzten Stunden vor ihrem inneren Auge ablaufen.

Nach ihrer Ankunft am Hafen hatten Sheppard und die 40 Little Thieves den ganzen folgenden Tag im Polizeihauptquartier verbracht, wo sie getrennt voneinander viele Fragen zu den Geschehnissen hatten beantworten müssen. Erst am Abend durften sie zum Gates of Hell heimkehren und hatten dort so lange erschöpft und sprachlos auf den Stufen gesessen, bis Sheppard mit einem Pritschenwagen vorgefahren war, auf dem Schaufeln und ein schwerer Segeltuchsack lagen. Er hatte den verstörten Dieben die Werkzeuge in die Hand gedrückt und selbst den Sack geschultert. Darauf waren sie in das Kellergewölbe hinabgestiegen, wo sie sich auf ihren Matratzen niedergelassen hatten.

Da sie jetzt alle beisammen waren, begannen sie damit, sich gegenseitig zu berichten, was sich in den Stunden zwischen ihrem Aufbruch vom Gates of Hell bis zu ihrem Zusammentreffen an Deck der Fregatte zugetragen hatte.

Zuerst erzählten Sheppard, Bismarck und Coffee, wie sie

auf das Kriegsschiff gelangt waren. Bismarck und Coffee hatten Sheppard im *Hell's Kitchen* angetroffen, Minuten nachdem ihm der Wirt der Kaschemme den Brief überreicht hatte, den Goblin für seinen ehemaligen Schüler hinterlegt hatte. Gemeinsam waren sie sofort zum James Slip geeilt, aber die Fregatte war bereits in See gestochen. Statt auf das Segelschiff waren die drei am Hafen auf eine Hundertschaft Polizisten und Soldaten gestoßen, die Vorbereitungen traf, der Verbrecherbande zu folgen. Irgendwie war es Sheppard gelungen, zu dem Einsatzleiter Edwards Pierrepont vorgelassen zu werden und diesen zu überzeugen, sie mitzunehmen. Nur diesem Umstand war es also geschuldet, dass Sheppard Maggie aus Dolans Gewalt hatte befreien können. Und letztendlich hatte dies dazu geführt, dass Goblin die Möglichkeit erhielt, sein Leben zu opfern, um das ihre zu retten.

Maggie atmete schwermütig ein und aus, die Augen immer noch auf den Sack gerichtet, der auf der Liege ihres Fagins lag. Sie musste an Goblins Worte denken, Minuten vor seinem Ableben, in welchen er ihr seine Todesahnung offenbart hatte. Goblin hatte gehofft, seinen Verrat wiedergutmachen zu können. Er war mit einem Lächeln von dieser Welt gegangen, weil sein sehnlichster Wunsch erfüllt worden war.

Maggie sah jetzt zu Tom, der in sich versunken und mit verbissener Miene seine Fingernägel säuberte. Auch er hatte ihnen berichtet, was ihm widerfahren war, seit sie in die Falle geraten waren, die ihnen die Whyos in der Armory Hall gestellt hatten. Nachdem er von den Schurken überwältigt und zusammengeschlagen worden war, hatte man ihn zum Haymarket gebracht und dort in einem Kellerverlies weggesperrt, bis ihn Mandelbaum, ihre Söhne und Dolan abgeholt und zum James Slip gebracht hatten. Da erst hatte Tom Lew Bake nach all den Jahren das erste Mal wiedergesehen und begriffen, dass jener und Johnny Dolan identisch waren. Tom hatte sich jedoch nichts anmerken lassen und gebetet, später die Chance für seine Rache zu erhalten. Diese kam in Gestalt von Silence zu ihm, die im Schiffsrumpf die Kammer, in die man ihn eingeschlossen hatte, aufspürte und ihn aus dieser befreite.

Nach Tom war es an Maggie gewesen, die Freunde über ihre Erlebnisse an Bord des Schiffes zu unterrichten. Obwohl sie sich kaum dazu in der Lage sah, die Begegnung mit Mandelbaum und dem Riesen noch einmal zu durchleben, gab sie ihr Bestes, denn es brannte ihren Freunden auf der Seele zu hören, was in der Kapitänskajüte und in der letzten Stunde im Leben ihres Fagins vorgefallen war.

Nachdem sie mit ihrer Erzählung geendet hatte, hatte Sheppard zu aller Überraschung den Brief in die Höhe gehalten. Und so hatte auch Goblin noch einmal zu ihnen gesprochen.

Jetzt klatschte Sheppard plötzlich in die Hände.

»Meine kleinen Diebe«, sagte er. »Es ist mir eine Ehre, Goblins Nachfolge antreten zu dürfen. Ich denke, es ist auch in eurem Sinne, wenn wir unsere Zusammenarbeit beginnen, indem wir dem alten Haudegen eine anständige Beerdigung im Kreise seiner Getreuen zukommen lassen. – Was meint ihr?«

Die Diebe blickten allesamt zu Goblins Platz und dem darauf gebetteten Sack. Ihre Mienen hellten sich mit einem Mal auf, als ihnen aufging, warum Sheppard den Toten mitgebracht hatte.

»Wir begraben ihn?«, fragte Bismarck ungläubig.

»Wo?«, stieß Coffee aus.

Sheppard lächelte schelmisch. »Die Polizisten haben ihn mir gegen das Versprechen ausgehändigt, dass ich ihn morgen zum Armenfriedhof *Potter's Field* bringe. Aber ich denke gar nicht daran! Es gibt einen Ort, an dem Goblin nach seinem Tod liegen wollte. Dort werden wir ihn zur letzten Ruhe betten.«

Dann erzählte ihnen Sheppard vom Kalchhook, dem idyllischen See, der einstmals an dieser Stelle gelegen hatte und dessen Geschichte Maggie vor vielen Monaten schon einmal von Goblin gehört hatte.

»Wir begraben ihn unter dem Paradise Square!«, sagte Sheppard. »Dort war sein Zuhause. Und das soll es auch bleiben!«

Sacht hob er den Sack auf und ging zu der verborgenen Tür. Die kleinen Diebe schnappten sich die Schaufeln und folgten ihm in den Tunnel, den einst die 40 Thieves unter dem Paradise Square gegraben hatten.

Bewegt standen sie um das Loch, das sie in den feuchten Lehmboden gehoben hatten und in welchem nun das zugenähte Segeltuch lag. Zwei Fackeln am Fuß- und am Kopfende des Grabes spendeten ihnen Licht, während ein jeder von ihnen von Goblin Abschied nahm.

Ehe sie die erste Schippe Erde auf ihren toten Fagin warfen, legte Bismarck seine Steinschleuder auf das Segeltuch. Coffee, Silence und Tom gaben eine geschnitzte Weidenflöte, einen Dolch und ein Halstuch dazu. Sheppard nahm seinen geliebten Dreispitz vom Kopf und setzte ihn in die Mitte des behelfsmäßigen Sarges.

Dann sahen alle erwartungsvoll zu Maggie, die unschlüssig in die Grube starrte. Es brauchte eine Weile, bis sie wusste, welches Geschenk sie Goblin auf seine letzte Reise mitgeben wollte. Sie sah den Zwerg vor sich, wie er ihre Haarsträhne hochhielt und an seine Nase führte. Und sie hörte ihn mit krächzender Stimme sagen: *Ich hätte meine Seele an den Teufel verkauft, um ein einziges Mal nur Maarahs Haar berühren zu dürfen.*

Mit zittrigen Fingern fischte sie ihr Klappmesser aus der Hosentasche und säbelte sich eine Haarsträhne ab. Dann trat sie an den Rand des Grabs. Alle sahen zu, wie ihre Haare auf das Tuch segelten und sich zu den Beigaben der anderen hinzugesellten.

Als sie Goblins Grabstätte zugeschaufelt hatten und unschlüssig danebenstanden, ergriff Sheppard das Wort. »Geht schon mal hinauf. Ihr braucht alle dringend Schlaf. Morgen treffen wir uns zur üblichen Zeit draußen auf den Stufen und dann erkläre ich euch, wie es weitergeht. Zieht euch warm an! Ich habe einiges mit euch vor.« Er lächelte der Truppe aufmunternd zu.

Dann blickte er zu Maggie. »Wildcat«, sagte er, »warte bitte noch!«

Nachdem die anderen mit hängenden Köpfen zur Tür geschlurft und durch diese in das Gewölbe geschlüpft waren, stellte sich Sheppard vor Maggie hin und blickte ihr ins Gesicht.

»Ich habe vorhin nicht alles vorgelesen, was in Goblins Brief stand«, sagte er. »Im Postskriptum steht noch eine Nachricht, die nur für dich bestimmt ist.«

»Ja?«, stieß Maggie aus, von plötzlicher Unruhe ergriffen.

»Moment. Lies es selbst.« Sheppard hatte das Papier aus seiner Jackentasche hervorgeholt, faltete es auseinander und gab es ihr.

Maggie starrte mit angehaltenem Atem auf die Zeilen unter Goblins Namen.

PS: Margaret, Du weißt, wohin du gehen musst, willst Du Deine Antwort immer noch finden.

Mit gerunzelter Stirn las sie den Satz ein zweites und ein drittes Mal. Enttäuscht und auch verärgert, weil Goblin ihr keine Antwort, sondern ein weiteres Rätsel hinterlassen hatte. Trotzdem zwang sie sich, über die Bedeutung seiner Nachricht nachzudenken.

An welchem Ort konnte sie erfahren, wer der heutige Chung Ling war?

Unwillkürlich führten sie ihre Gedanken zurück in die Kapitänskajüte. Deutlich sah sie den grinsenden Teufel vor sich, der auf ihre Frage, wer er sei, »Später!« geantwortet hatte. Sie hatte die Teufelsmaske schon einmal gesehen. Und da wusste sie plötzlich und unumstößlich, wohin sie gehen musste.

Maggie blickte von dem Brief auf. Sheppard streckte ihr noch etwas hin. Es war eine silberne Taschenuhr, die an der Oberfläche aufwendig ziseliert und an den Rändern schon ziemlich ramponiert war.

»Öffne sie!«, forderte der neue Fagin der 40 Little Thieves und drückte sie ihr in die Hand. »Das Geschenk hat Goblin für dich zusammen mit dem Brief im *Hell's Kitchen* hinterlassen. Die Uhr hat einmal deinem Vater gehört.«

Maggie hielt die Uhr auf der Handfläche vor sich hin. Sie drückte auf den Knopf in der Einfassung und der Deckel sprang auf. Das Glas über dem Ziffernblatt war matt und zerkratzt. Die Zeiger waren stehen geblieben. Dann sah sie das vergilbte Papier, das in den Deckel geklemmt war. Sie betrachtete die Kohlezeichnung und das Herz wurde ihr schwer. Das Bild zeigte das schöne Antlitz einer Frau, umrahmt von Wellen schwarzen Haares.

»Danke«, flüsterte Maggie.

Dann klappte sie den Deckel zu, atmete tief durch und schnappte sich eine der Fackeln. Sie ging an Sheppard vorbei, hin zu den Abwasserkanälen. Am Ufer des Hudson erwartete sie das letzte Kapitel ihrer Geschichte.

Als sie den Kopf und die Fackel aus dem verborgenen Zugang im Hinterhof der Rotten Row streckte, war es finstere Nacht. Kein Mond schaute hinter der Wolkendecke hervor.

Maggie zuckte erschrocken zurück, als sie die Umrisse eines Menschen neben sich entdeckte. Sie streckte die Fackel in die Höhe und jetzt erkannte sie den rothaarigen Jungen, der an der Mauer lehnte. Sie kletterte an die Oberfläche und Tom zwinkerte ihr mit dem heilen Auge zu.

Maggie löschte die Flamme in einer Regenpfütze und marschierte Richtung Hofausgang. Wortlos schloss sich ihr der Freund an. Er fragte auch nicht, wohin sie aufbrachen.

Lange gingen sie so nebeneinanderher durch die Nacht und die verwaisten Gassen und Straßen Lower Manhattans, bis Tom endlich den Anfang für ihr erstes Gespräch seit der verhängnisvollen Nacht im Satan's Circus machte.

»Hat Goblin doch noch das Geheimnis gelüftet?«

Maggie schüttelte den Kopf und erzählte, was im Postskriptum stand.

»Dieser alte Geheimniskrämer«, sagte Tom. Er lächelte sie an, aber der traurige Ernst in seinen Augen blieb. »Was meinst du, wie ist er in die Geschichte hineingeraten? Hat Goblin von Anfang an mit Chung Ling gemeinsame Sache gemacht?«

»Nein, hat er nicht!«, erwiderte Maggie und weihte ihn in ihre Schlüsse ein. »Als ich im Frühjahr bei euch erschienen bin, hat Goblin in mir meine Mutter wiedererkannt. Er war sich nicht sicher, ob ich wirklich Alberts und Maarahs Tochter war. Aber ich hatte denselben Namen, und schließlich hat er nach und nach herausgefunden, dass ich aus dem Waisenhaus entführt worden war und wer hinter mir her war. Trotzdem zweifelte er noch. Gewissheit erhielt er erst, als Chung Ling im Gates of Hell erschienen ist.«

»Und danach haben sich die beiden zusammengetan? Du hattest doch erzählt, Goblin sei ziemlich erschrocken gewesen, als der Fremde plötzlich vor der Tür stand.«

»Ja. Goblin hat bei seinem Anblick ausgerufen: *Du?* Trotzdem habe ich keine Ahnung, um wen es sich handelt.« Maggie blieb stehen und blickte zu Tom hoch. »Der Verbrecherjäger hat Goblin nur wenige Stunden, nachdem wir nachts am Hudson waren, besucht. Er ist uns gefolgt.«

Tom zog die Stirn kraus. »Wie das denn?«

»Der Seebär, der uns vor der Hafenpolizei beschützt hat, war in Wahrheit Chung Ling in einer seiner vielen Maskeraden. Er muss mitgekriegt haben, dass die Polizei hinter zwei Kindern her war. Er entschied, den beiden zur Seite zu springen und sie vor der Erziehungsanstalt zu bewahren. Darum hat er uns den Rettungsring zugeworfen, uns in die Lagerhalle geführt und dort versteckt, bis die Polizei ihre Suche eingestellt hatte. Da hat er mich das erste Mal gesehen und begriffen, dass ich das Mädchen bin, nach dem die Whyos vergeblich fahndeten. Als wir vor dem Morgengrauen von der Lagerhalle aufgebrochen sind, ist er uns heimlich gefolgt. Am nächsten Tag hat er wahrscheinlich vor dem Gates of Hell auf mich gewartet, um mich bei Tageslicht noch mal in Augenschein zu nehmen. Aber ich war krank ans Bett gefesselt. Deshalb hat er bei Goblin angeklopft und ihm in unserem Kellergewölbe einen Besuch abgestattet. So muss es gewesen sein.«

»Von da ab hat er dich im Auge behalten. Deshalb konnte er dir im Hinterhof der Armory Hall zu Hilfe eilen!«

»Wahrscheinlich war uns Chung Ling schon auf den Fersen, bevor wir im Satan's Circus eintrafen. Nachdem er mich vor den Whyos gerettet hatte, hat er beschlossen, mich aus dem Spiel zu nehmen, damit ich nicht doch noch von Mandelbaum und Konsorten erwischt werde.«

Tom zog die Augenbrauen zusammen, schürzte nachdenklich die Lippen und schlug sich auf einmal mit der flachen Hand gegen die Stirn. »Heiliges Kanonenrohr! Du meinst, Slobbery Jim war ...«

»Nachdem Chung Ling mich durch die Luke im Hinterhof der Armory Hall geschickt hat, muss er auch gleich verduftet sein. Er wollte vor mir in der Ruine ankommen, damit er das

Schauspiel des blinden Bettlers aufführen konnte. Da hat er die Gelegenheit genutzt, mir klarzumachen, dass mein Vater nicht der skrupellose Mörder war, als der er der Öffentlichkeit damals vorgeführt wurde. Anschließend hat er mich betäubt und zu Goblin gebracht. Die beiden haben mich für alle Fälle eingesperrt, damit ich keine Dummheiten anstelle. Anschließend sind sie zum East River, um ihren Plan in die Tat umzusetzen.«

Tom blieb stehen und schüttelte staunend den Kopf. Maggie winkte den Freund weiter.

»Maggie, es tut mir leid, aber ich muss dich das fragen«, sagte Tom nach einer Weile. »Ist es wirklich ausgeschlossen, dass dein Vater noch am Leben ist? Hicks war doch ein Meister der Verkleidung und der Täuschung. Außerdem hatte er vom Zirkus her jede Menge Tricks auf Lager. Der heutige Chung Ling steht ihm in nichts nach. Und es gibt keinerlei Hinweise, dass dein Vater einen Schüler oder Komplizen hatte, dem er seine Kniffe beigebracht hat. Man könnte ja fast meinen«, Tom zögerte und schnaufte einmal tief durch, ehe er den Satz beendete, »dass Hicks' Gespenst zurückgekommen ist, um Rache zu üben.«

Maggie kniff die Lippen aufeinander und blickte betrübt zu Boden. Schließlich sagte sie: »Tom, Albert ist tot. Genauso tot wie Dolan!«

Ihre Worte ließen einen Schatten über Toms Gesicht huschen. Er blieb erneut stehen und seine Hände legten sich auf Maggies Schultern.

»Lew Bake lebt! Ich weiß es!«

Maggie starrte ihn erschrocken an. »Aber er …«

»Warte!«, schnitt Tom ihr das Wort ab. »Ich hab das an seinem Gesichtsausdruck gesehen. Bevor er ins Wasser gesprungen ist, hat er mich kurz angeschaut. Mit seinem Blick hat er mir ohne Zweifel bedeutet, dass wir uns wiedersehen werden.«

»Ach, Tom …«, sagte Maggie, doch Tom verstärkte seinen Griff um ihre Schultern, damit sie ihm zuhörte.

»Ich habe dir von Anfang an alles geglaubt, was du mir erzählt hast. Ganz gleich, wie unglaublich es klang. Vertrau mir bitte! Mein Gefühl täuscht mich nicht! Irgendwie muss es diesem Schuft gelungen sein zu überleben. Er ist jetzt, in diesem Augenblick, irgendwo in der Stadt und lacht sich ins Fäustchen. Und ich werde keine Ruhe geben, bis ich ihn gefunden habe!«

»Es ist noch nicht vorbei?«, murmelte Maggie nach einer ganzen Weile.

»Nein, ist es nicht!«

Die Freunde sahen sich lange an und trafen ohne Worte einen Pakt. Auch Maggie hatte mit Toms Erzfeind eine Rechnung zu begleichen, denn beim Versuch, sie zu töten, hatte Lew Bake Goblin umgebracht.

Als Tom weiterlief, fiel Maggie unerwartet ein buntes Plakat ins Auge, das neben einer Straßenlaterne auf ein Holztor geklebt war. Sie glaubte, plötzlich zu träumen, denn auf diesem stand in großen weißen Lettern:

Zirkus Barnum – Die größte Show der Welt

Wie hypnotisiert ging sie darauf zu, blieb davor stehen und betrachtete die Seiltänzerin, den Muskelprotz und den Elefanten, die darauf abgebildet waren.

Tom musste sie ein paarmal in die Seite stupsen, bis sie seine Anwesenheit wieder wahrnahm.

»Da steht, der Zirkus Barnum schlägt im Dezember auf Coney Island seine Zelte auf«, sagte Maggie und deutete mit dem Finger auf das Tor.

»Wie kann das denn sein?«, erwiderte Tom verblüfft.

Maggie schüttelte lächelnd den Kopf. »Phineas Barnum muss wieder ins Zirkusgeschäft eingestiegen sein, nachdem sein Museum abgebrannt ist.«

»Das gibt's doch nicht!«, staunte Tom.

Maggies Lächeln wurde breiter. »Tom, ich wundere mich inzwischen über gar nichts mehr.« Sie linste den Freund aus den Augenwinkeln an. »Gehen wir hin?«

Die Grübchen in seinen Wangen nahmen seine Antwort vorweg. »Klar, machen wir! Das lassen wir uns nicht entgehen!«

Schweigsam, wie es ihre Gewohnheit war, gingen sie weiter, den ganzen Weg durch die Stadt und den Hudson-Hafen bis zur Lagerhalle, in der Maggie nach der Lösung des letzten Rätsels suchen wollte.

Still standen sie vor dem fensterlosen Gebäude.

Irgendwann legte Tom Maggie einen Arm um die Schultern und flüsterte ihr zu: »Hol dir deine Antwort!«

Allein, ohne den Freund, nahm sie die letzten Schritte zur Tür. Sie war offen. Maggie langte in ihre Hemdtasche und zog die Uhr hervor. Sie ließ den Deckel aufschnappen und nahm das Bild der Frau darin in sich auf. Gerüstet mit einer Vorahnung betrat sie Chung Lings Zuhause.

Maggie zog die Tür sacht hinter sich zu, roch die exotische Tabakwürze in der Luft und drehte sich um. Überrascht betrachtete sie die Kerzen in roten Glasschalen, die ihr den Weg zur gegenüberliegenden Tür wiesen. Zögernd durchschritt sie das Zimmer und öffnete den Eingang zur Lagerhalle. Dort setzte sich der Lichterpfad fort.

Maggie atmete tief ein und folgte den zuckenden Flämmchen durch die Dunkelheit. Begleitet vom Echo ihrer Schritte kam sie an den Statuen, Blechmännern, Wachsfiguren, Mumien, Moorleichen und Tierpräparaten vorbei, bis sie vor dem Gang zwischen den Regalwänden anlangte.

In diesem endete die Reihe der Grablichter und Maggie wusste sehr genau, was sie sehen würde, sobald sie die letzte Kerze in die Höhe hielt.

Sie ging in die Hocke, nahm das Licht am Ende der Reihe auf und trat mit diesem vor zu den Totenmasken, die sich jetzt aus der Finsternis schälten. Maggie führte die Kerzenflamme zu seinem Antlitz. Ergriffen von Trauer und Mitleid betrachtete sie das Gesicht ihres Vaters.

Jetzt hörte sie Schritte. Sie hatte gehofft, sie zu hören. Dennoch durchfuhr es sie heiß und kalt. Ängstlich drehte Maggie den Kopf zum Eingang des Regaltunnels.

Im Zwielicht erkannte sie einen Körper, der langsam näher kam. Der Chinese war in ein glänzendes, knöchellanges Satin-Kostüm gekleidet, er trug eine flache Seidenmütze. Geflochtene Zöpfe lagen auf seinen Schultern und über seinen Lippen prangte ein langer Schnurrbart, dessen Spitzen unter dem Kinn endeten.

Im Gehen nahm der Fremde die Mütze ab, löste die Perücke von seinem Haar und öffnete die Klammer, mit der es hochgesteckt war. Er nahm den Schnurrbart ab und riss die Klebestreifen von beiden Seiten der Schlitzaugen. Im Licht der Kerze blieb er stehen. Er zog ein Tuch hervor und begann damit, sich die Schminke vom Gesicht zu wischen. Als er geendet hatte, sah er Maggie an, die bebend vom Kopf bis zu den Zehen seiner Verwandlung beigewohnt hatte.

Mit einem Zipfel ihres Mantelkragens rieb sie sich die Tränen aus den Augen und musste all ihren Mut zusammennehmen, die Frau anzuschauen.

Sie war immer noch schön. Aber blass war sie. Unter ihre Augen hatten sich dunkle Ringe gegraben, ihre Haut war überzogen von einem feinen Netz aus Fältchen und ihre Züge waren ungleich härter als die der jungen Frau auf dem Bild in der Taschenuhr. Die Zeit und das Leid, das sie ertragen haben musste, hatten ihr schwarzes Haar mit weißen Strähnen durchsetzt. Aber Maggie hätte sie so oder so erkannt, auch ohne Alberts Zeichnung, die sie in der Hemdtasche, ganz nah an ihrem Herzen, bei sich trug.

»Hallo, Margaret«, sagte Maarah und Maggie flog in die ausgebreiteten Arme ihrer Mutter.

In Lower Manhattan brach ein neuer Tag an. Eine herbstliche Morgensonne schickte ihr klares Licht in das schwarze Netz der Straßenadern, beschien die Giebel der Häuser und warf ihr verzerrtes Abbild auf die Gassen und Wege der Elendsviertel. Bald waren das trostlose Grau, die Irrgärten, die Baracken, Mietskasernen und Spelunken in ein mattes Orange getaucht und über das Wasser an den Küsten der Insel tanzte ein geheimnisvolles Glitzern.

Während die ersten Bewohner aus ihren Behausungen strömten und die Slums mit Leben füllten, lag der *Calvary Cemetery* noch still und verlassen da. Morgendunst kroch über die Grabsteine und Holzkreuze. Die letzten Blätter an den Zweigen der knorrigen Bäume schimmerten golden.

Nur zwei Personen hatten sich zu dieser frühen Stunde auf dem Friedhof eingefunden. Hand in Hand standen die Frau und das Mädchen vor einem Grabstein, auf dem nichts weiter stand als ein Name und die Lebensdaten eines Mannes, dessen Schicksal die beiden nach vielen Jahren wieder vereint hatte.

Albert W. Hicks, 16. Februar 1830 – 13. Juli 1860

Patrick Hertweck

Patrick Hertweck, geboren 1972, bereiste nach dem Abitur mit dem Fahrrad viele Gegenden Europas, arbeitete danach im Management eines Medienunternehmens und beschloss irgendwann, seine heimliche Passion zum Beruf zu machen. Seither lebt und arbeitet der Vater von drei Söhnen als freier Schriftsteller in Freiburg im Breisgau.